異色作家短篇集
9

無限がいっぱい

Notions:Unlimited／Robert Sheckley

ロバート・シェクリイ
宇野利泰／訳

早川書房

無限がいっぱい

NOTIONS: UNLIMITED

by

Robert Sheckley

Translated by

Toshiyasu Uno

Published 2006 in Japan by

Hayakawa Publishing, Inc.

This book is published in Japan by

arrangement with

Donald Maass Literary Agency

through Owl's Agency, Inc., Tokyo.

目　次

装幀／石川絢士（the GARDEN）

グレイのフラノを身につけて

Gray Flannel Armor

　トマス・ハンリーが、その妻にえらんだ婦人との最初の出会いに用いた手段は、いちおう、ここに記録しておくだけのものがあるように思われる。とりわけ、人類学や社会学の研究にたずさわる人たちとか、猟奇趣味に熱をあげている好事家たちにとっては、見逃がすことのできぬ事実といえるのだった。むろんそれは、はなやかな事件というわけにはいくまい。しかし、当時の社会に――というのは、二十世紀末期のことであるが――まだ残存していた、いたって煮えきらぬ求婚風習の好適例であり、この求婚風習そのものが、いまだに近代アメリカ産業への影響をみせていることを考えれば、ここに展開するハンリーの経験談も、かなりの重要性をそなえているといえぬこともないのだ。

　トマス・ハンリーは、均斉のとれた体軀に恵まれ、趣味は穏健、悪徳には臆病、欠点といえば、おとなしすぎるところにあるといった模範青年だった。男女両性、どちらを話相手にしても、完全にソツなくあしらうことができ、ときにはかれの年齢、地位にふさわしい程度に、猥雑なことばを弄するぐらいの要領は心得ていた。服装品としては、グレイのフラノを数着と、青縞（レジメンタルストライプ）の細身のネクタイを多数愛用し、それに、角ぶちの眼鏡をかけさせると、わが好青年トマス・ハンリー君が出現することになるのだが、このようなかれを、群衆のなかからさがし出すとなると、それほど簡単な仕事というわけにはいかない。見つけることができたにしても、それはハンリーそのものではなく、いわばハンリーとは別個の存在にすぎない。

　つまりハンリーは、人づきあいがよくて出しゃばらず、それでいて、仕事には熱心といった、一見、常識人らしい外貌を示しているが、その皮膚の下には、あらあらしいまでにロマンチックな血潮が波打ち騒いでいる青年である。そうした事実を、だれが信じることができたであろうか？　いや、信じられぬとみるのは軽率である。それを知ることができぬのは、遺憾ともいえることなのだ。変貌はただ、変貌にまどわされる相手しか、あざむけぬものであるはずだ。

ハンリーのような青年、グレイのフラノの鎧と角ぶちの面頰に身をかためたこれらの青年は、現代社会の騎士である。何百万人ものこうした青年が、眼をまっすぐ前方にすえ、声をひくめ、ことさらに目立たぬ装いをこらして、いそぎ足に、しかし、一歩一歩、大地を踏みしめながら大都会の巷を歩きまわっている。俳優か、魅入られた男たちのように、かれらは暗鬱の人生を生きている。だが、その心のなかには、ロマンスの炎が燃えさかり、しかもそれは、断じて消えることを知らないのだ。

ハンリーは、つね日ごろ、それを待ち受けるかのように、揺れうごく蛮刀のうなりや斬りつける音、満帆に風をはらんで太陽にむかってすすむ巨大な帆船、繊細な紗のヴェールのかげにのぞく、無限の悲しみをひめた処女のひとみなどを夢想しつづけた。そして、さらにそれ以上の期待を、より現代的な形態をとったロマンスに寄せているのであった。

だが、ロマンスというものは、大都会では手に入れることの困難な商品である。この事実は、より企業精神に富んだわが実業家諸氏によって、ごく最近知られるようになったばかりだった。そして、ある夜ハンリーは、異常なタイプのセールスマンの訪問を受けたのであった。

煩雑な仕事にくるしめられた金曜日を、会社にすごしたハンリーは、わずか一室しかないかれのアパートへ帰ってきた。ネクタイをゆるめるあいだも、明日からのながい週末をどうすごしたものかと、憂鬱な気持ちさえ感じながら、考えこんでいた。テレビのボクシング試合も見たくはなかったし、近所の映画館は、どこも見てしまった。さらにわるいことは、知りあいの女の子たちがどれもみな、つまらない娘ばっかりだったことと、新しい女の子と知りあいになるチャンスは、事実上皆無だということであった。

かれは、肘かけ椅子に腰をおろして、濃いブルーのたそがれが、マンハッタンの上にひろがっていくのをながめていた。どこへいったら、興味のもてそうな女の子をみつけることができるだろうか？　そして、もしそういう女の子をみつけたら、なんといって切り出そうか。そして――

玄関のベルが鳴った。

一般的にいって、予告なしにたずねてくるのは、行商人か、消防署の基金募集係と思われる。しかし、今夜のかれは、行商人を撃退するのも、時間つぶしにおもしろいことではないかと、むしろ歓迎したいくらいの気持ちだった。そこで、ドアをひらいてみると、そこに、背のひくい、こづくりのからだつきの、かなりけばけばしい身なりの男が、晴れやかな笑顔をみせて、立っていた。

「こんばんは、ハンリーさん」小男は威勢のいい口調でいった。「わたしはジョー・モリスといって、市内五区の全部と、ウエストチェスター、ニュージャージーなどに支店をもち、エムパイア・ステイト・ビルディングのなかに本社をおいているニューヨーク・ロマンス・サーヴィス社のエイジェントなんです。わたしどもの仕事は、孤独なかたがたに奉仕するのを目的としているんですが、ところで、ハンリーさん、あなたも、そういった人たちのお仲間でしょう？　いや、おかくしになってもわかります。でなかったら、どうして金曜の夜なんかに、ご自分の部屋に坐りこんでおられるんです？　あなたは孤独だ。そして、そのあなたに奉仕するのが、われわれの社の仕事であり、かつまた、よろこびでもあるんです。あなたみたいな快活で、感じやすい、風采のごりっぱなお若いかたには、娘さんが必要だ。明るくて、うつくしい、理解のある娘さんが――」

「ちょっと待った」ハンリーはきびしい口調でいった。「きみがもし、コールガールの紹介でもやっているのなら――」

かれは口をつぐんだ。ジョー・モリスの顔が、土気色に変わったからである。セールスマンの喉は、怒りのためにふくれあがり、くるっとむきなおると、そのまま出ていこうとした。

「待ってくれ！」ハンリーはいった。「ぼくがわるかった」

「申しあげておきましょう。わたしはこれで、世帯持ちなんです」ジョー・モリスは、かたくるしい口調でいった。「ブロンクスに、家内と三人の子供がおります。どんなものにせよ、不正な仕事をしていると考えられては――」

「いや、まったく申しわけない」

ハンリーはモリスを、部屋へみちびきいれて、肘かけ椅子をすすめた。

モリスは、すぐにまた、その威勢のよい、陽気な態度をとりもどした。

「いや、いや、ハンリーさん」と、かれはいった。「わたしの申しあげている若いご婦人がたは、その――職業的な婦人とはちがうのです。うつくしくてノーマル、それでいて、ロマンスにあこがれている若い女性ばかりです。このひとたちも孤独なんです。このニューヨークには、孤独な女性がひしめいているんですよ、ハンリーさん」

どういうわけか、ハンリーはそれまで、そうした状態は、男性にだけあてはまるものと思いこんでいたのである。

「ほんとうかね？」と、かれは訊いた。

「ほんとうですとも。ニューヨーク・ロマンス・サーヴィス社の目的といいますのは」と、モリスはつづけた。「お若いかたがたを、ふさわしい状況のもとに、それぞれお親しくさせてさしあげることにあるのです」

「なるほど」と、ハンリーはいった。「というと、こう解釈してもいいかね。きみは一種の――こういった表現がゆるしてもらえればだが　友情クラブといったようなものをやっておると？」

「とんでもない！　そういうたぐいのものではありません！　ハンリーさん、あなたはこれまでに、友情クラブに出席されたことがおありですか？」

ハンリーは首をふった。

「一度、ごらんになっておくべきでしたね」と、モリスはいった。「そうすれば、わたしどものサーヴィス社の価値をみとめられたことでしょうに。友情クラブか！　想像してごらんなさい。ブロードウエイのはずれで、安っぽいビルの上のほうにあるうそさむいようなダンス・ホール。片すみでは、すりきれたタキシードを着こんだ五人組の楽士が、なんの熱意もないものうい調子で、神経をいらだたせるような流行曲を演奏している。貧弱な音楽が、ホールいっぱいにひびきわたり、表通りの車がたてる、ぎしぎしいう音に入りまじってきこえてくる。ホールの両がわには、椅子の列があって、片がわに男、むかいあった列に婦人がかける。みんながみんな、なぜこんなところへやってきたのかと眉をひそめている。それでも、できるだけ平静をよそおって、神経質に、つぎからつぎへ、タバコに火をつけては、床へ捨てた吸いがらを踏みにじる。ときおり、だれか不運なものが、ダンスを申しこむ勇気をふるいおこす。そして、ほかの連中の、野卑な、皮肉たっぷりな注視のうちに、しゃちこばって、パートナーをひっぱりまわす。司会者と称するばか者は、青ざめた微笑を、顔いっぱいに凍りつかせて、あちこち歩きまわっては、その一夜の亡骸に、なんとか生命を吹きこもうと、やっきになって奮闘する。それもしかし、なんの役にも立たない」

モリスは、息をつぐために、ちょっとことばをやすめた。

「友情クラブなんてものは、時代錯誤の産物ですよ――緊張した、神経質な、このいらだつようなわれわれの時代のものじゃありませんぜ。あれはむしろ、ヴィクトリア時代にふさわしい。わがニューヨーク・ロマンス・サーヴィス社は、当然、何年もまえになされていなければならなかったことをなしとげたんです。男女両性が、成功的な出会いをするのに欠くことのできぬ要素、その要素の徹底的な研究のために、わたしどもは科学的な精密さと、技術的手腕とをかたむけました」

「その要素というのは、どういうもの？」と、ハンリーは問いかけた。

「もっとも肝要なものは」と、モリスはこたえた。「自発的な意志と宿命感です」

「自由意志と宿命とは、矛盾する言葉のように思えるが」

「もちろんです。しかし、ロマンスはその性質上、矛盾した要因によって構成されるものです。わたしどもはそれを証明するために、グラフを用意しておりますよ」

「するときみは、ロマンスを売っているのかね？」

ハンリーは疑わしそうに訊いた。

「まさにそのとおり！　その純粋な素朴なもの、ロマンスそのものをですよ！　だれにでも手に入れられるセックスなんかじゃありません。愛ともちがいます――永続性を保証する方法をもたない。したがって、商業的には始末におえないものといってよろしい。わたしどもは真のロマンスを売っているのです。現代社会には失われた要素、生命への薬味、あらゆる世代の夢をですよ！」

「おそろしく興味をひく話だが――」と、ハンリーはいった。だが、かれはモリスの説の妥当性に疑問をいだいていた。この男はほら吹きか、さもなければ、夢想家にちがいない。たとえこの男が、どんな人物であるにしても、ロマンスなんてものを売ることができるだろうか？　とうてい信じられることでなかった。ほんもののロマンスを売るなんて、可能な話ではあるまい。夜となく昼となく、ハンリーにつきまとってはなれぬ、あの暗い、気まぐれな幻想が、売買の対象になるであろうか？

　かれは立ちあがった。

「モリス君、きみの話は、あとでゆっくり考えてみることにする。ぼくはちょっと、いそぎの用件があるんで――」

「しかし、みすみすロマンスを断念するなんて、そんなことが、おできになるはずはありますまい！」

「残念だけど――」

「では、こうなさったら、どうでしょう。ほんの数日だけ、わたしどもの制度を試してごらんになっては。まったくの無料ですよ」モリスはいった。「さあ、これをあなたの、上着のえりの折り返しにおつけください」

　かれはハンリーに、ごく小さいヴィデオ・アイのついた小型トランジスター・ラジオのようなものを手渡した。

「なんだね、これは？」

　ハンリーは質問した。

「ちっちゃなヴィデオ・アイのついた、小型トランジスター・ラジオです」

「どんな役にたつのかね？」

「いまにわかりますよ。いいから、ためしてごらんなさい。わたしどもは、ロマンスを専門に販売している、わが国最大の会社なんです。何百万人もの、感じやすい年ごろの男女の要求をみたすことによって、わが社の事業は維持されております。どうかお忘れなく――わたしどもの会社が提供するロマンスは、宿命的な、自然発生的な、申し分なく耽美的な、肉体のよろこびにあふれ、そして、しかも、道徳的にも正しいものであることをですね」

　そういいおわると、ジョー・モリスは、ハンリーの手を強くにぎって、出ていった。

　ハンリーは手のなかで、その小型トランジスター・ラジオをあらためてみた。ボタンとかダイアルらしいものは、どこにもついていなかった。上着のえりの折り返しにとめてみたが、なにごとも起こらなかった。

かれは肩をすくめると、ネクタイをむすびなおして、散歩に出かけた。

空気の澄みきった、涼しい夜だった。ハンリーの生涯における大部分の夜と同様、それはロマンスに、もってこいの夜だった。周囲には、ニューヨークという大都会が、あらゆる可能性を秘め、前途ゆたかな希望をはらませてよこたわっている。だが、遺憾なことにこの都会では、その実現性を欠いているのだった。一千回にものぼる夜々を、かれはしっかりした足どりで、眼をまっすぐ前方にすえ、どんなことが起こってもよいように、心の準備をととのえながら、こうした通りを歩きまわっていたのだが、かれの期待に添うようなことは、かつて一度も起こったためしがない。

アパートの立ち並ぶあたりを通りすぎ、その高い、うつろな窓のかげに、どのような女性が、なにをしているのか、考えこみながら歩いた。彼女は下を見おろして、暗い街路の上に、ひとりの孤独な歩行者をみとめるにちがいない。そして、どんな男性かと考えて……

「屋上に出てみるのは、すばらしいことだ」と、どこかで声がいった。「市のたたずまいを見おろすというのはね」

ハンリーは足をとめて、あたりを見まわした。が、完全に、かれひとりだった。その声が、トランジスター・ラジオからきこえてくるのだと気づくまでには、多少の時間がかかった。

「なんだって？」ハンリーは訊いた。

ラジオは沈黙していた。

市のたたずまいを見おろすんだって？　ハンリーは考えてみた。ラジオはかれに、市街を見おろしてみることをすすめているのだ。それもよかろう、と、かれは思った。きっと、すばらしいことにちがいない。

「いうとおりに、やってみようか」

ハンリーはひとりつぶやいて、近くの建物に足をむけた。

「そこではない」ラジオがささやいた。

ハンリーは従順に、その建物の前は通りすぎて、となりの建物の正面で、足をとめた。

「ここならいいのか?」かれは訊いた。

ラジオはこたえなかった。しかし、ハンリーの耳は、満足そうに鼻をひくく鳴らしている音をきいて、そのかすかな暗示を了解した。

なるほど、とかれは考えた。この調子だと、ロマンス・サーヴィス社に、かぶとを脱ぐことになるかもしれないぞ。そこの連中は、自分たちの事業を、じゅうぶん承知しているらしい。ぼくの行動は、誘導されたというより、自発的なものに近いようになっているのだ。

建物へはいると、ハンリーは自動エレヴェーターにのりこんで、最上階のボタンを押した。最上階につくと、屋上に出るみじかい階段をのぼった。屋上では、建物の西がわにむかって、歩きだした。

「べつの方向だ」ラジオがささやいた。

ハンリーはむきなおって、もう一方のがわへ歩いた。そこから、かれは市街を見下ろし、かすかに青白いかさのかかった街燈の明かりが、秩序正しくならんでいるのをながめた。そこかしこに、赤や青の交通標識燈がまたたき、色あざやかな電光サインが、きらっ、きらっとかがやいている。かれの大都会は、いま眼の下に、あらゆる可能性を秘め、前途ゆたかな希望をはらませて、たとえその実現性を欠いたにしても、無限のかなたに広がっていた。

突然、かれはその屋上に、無数の灯の織りなす光景に見とれている者が、もうひとりいることに気づいた。

「失礼しました」ハンリーはいった。「おじゃまするつもりはなかったのですが――」

「いいえ、じゃまなんかじゃありませんわ」

その声でハンリーは、話している相手が女性であることを知った。

ぼくたちは見知らぬもの同士だ、とハンリーは考えた。市街を見おろす屋根の上で、偶然――これは宿命的というべきかもしれぬが――出会った一対の男女。

このような完璧な状況をつくりだすために、ロマンス・サーヴィス社はどれほど多くの夢を分析し、どれほど多くの幻想をリストにしてみたことであろうか。

ちらっとながめて、彼女が若くうつくしい娘であることを知った。そして、見たところ、落ちついてはいるようなものの、彼女もやはり、場所といい、時間といい、あまりにもこの遭遇にふさわしい雰囲気なので、かれ同様に、動揺しているのを感じとることができた。

考えれば考えるほど、なんといって、話の糸口を切ってよいかわからなかった。ひとことも適切なことばが思い浮かばぬままに、時間ばかりがすぎていった。

「明かり――」と、ラジオが、プロンプターの役をつとめた。

「明かりがきれいですね」

ハンリーは、ばかばかしいような気持ちを感じながらいった。

「ええ」娘も、そっといった。「まるで、星の絨毯みたい。それとも、闇のなかの、槍の穂先みたいといいましょうか」

「見張りの兵士といったところですな」と、ハンリーはいった。「永遠に、寝ずの番に当たっている歩哨――」

その思いつきが、自分のものであるか、それとも、かすかに聞きわけられるラジオの声を、そのとおりにくり返しただけのものか、かれ自身にもわかりかねた。

「わたし、ときどき、ここへきますのよ」と、娘はいった。

「ぼくはまだ、一度もきたことがなかったんですが――」

「でも、今夜は……」

「今夜は、くるだけの必要があったのです。きみをここで、見いだすためにね」

ロマンス・サーヴィス社には、もうちょっと優秀な脚本家が必要だな、とハンリーは感じた。このようなせりふは、白昼の光のもとでは、なんともばかげたものに聞こえるにちがいない。しかし、市街を見おろす高い屋上で、足もとに灯火がまたたき、頭上の星が、手をのばせばとどきそうなところにかがやいているいまでは、この世でもっとも自然な会話だった。

「わたし、知らないひとと、気やすくお話しできる性質ではありませんの」それでも娘は、かれのほうへ一歩踏みだしていった。「でも――」

「ぼくときみとははじめて会った仲ではないんですよ」ハンリーも彼女のほうへ、にじりよりながらいった。

娘の白っぽい金髪が、星明かりに光ってみえた。唇がひらいている。彼女はかれを見た。その顔は、その場のムード、雰囲気、そして、実物以上にうつくしくみせるやわらかな光のせいか、天上のもののようにうつくしくみえた。

ふたりは、顔を見あわせて立っていた。ハンリーには、彼女の香水のかおりと、髪の香気をかぐことができた。ひざががくがくしだし、心は混乱に支配された。

「腕に抱くんだ」ラジオがささやいた。

機械人形のように、ハンリーは両の腕をさしのべた。娘はかすかな吐息を洩らしながら、その腕のなかにたおれかかった。ふたりはキスをかわした――単純に、自然に、そして必然的に、うれしい予期に、しだいに高まる情熱のとりこになりながら……

そのときハンリーは、娘のえりの折り返しに、宝石をちりばめた小型トランジスター・ラジオがついているのを見た。ああそうかと思いはしたが、かれはその出会いが、自然発生的な運命というだけでなくて、このうえもなく愉しいものであることをみとめぬわけにいかなかった。

ハンリーがアパートに戻って、疲れきったからだをベッドの上に投げだしたときは、すでに曙の光が、摩天楼を赤く染めあげていた。その日一日眠りつづけて、夕方になると、空腹にうながされて、眼をさました。近くのバーで、夕食をとりながら、前夜の出来ごとを考えてみた。

それは強烈で、完璧。すべての希望をみたしてくれるものだった。ビルの屋上での出会い。そのあと、彼女のアパートの、灯を暗くしたあたたかいベッド。そして、夜明けとともに迎えた別離。そのときの、夢見るような彼女のキスは、いまだにかれの唇の上に、あたたかくのこっている。だがこれらすべてのものにもかかわらず、ハンリーは当惑ぎみだった。

恋びとたちに自発的な、しかし、一方では宿命づけられてもいる出会いは、トランジスター・ラジオによって、きっかけをあたえられ、万事を仕組まれ、提供されたものである。それを思うと奇妙な感じをいだかぬわけにいかなかった。たしかに、巧妙な方法とは思えたが、どこか間違っているところがある気がしてならぬのだ。

かれは心に描いてみた。グレイのフラノを着て、青い縞のネクタイをしめ、何百万もの小型ラジオが伝える指令に応じて、巷をさまよい歩いている何百万もの青年たち。かれはまた、想像してみた。送、受像二方向のヴィデオフォン中央交換局にいる無線技師たち——正直で勤勉な人たち、ロマンスをつくるために夜勤仕事にはげみ、やがては新聞を買って、夫または妻子の待つわが家へと、地下鉄にのって帰ってゆく交換手たち。

これは不愉快な想像だった。だが、それでも、ロマンスが皆無であるよりは、はるかにましであることを、みとめぬわけにはいかなかった。それはたしかに、現代的といえるものだった。たとえロマンスが、音響組織の基礎の上に布石されねばならぬにしても、もしそれを拒めば、急激な時代の歩みのなかに、その夢を見失ってしまう以外ないであろう。

それにまた、こうした方法も、それほど奇抜とは思えなかった。中世においては、魔法つかいが騎士に魔法をかけ、呪縛にかかった貴婦人のところへ導いていた。現代では、セールスマンがトランジスター・ラジオをあたえ、それがおなじ趣旨のことを、スピード化してやってのけるのである。

おそらく、とかれは思った。真に自由意志にもとづいた、宿命的なロマンスというものは、ありうるものではないのであろう。いつの世にも、仲介者を必要とするのが必然なのだ。

それ以上の考えを、ハンリーは心のうちからはらい落とした。食事代を支払い、散歩するために、外へ出た。

そして、しっかりした足どりで、ニューヨークでもっともみすぼらしい地域へむかった。空き缶が歩道をふちどり、汚いアパートの窓からは、憂鬱なクラリネットのひびきが洩れ、女のするどい金切り声が、なにやら夢中でまくしたてていた。とある路地では、縞のある、めのう色の眼をした猫が、かれをうかがい、すぐにまた、視界から消え失せた。

ハンリーは身ぶるいをし、足をとめた。住み慣れたかれ自身の地区へもどろうかと思ったのだ。

「なぜ、歩きつづけない？」

ラジオがかれをうながした。その声はきわめてかすかで、かれ自身の頭のなかでしゃべっているようだった。

ハンリーは、もう一度、身ぶるいをして、歩きつづけることにした。

人通りはまったく絶えて、墓地を思わせる静けさだった。窓のない倉庫が巨人のように立ち並び、そのあいだにはさまれた商店も、すでに鎧戸をおろしている街筋を、ハンリーはいそぎ足に通りすぎた。ロマンスには、もっともふさわしくない場所と思われたからだ。かれとしては、ラジオのいうことを無視して、明るい、秩序整然とした、いつもの見慣れた世界へもどるべきだったかもしれない。

そのとき、取っ組み合いでもしているのかと思われる物音をきいた。せまい路地をすかしてみたところ、もみあっている三つの人影をみとめた。ふたりは男で、からだをふりほどこうともがいているのは、若い娘だった。

ハンリーの反応は、即座に起こって、警官を、できれば二、三人さがしてこようと、全速力で駆けだす身構えをした。だが、ラジオはかれを呼びとめた。

「きみひとりで、あしらえるさ」

なるほど、できないこともあるまい。だが、毎日の新聞には、自分ひとりで追いはぎを処理しようと思った男たちの物語が、記事となって紙面をにぎわせていた。通常このような人々は、病院のベッドの上で、自分たちのボクシングの欠点を反省する機会にめぐまれるものらしい。

だが、ラジオはしきりと、かれをうながした。運命感に鼓舞され、娘のあわれっぽい叫び声にうごかされて、ハンリーは角ぶちの眼鏡をはずした。それをケースへ入れ、そのケースを腰のポケットにおさめると、路地のうす暗い奈落のなかへ、まっしぐらに跳び込んでいった。

まずいことに、いきなり足を、空き缶につっこんでしまったが、それを蹴とばして、ようやく争っている人影にたどりついた。追いはぎたちはまだ、かれに気づいていなかった。ハンリーはそのひとりの肩をつかみ、こっちへむきなおらせると、右手のこぶしで一発食らわした。男はうしろによろめいて、壁にぶつかった。すると仲間が、娘をはなして、ハンリーにむかってきた。ハンリーも両手と右足で、かれらに対抗した。

男はうなりながら、くずおれて、「乱暴なまねをするなよ、きょうでえ」といった。

ハンリーは、最初の男にむきなおった。こいつは、山猫のようなすばやさで、襲撃してきた。が、おどろいたことには、雨あられのようなそいつの打撃も、ことごとく的はずれだ。そしてハンリーが狙いさだめて、一撃、レフトを出すと、きれいに相手は、ノック・ダウンされた。

ふたりの男は、やっとの思いで立ちあがり、一目散に逃げ去った。走りながら、ひとりが仲間に、愚痴をこぼすのがきこえた。

「暮らしの金をかせぐのも、楽じゃねえな」

台本の破綻をきき流して、ハンリーは娘へむきなおった。

彼女は支えをもとめて、よりかかってきた。

「いいところへ、きてくれたのね」と、彼女は、吐息とともにいった。

「助けないではいられなかった」

ハンリーは、かすかにきこえるラジオの声に応えていった。

「よくわかるわ」と、彼女はつぶやいた。

娘は若くてうつくしかった。黒い髪が、街燈の光にかがやいている。唇がひらいている。彼女はかれを見た。その顔は、その場のムード、雰囲気、実物以上にうつくしくみせるやわらかな光のせいか、天上のもののようにうつくしくみえた。

いまやかれは、この娘を腕にいだくのに、小型ラジオの指令を必要としなかった。ロマンチックな冒険の型と内容、自然発生的な、しかし、宿命づけられた情事をはたすにふさわしい態度を、すでにかれは、学びとっていたのであった。

ふたりはすぐに、彼女のアパートへむかった。歩いているうちに、ハンリーは、彼女の黒い髪に大きな宝石がきらめいているのをみとめていた。

それが、巧みに偽装した小型トランジスター・ラジオであるのに気がつくまで、それほどながい時間を必要としなかった。

その明くる夜も、ハンリーは外出した。通りを歩きまわりながら、心のうちの不満の声を黙らせようと骨折った。あれは非の打ちどころのない一夜だった。かれは自分自身に思い起こさせた、やわらかい夜の影、しなやかな髪がかれの眼をくすぐり、涙がかれの肩をあたたかく濡らした。だが、それでもやはり……

娘は、かれの好みに合ったタイプとちがっていた。最初の夜の娘がやはりそうで、その点、悲しいことには、代わり映えがしなかった。見知らぬもの同士を、行きあたりばったりにいっしょにして、はげしく燃えあがるそのロマンスが、恋愛にまで高まることは、期待するのが無理な話なのだ。愛情はそれ自身の法則をもっていて、あくまでもその法則を強要するものである。

かれは歩きつづけた。そして、今夜こそ、真の愛を発見しようとしているのだと、その確信が、しだいしだいに大きくなっていった。なぜかというに、今宵は、つの笛のような月が市街の上に低くかかり、南の微風が、香気と郷愁とをないまぜて運んできていたからである。

トランジスター・ラジオが、沈黙をまもったままなので、あてどもなく、さまよい歩いた。河っぷちの小公園にかれをみちびいたのは、ラジオからの指令ではなかったし、そこに立っている若い娘に近づくようにうながしたのも、ひそかな声ではなかった。

ハンリーは娘のそばに立って、眼前の光景を、ながいあいだ、ながめていた。左手に、大きな橋があって、橋桁が蜘蛛の糸のように、闇のなかにおぼろに見えた。黒い油に似た河の水が、うずまき、また、うねりながら、すべるように流れつづける。曳船が一隻、汽笛を鳴らすと、あとの一隻が、それに応えた。夜風にさまよう亡霊のように、ものがなしい音色だった。

かれのラジオは、なんの暗示もあたえなかった。そこで、ハンリーはいった。

「うつくしい夜ですね」

「ええ」

娘は、ふりむきもせずに、「でも――」

「これこそ、真の美です」ハンリーはつづけた。「あなたには、わかるはずだ」

「変わったことをおっしゃるわ」

「変わっていますか?」ハンリーは、一歩、彼女へ近づいて、「そんなに、変わっていますか? ぼくがここにいるのが、変わったことですか? そして、あなたがここにいることが?」

「たぶんそうじゃないでしょうね」

娘は、そこではじめて、ふりむいてハンリーの顔を見た。

彼女は若くて美しかった。そのブロンズ色の髪は、月光を受けてきらきらとかがやき、その顔は、その場のムード、雰囲気、そして、実物以上にうつくしくみせるやわらかな光のせいか、天上のもののようにうつくしくみえた。

　彼女の唇は、おどろきのために、ひらいていた。

　そして、そのとき、ハンリーは悟った。

　このアヴァンチュールこそ、真に宿命づけられた、かつ、自由意志によるものだということを！　ラジオがかれを、ここまで導いてきたのではなかった。ラジオは、口にすべききっかけのことばや受けこたえを教えはしなかった。そして、あらためて娘をながめてみたハンリーは、彼女のブラウスにも、髪の毛にも、小型のトランジスター・ラジオをみることはなかったのである。

　かれははじめて、愛に出会ったのだ。ニューヨーク・ロマンス・サーヴィス社の助力なしに！　暗い、気紛れなかれの幻想が、現実となる時がついにきたのだ。

　かれは腕をさしのべた。かすかな吐息とともに、彼女はその腕にいだかれた。ふたりは唇をあわせた。街の灯が、頭上にまたたく星の光とまじりあい、新月が空にかたむき、油に似た黒い流れの上を、気の滅入るような霧笛の音がひびいていた。

　息を切らしながら、娘は、一歩さがった。

「わたくし、お気に召して？」

「気に入ったかって！」ハンリーはさけんだ。「気に入ったどころか――」

「うれしいわ」と娘がいった。「わたくしは、あなたのための《自由紹介ロマンス》なんです。ニュージャージー州、ニューアークに本社のあるグレーター・ロマンス産業から、サンプルとして派遣されましたの。わたくしどもの社だけが、真に自然発生的な、宿命的なロマンスを提供しておりますのよ。科学技術的な研究をかさねた結果、わたくしどもの社では、トランジスター・ラジオみたいな、あんなぶかっこうな器具は用いないことにしました。ロマンスに抑圧感は禁物ですもの。窮屈な感じや、抑えつけられるような気持ちをいだかせないために、ああいったたぐいの器具は、いっさい不要にすることに成功しました。この試供品(サンプル)ロマンスがお気に召しましたら、わたくしどもとしましては、こんなうれしいことはございませんわ。

でも、これだけはお忘れにならないでいただきます。わたくしはただの試供品(サンプル)、世界各地に支店をもつわがグレーター・ロマンス産業が、あなたに提供することのできるものの商品見本にすぎませんの。このパンフレットのなかに、いくつかのプランが説明してあります。あなたはきっと、《世界を駆けるロマンス》パッケージに、興味をおもちになると思いますわ。それとも、もっと冒険的な空想がお好きでしたら、こちらの、《時代を超越したロマンス》パッケージをお選びください。そのほか、ふつうの《都市プラン》とか、あるいは——」

彼女は、きれいな絵のついたパンフレットを、ハンリーの手にすべらせてよこした。

ハンリーはそれをみつめ、彼女をみつめた。かれの指がひらいて、パンフレットはひらひらと、地上に舞い落ちた。

「まあ、お気持ちを損ねたわけではないでしょうね！」娘はさけんだ。「ロマンスにも、こういった事務的な一面が必要なんです。でも、すぐに終わりますわ。説明がすめば、あとは万事、まったく自然発生的に、そして、宿命的に進行いたします。毎月、飾りのない、目立たない封筒にはいった請求書をお受けとりになります、そして——」

しかし、ハンリーは、彼女に背をむけ、走りだしていた。走りつづけながら、ラペルからトランジスター・ラジオをむしりとって、道路わきの溝のなかへほうりこんだ。

セールスマン精神にのっとって、その後も攻撃の手はゆるめなかったが、いまのハンリーは見むきもしないので、それはいたずらに、戦力を消耗しただけだった。

ハンリーは伯母に電話をかけた。伯母はさっそく、小鳥がかん高くさえずるような興奮をしめしながら、古くからの友だちの娘を紹介して、かれのために、デイトの日どりまでとりきめてくれた。かれと彼女は、きらびやかに飾りたてた伯母の客間で出会い、三時間にわたって、天候、大学、仕事、政治、そのほか、共通の知りあいであるかもしれない友人たちについて、とぎれがちになりながらも話しあった。伯母は上きげんで、コーヒーや自家製ケーキなどを運ぶために、あかあかと灯をともした客間へ出入りした。

このように堅苦しく、正式かもしれぬが時代錯誤的な仕組みが、若いふたりにとっては、奇妙に当を得たものに感じられた。かれらは規則的にデイトをくりかえし、三カ月の求婚期間ののちに結婚した。

ハンリーが、かくも古くさく、不確実で珍妙な、いわば行きあたりばったりの、工業化されていない方法による求妻者の最後のひとりだったという事実は、きわめて興味深いものがあるのだった。はげしい販売競争にしのぎをけずっているサーヴィス会社は、《ハンリー方式(モデル)》商品化の可能性にさっそく眼をつけ、精神におよぼす含羞の影響をグラフにあらわし、さらに、アメリカの求婚制度における伯母の役割を再評価しはじめたからである。

いまや、こうした会社が例外なしに提供する、もっとも価値のあるサーヴィスというと、若き男性たちに、電話で呼びだすことのできる伯母を供給すること、これらの伯母に対して、内気で、はにかみがちな若い娘を供給すること、そして、これらすべてのもののために、明るく、けばけばしく飾りたてた客間と、坐り心地のわるい長椅子、さらには、こせこせと、ろくな間隔もおかずに、思いもよらぬときにコーヒーと自家製ケーキを運んでくる熱情的に世話ずきの老婦人——このような形式をもって、もっとも適切な環境をつくりだすことになったのであった。

結末がどうなるかわからない不安はこたえられない、ということらしい。

ひ　る

The Leech

　ひるは食糧を待っていた。数千年のあいだ、それは広漠たる宇宙をさまよいつづけた。意識もなく、なにをするともなく、数えきれぬ世紀にわたって、星と星とのあいだの空間に、時をすごしていた。最後に、それと知ることなく、太陽系に近づくと、生命をあたえる太陽の熱が、その、かたく乾いたからだをあたため、さらに、引力が作用した。

　そのうちの惑星のひとつ、地球がそれをひきつけた。ほかの流星群にまじって、ひるはこの惑星をめざして、堅固な膜につつまれて、死んだように見えるそのからだを落下させて行った。

　数知れぬ宇宙塵の一小片、それは風によって、地球へ近づけられ、しばらくそこにもてあそばれていたが、やがて地球上に到達した。

　地球上へ達すると、それはうごきはじめた。かたい皮膜を通して、栄養物が浸透した。それは成長した――そして、食物をもとめた。

　フランク・コナーズはポーチへあがって、二度ほど、咳ばらいをしてから、「教授、お話があるんですが――」といった。

　長身の、顔いろのわるい男は、長椅子に身を沈めたまま、うごこうともしない。べっ甲ぶちの眼鏡を、額の上にのせて、しずかな寝息を立てている。

　コナーズは、ひしゃげたフェルト帽をうしろへおしやって、「おやすみのところ、おさわがせして、申しわけありません。現在が、先生のご休息週間であることも承知しているのですが、いかにもおかしなものがおりますので――ええ、みそのなかなんです」

顔いろのわるい男は、眉をちょっとよせてみたが、そのほかには、相手のことばが耳にはいったようすも示さなかった。

フランク・コナーズは、青黒い血管の浮きあがった手に鋤をかかげて、もう一度、咳ばらいをすると、

「教授、きいていただけたんですか?」

「もちろん、きこえたよ」マイクルズは、まだ眼をつぶったまま、ねむたそうな声でいった。「妖精でもみつけたというのか?」

「な、なにをです?」と、コナーズは、マイクルズをみつめながら、ききかえした。

「みどり色の服をつけた小人だろう。ミルクをのませてやるんだな、コナーズ」

「と、とんでもない。そんなものじゃありません。あたしは、岩のかけらかと思うんですが」

マイクルズは片眼だけあけて、コナーズのほうへ視線を送った。

「そんなわけで、おさわがせしたのですが」と、コナーズはいった。マイクルズ教授が、一週間の休息期間をもつのは十年来のしきたりで、かれの勤勉な学究生活における、唯一の例外だった。冬のあいだは人類学の講義を行ない、半ダースにおよぶ学会の委員をつとめ、そのあいまには、物理や化学の領域にまで手をのばし、さらにまた、一年一冊の割合で、著作の筆をとる時間まで産み出しているのだった。夏がくると、さすがに疲労をおぼえた。

かれはニューヨーク州に、休暇用の農場を所有していて、そこにいるあいだ、一週間は完全になにもせずに暮らすのが、毎年きまった習慣だった。その一週間というもの、フランク・コナーズが雇われて、料理その他雑用にあたり、マイクルズ教授は眠ってすごすのだった。

二週目になると、教授は散歩に出て、木だの魚だのをながめて暮らし、三週目ともなると、スポーツと読書を開始し、いくつかの小屋の修理にかかり、山に登ったりした。そして、四週目のおわりには、待ちかね

たように、ニューヨークへ帰って行くのだった。

　しかし、第一の休息週間は神聖だった。

「あたしはなにも、くだらんことなら、先生のご休息をじゃましたくないんです」と、コナーズは言い訳がましくいった。「ただ、あの岩のかけらときたら、あたしの鋤を、二インチも溶かしてしまったんです」

　マイクルズはついに、両方の眼をひらき、コナーズはかれの鋤をさし出した。まるみを帯びた先端が、切りとられでもしたように、きれいに跡を消していた。

　マイクルズは長椅子からとび起きると、はき古した鹿皮(モカシン)グツに足をつっこんで、「その奇跡を見るとしようか」といった。

　芝生が建物の前面にひろがっているのだが、そのはずれ、外の道路から三フィートほどひっこんだところに、みぞが掘ってある。その異様な物質は、そのみぞのなかに横たわっていた。形はまるくて、だいたい、トラックのタイヤ程度のサイズだが、一見、かたそうで、目分量だが、厚みはおよそ一インチくらい、暗灰色で、複雑な筋目がついている。

「さわるんじゃありませんよ」と、コナーズが注意した。

「さわりはせんが、ちょっと、その鋤を貸してくれ」

　マイクルズは鋤をとって、ためしに、その物質をついてみた。しかし、それはびくともしなかった。かれはなお、鋤をその表面におしつけたままでいて、ひっこめてみると、さらにまた、刃先の鉄がなくなっていた。

　マイクルズは顔をしかめて、眼鏡をしっかり、鼻におしつけた。それから、もう一度、片手で鋤を、岩のかけらにあてがって、もう一方の手を、その表面に近づけてみた。鋤の刃は、さらに減少した。

「熱を発散しておるわけでもないな」と、かれは、コナーズにいった。「最初、これをみつけたときは、どうだったんだ?」

　コナーズは首をふった。

　マイクルズは、土をひとにぎり、その物質に投げかけた。その土は迅速に溶け去って、暗灰色の表面には、痕跡らしいものさえ残さなかった。土のつぎには大きな石をのせてみたが、これまた同様の経過で消え去った。

「どうです教授、こんな奇妙なものを見たことははじめてでしょう?」と、コナーズはいった。

「そうだな」マイクルズはうなずいて、立ちあがるといった。「たしかにおかしい」

かれは鋤をかざして、すばやく、その物質めがけて、ふり下ろした。打った瞬間、あやうく鋤をとりおとすところだった。はねかえってくるのに備えて、柄をしっかりにぎりしめていたのだが、鋤はその強固な表面にあたると、ぴたっととまって、うごかなかった。それらしい弾性に欠けているとみえて、反動はまったくない。

「こいつ、なんでしょうか?」と、コナーズはきいた。

「石でないことはたしかだ」マイクルズはいって、一歩さがった。「ひるは血を吸うが、この物質は、土をのみこむようだな。それに、鋤の刃もだ」

かれは試験的に、なお数回、それをたたいてみた。そして、ふたりして顔を見かわしていると、外の道路を、十台を超える軍用トラックが通りすぎた。

マイクルズ教授はいった。

「大学へ電話して、物理学者にきいてみよう。それとも、生物学者のほうがいいかな。なんにしろ、うちの芝生を荒らされんうちに、これをとりのけてしまいたいものだ」

そしてふたりは、家へもどっていった。

どんなものでも、ひるの食糧になった、風が、暗灰色の表面をなでると、その運動エネルギーが、微少ながら増大した。雨が降って、そのしずくの力が貯えられた。水は、あらゆるものをむさぼりとる表面から吸収されるのだった。

上方では、太陽の光線が吸収されて、そのからだをかたちづくるものに転換した。下方では、土壌が消化された。土くればかりか、石、樹木の枝にいたるまで、ひるの複雑な細胞によって、粉々にくだかれ、エネルギーと変わり、エネルギーはさらに細胞に還元し、かくてひるは成長していった。

徐々にではあったが、意識がまた復活して、最初のひらめきがあった。それがはじめて知ったことは、おのれのからだが、あまりにも微小すぎることだった。

それは成長した。

つぎの日、マイクルズが芝生へ出てみると、ひるは直径八フィートほどに成長して、道路から芝生ぎわまで、からだを伸ばしていた。そのまたつぎの日には、さしわたしが十八フィートに近く、みぞいっぱいになったばかりか、道路のほとんどをおおっていた。その日、保安官が車をとばして現われた。そのうしろには、町の人口の半分かと思われる大群衆がつづいていた。

保安官のフリンはきいた。

「やあ、マイクルズ教授、たいへんなことになりましたな。あれがあなたのひるですか？」

「そうなんです」

マイクルズはこたえた。教授はここのところ、ひるを溶解する酸をさがしもとめていたのだが、いまだに入手できずにいる。

フリン保安官は、きおいこんでひるに近寄りながらいった。

「道路からどかさなければなりませんよ。こんなものに道路をふさがせておいては、あなたの落ち度になりますぞ、教授。これは、軍が使用している道路ですからな」

マイクルズは笑いもせずに、真剣な顔をつくろって、

「申しわけありませんな、保安官。では、さっそく、とりのけてもらいましょうか。しかし、気をつけてくださいよ。相当、熱をもっていますからね」

ひるに熱はなかった。しかし、この場合、そういうことが、もっとも簡単な説明になると思われたからだ。

そしてマイクルズは、保安官がひるの下に、バールをつっこむようすを、興味をもってながめていた。い

ったんつっこんで、ひきぬいてみると、それは半フィートちかく、短くなっていた。

しかし、その程度でひっこむ保安官ではなかった。ひとどおりの岩でないことは、承知してきているのだった。自動車の荷物入れから、トーチ・ランプと大ハンマーをとり出して、トーチ・ランプに火をつけると、ひるの一方のはしに、その火をむけた。

五分たったが、なんの変化も起こらなかった。暗灰色が赤く染まるようすもなければ、熱せられる形跡もなかった。フリン保安官は、さらに十五分間、焦がしつづけてから、部下のひとりに声をかけた。

「ジェリー、ハンマーでこいつをひっぱたいてみろ！」

ジェリーは大ハンマーをとりあげて、保安官をあとへさがらせると、頭上たかくふりあげた。そして、思いきり、たたきつけたが、同時に、あっとさけんだ。それはまったく、手ごたえがないのだ。

遠くのほうで、軍用トラックの一隊のひびきがきこえた。

「あれがきてくれれば、どうにかなるだろう」と、フリンがいった。

マイクルズはそれに確信がもてなかった。ひるの周辺を歩きまわって、このような異様な反応しか示さない物質は、どういった性質のものであろうかと考えてみた。その答えは簡単だった――これは物質でない。既知の物質ではないのだ。

先頭のジープの操縦者が手をあげた。それによって、長い軍用トラックの列は、車輪をきしらせて停止した。先頭のジープからは、いかめしい顔つきの、有能そうな将校が降りてきた。双方の肩についた星章で、マイクルズはかれが准将であることを知った。

将軍はいった。

「道路をふさいではこまるな」

背の高い痩せぎすの男で、陽焼けのした顔に、冷たい眼が光っている。「はやく、とりのけてもらいたい」

マイクルズがこたえた。

「われわれの手では、うごかすことができんのです」

そして、そのあと、ここ数日の経過を、准将に話してきかせた。

「理由はなんであろうと」と、将軍はいった。「とりのぞかんわけにはいかん。この軍用車は、ぜがひでも、ここを通らせねばならんのだ」将軍は歩みよって、ひるをのぞきこんでいたが、「バールで持ちあげることができないといったな。トーチ・ランプで、焼き切ることもできなかったのか？」

「そのとおりです」

マイクルズは、かすかに笑いを浮かべてこたえた。

「操縦兵！」将軍はふりかえってさけんだ。「こいつを乗り越えてすすめ！」

マイクルズは、あわてて制止しようとしたが、思いとどまった。軍隊精神というやつは、いったんこうと思いさだめたとなると、おし通さずにはおかぬものなのだ。

操縦兵はギアを入れて、ジープをうごきださせ、ひるへむかって、行進を開始した。しかし、ジープはひるの中心部まで達したところで、ぴたり静止して、うごかなくなった。

「だれがとまれといった！」

将軍は吼えるようにどなった。

「とめたわけじゃないんです、閣下！」

兵士は抗議するような返答をしたが、ジープは停止したまま、いつまでもうごかずにいる。操縦兵は全車輪を駆動させて、進もうとあせるのだが、それはうごくどころか、コンクリートで塗りかためたかと思うばかりだった。

そばからマイクルズが口を出した。

「あれが見えませんか？　タイヤが溶けだしましたよ」

将軍は眼をみはって、思わず、その手を腰のピストルにあてがった。そして、大声で命じた。

「跳べ、操縦兵！　その灰色のものに触れるんじゃないぞ！」

まっ青になった兵は、ジープの屋根に這いのぼって、ぐるり、まわりを見まわしてから、思いきり跳躍した。

人々は口ひとつきかず、ただ、ジープを見まもっていた。最初、タイヤが溶けてなくなり、つぎに、リムが溶けた。車体もまた、灰色の物質の上にのっかったままで溶けていった。

アンテナが、最後に消えた。

将軍は口のなかで、なにかつぶやきはじめた。操縦兵にむかって、「手榴弾とダイナマイトをもった兵をつれてこい」と命じた。

操縦兵は軍用車の列にむかって走って行った。

「なんだか正体はわからんが」と将軍がいった。「しかし、アメリカ陸軍の行進を妨害することはゆるさん」

マイクルズはしかし、そのことばを信じることはできなかった。

ひるはいまや、ほとんど目ざめたといってよく、その肉体は、ますます多くの食糧をもとめた。その下にある土壌を、猛烈ないきおいで溶解し吸収し、そのくぼみをおのれのからだで満たし、さらに周囲にのびていった。

いまも、大きな物体が上へのっかってくれて、これまた食糧になってくれたのだが、そのとき、突如――その表面に、エネルギーの爆発があった。つづいて、またひとつ、そして、またひとつ。灰色の物質は、よろこんでそれをのみこんだ。エネルギーは物質にかわった。小さな金属片――弾丸がいくつかぶつかったが、その運動エネルギーは、吸収され、その金属は肉体と化した。射撃はひきつづいて行なわれ、飢えた細胞を満足させてくれた。

ひるはそれらの現象を意識して、身のまわりの弾丸の炸裂、空気の振動、金属のうごき――それらすべてをコントロールしはじめた。

またひとつ、こんどは、ずっと大きな爆発があった。

これこそ、真の美味！　ひるはむさぼるようにそれをのみこみ、ますます速く、成長していった。貪婪（どんらん）につぎの爆発を待ちわびた。飢えた細胞が、食糧をもとめてわめき立てているからである。

しかし、爆発はその後起こらなかった。ひるはまた、土と太陽のエネルギーで満足しなければならなかった。夜がきて、エネルギーが激減するのを知り、さらにまた、昼がきて、夜がきた。なにか振動するものが、たえずその周囲にうごきつづけた。

それは食べ、成長し、周囲にひろがっていった。

マイクルズは丘の上に立って、かれの家が溶けていくのをながめていた。現在のひるは、さしわたし数百ヤード、かれの家の正面のポーチに達していた。

さらば、わが家よ！——マイクルズは胸のなかに、訣別のことばを吐いた。思えば、ここ十年間、夏といえばこの家ですごしたものだったが。

ポーチはひるのからだにむかって、くずれ落ちていった。そして家が、すこしずつ、消えていくのだった。

いまやひるは、みどりの大地に汚点をあたえる溶岩地帯のような形状を呈していた。

そのとき、兵士がひとり、かれの背後に近づいて声をかけた。

「先生、オドネル閣下がお目にかかりたいといっておられますが」

マイクルズ教授は、わが家に最後の一瞥をあたえて、こたえた。

「お会いしましょう」

そしてかれは、兵士のあとから歩きだした。ひるの周囲半マイルのところに、ぐるりと有刺鉄線がはりめぐらされ、一隊の兵士たちが哨戒にあたっていた。新聞記者とか、怪物見物に集まってくる何百人というもの好きな連中を追いはらうためなのだ。マイクルズは哨戒線を通りすぎながら、なぜかれだけが、なかへはいるのを許されるのかとあやしんだ。思うに、この事件のそもそもが、かれの土地ではじまったからであろう。

兵士は教授を、テントへ案内した。マイクルズは腰をかがめて、なかにはいった。オドネル将軍は小さな机にむかっていたが、マイクルズに椅子をすすめて、

「このひるの処置が、わたしの担当ときまりましてな」

マイクルズ教授は、うなずいたが、軍人に科学者の仕事をあてがうことの当否については、なにもいわなかった。

「あなたはたしか、大学教授でしたな？」

「人類学の講座をもっています」

「それはけっこう。ああ、タバコですか？」将軍はマイクルズのタバコに火をつけてやって、「できれば、顧問ということで、ここにいてほしいのですが、いかがでしょう？　このひるを最初に発見したのは、あなたであるし、わたしはなによりも、あなたのご意見を高く買っておる――」とかれは、微笑をふくんで「――この敵についてのご意見をですな」

マイクルズはこたえた。

「よろこんで、手伝わせていただきます。しかし、わたしの見たところ、これはむしろ、物理学者か生物学者の仕事と思えるんですが」

しかし、オドネル将軍は、眉をひそめて、タバコのさきをじっとみつめながらいった。

「わたしはこの場所を、科学者連中に踏み荒らされたくないんですよ。もっとも、そういってもわたしを誤解されては困る。わたしは科学には、最大の敬意を払っておるつもりです。いうなればわたしは、科学者的な軍人でしょうな。最新式の兵器には、つねに変わらず、関心をもちつづけておるんです。実際、科学の力を借りることなしには、これからの戦場で、勝利を博するのは不可能でしょうよ」

オドネル将軍は、その陽焼けのした顔を、いっそう緊張させて、ことばをつづけた。

「といっても、これがまた、髪の長い学者先生たちに口を出されると、厄介なことになるんです。めずらし

い研究材料がみつかったとかいって、いつまでも飽きずに、つつきまわすにきまっておる。その間むろん、わたしは指をくわえて待っておらなければならん。ところが、わたしの任務というと、一刻もはやく、こいつを破壊することにあるんです。利用できる総力を結集して、可能なかぎり迅速にというわけですな。もちろんわたしは、その方針で邁進する。いますぐ、実行に移る考えでおるんですよ」

「しかし」とマイクルズはいった。「やってごらんになればわかるでしょうが、そう簡単に片づく仕事ではなさそうですね」

「そこであなたのお力が借りたいんです」とオドネル将軍はこたえた。「簡単にいかぬ理由をご説明ねがって、その対策を練ろうと考えておるんです」

「なるほどね。では、申しあげますが、わたしのみたところ、このひるは、質量とエネルギーを相互に転換させる完璧な機械ともいえますな。しかも、ひとかたならず、強力なやつですよ。そしてこれが、二重の循環作用をしているように思われるんです。ひとつは、物質をまずエネルギーに転換して、これを吸収し、体内でまた物質にもどす。いまひとつは、エネルギーをそのまま吸収して、これを、そのからだを形づくる物質に転換させる。このひるを形成しているものは原形質ではないんです。細胞質ともいえないかもしれませんし――」

オドネル将軍は教授の説明をもどかしがって、「要するに、なにかそこに、巨大な爆破薬が必要だというんですな。心配はありませんよ。われわれはそれだけのものを用意しておるんです」

マイクルズはこたえた。

「あなたはわたしの話を理解しておられんようです。たぶん、説明がまずいからなんでしょう。このひるは、エネルギーを食糧にしているんです。したがって、あなたがこれにたいして、どんなエネルギー兵器の力を用いられようと、わけなく吸収してしまうにちがいありません」

オドネルは質問した。

「こいつが食糧に不自由しないでいると、どういう結果になるんでしょうな？」

「どこまで成長するか、見当もつきませんよ」とマイクルズがこたえた。「とにかく、その成長は、食糧源の存在いかんということになりましょう」

「というと、永久につづく可能性もあるんですか？」

「食糧をとっているかぎり、そういうことになりましょうな」

「それはけしからん」オドネル将軍はわめきだした。

「たかがひるじゃないですか。打ち殺せんわけはないでしょう」

「ところが、殺せそうもないんです。物理学者を至急呼ぶことです。生物学者も必要です。そしてかれらに、これを打ち殺す方法を検討させるんです」

将軍はタバコの火を踏み消して、「マイクルズ教授、わたしには、科学者が論争しているあいだ、待っていることはできませんぞ。わたしはつねづね、つぎのようなことばを信条としておるんです——」ことばに重みをつけるためか、ちょっと口をやすめてから、「——《力のまえに、屈せぬものはない》とね。十分な力を結集すれば、いかなるものも敗ることができるんです。いかなるものもですな」

そこで将軍は、もとのうちとけた調子にもどって、「教授、あなたの代表しておられる科学の力を、安く踏むことはありませんよ。われわれはこのノース・ヒルのふもとに、原子力兵器を大規模に集結してあるんです。一個所にこれだけのものを集めたのは、かつてなかったことといえるでしょう。これだけの力に遭っては、いくらあのひるでも、対抗できるとは考えられませんよ」

「なるほど、さすがのあいつも、それだけのエネルギーには耐えられぬというわけですな」

しかし、マイクルズのそのことばは、疑わしげなひびきをかくさなかった。かれはいまや、将軍がかれを招いた理由がのみこめた。オドネル将軍の権威を無視しない範囲で、その行動に科学の衣を着せる役をあたえられたのだ。
「さあ、いっしょにきてください」オドネル将軍は元気にいって立ちあがると、テントの垂れ布をひきあげた。「いよいよあのひるのやつを、ふたつに引き裂いてくれましょう」

長いあいだ待たされたが、ふたたび、豊富な食糧が訪れはじめた。一方のがわから流れこんでくるのだった。はじめは量が少なかったが、しだいにそれが増していった。放射熱、振動、爆発、固体、液体――おどろくほど多彩な食糧である。ひるはそのすべてを吸収した。しかし、その食糧も、飢えた細胞にとっては、訪れ方が緩慢にすぎた。なぜかというに、新しく生じる細胞が、たえず要求を増大していくからである。

つねに飢えているそれは、さけびつづけていた。もっと多くの食糧を！　もっと迅速に！

いよいよひるは、かなりの大きさに成長し、完全な意識にめざめた。周囲をつつむエネルギーの痕跡に、なにごとが起きたのかと怪しみはしたが、やがて、ここ一個所に、新しい食糧源が集められたことを知った。

それは楽々と、空中に浮かびあがって、ほんのすこしだが前へすすみ、食糧の上へふわりと落下した。その比類まれに強力な細胞は、豊富な放射性物質をよろこんで、がつがつと、貪婪な食欲を発揮した。しかし、それはまた、金属の含有物とか、炭水化物のかたまりといった、比較的栄養価値の乏しいものも、見逃がそうとはしなかった。

「なんていうだらしのない兵隊だ」オドネル将軍はわめいた。「こう意気地がなくては話にならん。まるで、訓練を受けておらんのと同様じゃないか」

かれはいらいらして、テントの外を歩きまわった。その新しい防御陣地は、またも三マイルほど後退していたのだ。

ひるはさしわたし二マイルに成長して、農村が三つ立ちのいた。

マイクルズは将軍のそばに立っていたが、あのときのことを憶いだして、いまだに頭をたたきつけられたような気持ちだった。ひるはしばらくのあいだ、強力な兵器による攻撃をあまんじて受けていたが、突然、そのからだ全体を空中に浮かべた。そしてそれが、ノース・ヒルの上を、さもものうげに漂いだしたので、太陽もその陰にかくれてしまった。撤退するだけの時間は十分あったはずだが、兵士たちは恐怖のあまり、逃げのびる知恵も失ってしまった。

ひる作戦のために、六十七人の戦死者を出して、オドネル将軍は、原子爆弾の使用許可をもとめた。ワシントンでは、事態を調査させるために、科学者の一行を急派した。

テントの前に立って、オドネル将軍は、憤激をおさえながらさけんだ。

「あの専門家ども、いつになったら結論を出すんだ！　なにを評議しているのか、ちっと長すぎるじゃないか」

「結論を出すのは、むずかしいことですよ」とマイクルズはいった。彼は調査団の正式なメンバーではないので、報告だけして、席をはずしていたのだ。「物理学者は生物学上の問題だというし、生物学者は、化学者こそ、この答えを出すべきだと考えている。要するに、この問題についての専門家というものはないのです。なぜかというに、過去にこのような事件が起きたことがないので、必要なデータがそろっていないからです」

オドネル将軍はあらあらしい声でいった。

「これは純然たる軍事上の問題ですぞ。あの怪物がどんなものであろうと、そのようなことには興味はない——われわれはただ、いかにしてあいつを破壊するか、その答えを知りたいだけです。考えるまでのことはないじゃないですか。かれらは、原子爆弾の使用許可をあたえればいいんです」

マイクルズはその点について、かれ自身の計算を完了していた。とりいそいでの概算なので、正確とまではいえないが、ひるの質量・エネルギー吸収の割合を、その現在の大きさと成長能力に比較考量してみて、いますぐ原子爆弾が使用されれば、まずまちがいなく、破壊できるとみることができよう。ただしそれは、こんご三日間が極限だというのが、マイクルズ教授の計算だった。ひるは幾何級数的に成長しつつあったので、数カ月もすれば、アメリカ合衆国全部を覆うことになるはずである。

オドネル将軍は憤まんをもらしていた。

「ここ一週間というもの、わたしは原子爆弾の使用許可をねがいつづけておった。いずれは、その許可が下りるにきまっておるが、学者と称するのろまどもの小田原評議が片づくまで、待っておらねばならんとは！」

そして、歩きまわっていた足をとめて、マイクルズのほうへむきなおると、「なんであろうと、わたしは、あのひるを破壊してやる。粉々に、打ち砕いてやりますよ。これはもはや、国家の安全をはかるという問題だけにとどまらん。それはまた、わたしの個人のプライドの問題でもあるんです」

これこそ、偉大な将軍をつくりあげるために必要な心構えといえるものであろうが、問題を解決する点においては、マイクルズの眼にさえ、きわめて頼りなくうつる態度であったのだ。もっとも、ひるを敵軍と同一視するオドネルの考え方は、マイクルズにも納得できるものであって、《ひる》という名称自体が、すでに人間とまったくおなじ印象を与えていた。オドネルはそれを、敵軍の防衛兵力として、作戦をめぐらせているのだった。かれにとって、《ひる》とは単純に、敵の大軍を意味しているのである。

とはいえ、ひるはむろん人間ではなく、地球というこの惑星に棲息するものでもなかった。したがってそれは、そのような存在としての処置を講じる必要があったのだ。

「やあ、きましたぞ。お利口な連中たちが」と、オドネルがいった。

近くのテントから、疲れきった一団の人々が現われた。政府から派遣された生物学者たちで、アレンソンにひきいれられている。

「やあ、諸君」と、将軍は声をかけた。「方針はきまりましたか?」

「もう間もなくです。そこで研究資料に、一部分、手を入れようと思っているんです」と、アレンソンが、血走った眼をぎらぎらさせながらこたえた。

「あいつを殺す科学的方法はみつかりましたか?」

「それはたいして、むずかしいことではないのです」原子物理学者モリアーティが、ちょっと顔をゆがめていった。「あれを、完全な真空でつつんでしまいます。それで十分、効果があると思いますが、でなければ、反引力で、地球外へ跳ね飛ばしてしまうんです」

そしてアレンソンはつけくわえて、「それでもだめだったときは、あなたがたに、原子爆弾を用いていただきましょう。その場合は、迅速に使用する必要がありますな」

「それがあなたがた全員の意見ですか?」と、オドネルが、眼をかがやかしてきいた。

「そうです」

将軍は足ばやにその場をはなれた。マイクルズは科学者たちに合流した。

アレンソンは愚痴のようにいった。

「最初の段階に、われわれを呼んでいてくれたら、なんとか適当な手段もあったろうに。いまとなっては、力を用いる以外に、方法もない状態なんです」

「このひるの性質について、なんらかの結論が出ましたか?」マイクルズが質問した。

これには、モリアーティがこたえた。

「一般的なことだけですな。それも、あなたのご意見とほとんど変わっておりません。あのひるはおそらく、この地球以外のところに発生したのでしょう。われわれの地球に達するまでは、細胞の状態で存在しておったものと思われますな」

そこでかれは、パイプに火をつけるために、ことばを切ったが、また、つぎのようにつづけた。「それにしても、海中に落下しなかったことを、われわれ人類のために、祝福しなければなりますまい。われわれが対策を講じるまでに、地球が食いつぶされていたかもしれませんからね」

かれらはしばらくのあいだ、無言のまま歩いていた。

「あなたがおっしゃっていらしたように、あれは、完全に、物質をエネルギーに換え、エネルギーを物質に転じるための機能をそなえているんです」そしてモリアーティは、にがい笑いをもらして、つけくわえた。「むろんそれは、不可能なはずなんです。しかし、なおかつわたしは、それを証明するだけの数字をもっているんですよ」

アレンソンが横からいった。

「わたしは一ぱい飲みに行ってくるが、いっしょについてくるひとはいませんか?」

「いい考えですよ。今週における、最上のアイデアでしょうな」とマイクルズはいった。「それにしても、オドネル将軍が原子爆弾使用の許可をとるのに、何日ぐらいかかるんでしょうね?」

「政府のやることですから、相当長くかかるものと覚悟する必要がありますな」と、モリアーティがこたえた。

政府派遣の科学者団の発見は、おなじく政府から委嘱を受けた他の科学者団体によって検討され、これにまた数日が費やされた。ワシントン政府としては、場所もあろうにニューヨーク州の中心部で、原子爆弾を用いる騒ぎは避けたかったので、できれば別個の手段をとることができぬか、その方法を知りたかったのだ。したがって、学者団としても、この方法が絶対必要であると、政府当局を納得させるのに、ちょっと手間どったわけであった。そしてけっきょく、その地域の住民を疎開させることになり、ここでもまた、さらに多くの時日が費やされた。

そのうえで、命令が出て、五個の原子爆弾が貯蔵庫からはこび出された。パトロール・ロケットも命令を受けて、任務につくことになり、オドネル将軍の指揮下にはいった。これにもやはり、まる一日間を必要とした。

そして最後に、ずんぐりした格好の偵察ロケットが、ニューヨーク州の上空を旋回した。空中に、点のように浮かぶ、暗灰色のそのすがたは、だれの眼にもはっきりと映った。うみをもった傷のように、プラシッド湖とエリザベスタウンのあいだを縫い、さらに、キーンの町からキーン渓谷にはいり、ジェイ山脈を舐めるようにして飛んだ。

第一の原子爆弾が落とされた。

ひるは、最初の豊富な食糧にありついてから、久しいあいだ待たされていた。昼間はそれでも、太陽熱のめぐみを受けるが、夜にはいるとともに、エネルギーの量がめだって減少するという毎日を、いくどとなくくりかえし、からだの下にある大地をむさぼり食い、周囲の空気を吸収しては、どうやら成長をつづけていたが、ある日……おどろくべきエネルギーの爆発が起きた。

あらゆるものが、ひるにとっての食糧だった。それだけに、吸収しきれずに喉が詰まるおもいをする可能性もあった。いまも、あふれるばかりのエネルギーがふりそそぎ、それを溺れさせ、辟易させたが、ひるは狂気したように、この巨大な食糧を受け入れようとあがいた。まだまだ成長の度の足りないひるは、たちまち腹いっぱいになってしまったが、飽くことのない食欲にめぐまれていたので、苦しみながらも各細胞が、あたえられた食糧を吸収した。そして、それにともなって、新しい細胞が、電光のようなスピードで増大していった。

それはついに頑張りぬいた。エネルギーは制御され、いっそうの成長をうながした。数を増した細胞が、最初重荷だった食糧をみごと消化しつくした。

つぎに落下した栄養剤は、ふるえつきたいほど美味に感じられて、いとやすやすと処理することができた。ひるは極限を超えて成長し、むさぼり食い、さらに成長した。

これこそ、食物の真の味だ！　ひるはかつて知らなかった歓喜に浸ることができた。ねがわくば、さらに豊富な食糧が！　しかし、それ以上は、落ちてこようともしなかった。

そこでひるは、ふたたび大地を食うことにもどった。新しい細胞をつくりだしたエネルギーは消散して、まもなくそれは、以前の空腹を味わった。

ひるはこのように、いつも空腹を感じていなければならなかった。

オドネル将軍は、士気阻喪した軍隊とともに退却して、ひるの南のはしから十マイルはなれたところに陣営を移した。そこはスクルーン湖にのぞんだ、すでに全住民が立ちのいている町だった。現在のところ、ひるは直径六十マイルを超えて、なおかつ急速に成長しつつあった。それはながながと、アディロンダック山脈のあたりまでからだを腹這わせ、サラナック湖からポート・ヘンリーにいたるすべての土地をおおい、一方のはしを、チャプレイン湖のウエストポートへのばしていた。

このひるのいるところ、二百マイル以内は、全住民が疎開しおわっていた。

オドネル将軍は、学者団が同意すれば、水素爆弾を使用してもさしつかえないという許可を与えられていた。

「学者先生たち、どんな結論に達したのだろう？」

オドネルはそれを知りたがっていた。

かれはスクルーン湖にある強制疎開ずみの家の居間に、マイクルズ教授といっしょだった。そこを将軍は、新しい司令本部にしていたのだった。

オドネルはじりじりするようにいった。

「なぜあの連中、ぐずぐずしているんだろう？　ひるは一刻もはやく、爆破してしまわなければならぬのに、くだらない評議をしていてもはじまらんでしょうに——」

マイクルズは説明した。

「学者団としては、連鎖反応を恐れているんです。水素爆弾を集中的に使用すると、地殻のなかや大気中に、連鎖反応が起こる危険がありましてね。ひきつづき、とんでもない事態が生じないともかぎらんのです」

「たぶんあの連中は、銃創突撃で片付けろとでもいってるんでしょうな」と、オドネルは、軽蔑したような口調でいった。

マイクルズ教授はため息をついて、肘かけ椅子に身を沈めた。かれはすでに、こうした対策そのものがあやまりであることを痛感していた。政府が委嘱した科学者たちは、ただたんに、質問攻めにあっているだけなのだ。事態の重要性と緊迫度が、かれらに考察のチャンスをあたえないので、ただ、力にたよる以外に、方法とても考えられぬのだ。そしてひるは、その力によって、いよいよ成長をつづけているのである。

火には火という戦闘が、作戦として適切でない場合がしばしばあることに、マイクルズ教授は確信をもっていた。

火！　火の神ロキ。北欧神話に見るそれは、破壊の神であり、策略の神である。いや、それはとるべきでない。この事態の答えにはならないのだ。しかし、現在のマイクルズの気持ちは、耐えがたい現実から眼をそむけて、神話のうちをさまよっていた。

アレンソンが、六人の学者たちといっしょにはいってきた。

「計算をしてみましたが」と、アレンソンはいった。

「あなたが必要とするだけの水爆を使用しますと、地球がまっぷたつになる危険があるんです」

「戦争というものは」と、オドネル将軍が、そっけなくこたえた。「あらゆる危険を冒さなければならんものです。行動を開始してよろしいですかな？」

たとえ大地が引き裂けようが、オドネルはすこしも意に介しないのだと、マイクルズは急に気がついた。この赤ら顔の将軍が意識していることは、人類の手による史上最大の爆発が、いまここに惹起されようというだけであるのだ。

「そう性急に結論を下さないでください」と、アレンソンは制して、「ほかの人たちにも、意見を述べてもらいますから」

　将軍は気持ちが抑えきれなかった。

「計算したとあれば、あなたがたの数字でおわかりでしょう。あのひるは、一時間に十二フィートの割合で成長しているんですぞ」

「しかも、そのスピードが増大しつつある」と、アレンソンがつけくわえた。「だからといって、軽率に結論を下してよい問題ではありません」

　マイクルズは、考えがまた、現実をはなれてさまよいだしたのを知った。ゼウス神の雷霆(らいてい)におもいがとんだのだ。これこそ、この場合、必要なものではないか。でなければ、ヘラクレスの力。

　さもなければ――

　かれは急に、坐りなおして、「諸君、いいことを思いつきました。これでしたら、水爆にかえても、じゅうぶん役に立つかもしれませんよ。まだ、ばく然とした思いつきにすぎませんが」

　かれらはいっせいに、教授をみつめた。

「諸君はアンタイオス（ギリシャ神話、海神ポセイドンと大地の神ガイアとのあいだに生まれた巨人。地に触れている限り、無敵だった）の故事をご存じでしょう」

　ひるは食べれば食べるほど、成長のスピードが増し、それだけよけいに空腹を感じた。生まれたときの記憶は去っていたが、それでもなお、かなり以前のことまで憶えていた。それは遠いむかしに、惑星を一個、食いつぶしていたのだ。恐ろしいまでに巨大になり、猛烈な食欲をおぼえて、近くの星へむかって飛行し、旅行のためのエネルギーに転換した細胞を補充すべく、その星をまた食いつくしてしまった。しかし、その後は食糧にありつけなかった。つぎの星は、あまりにも遠くへだたったところにあったからだ。

ひるはまた、旅行に出た。しかし、こんどは新しい食糧に到達する以前に、エネルギーを消耗しつくしてしまった。旅行をはたすために、からだの大部分をエネルギーに転換していたので、それを使いはたすと、ひるそのものがみじめにちぢんでしまった。

そして最後に、全エネルギーを消耗しつくして、それは一細胞になり、これといったあてもなく、宇宙をさまよいつづけることになった。

それが、第一の旅行だった。いや、記憶にのこる第一のものといおうか、とにかく、ひるが覚えているかぎりでは、霧につつまれたような遠いむかしのことで、当時宇宙には、平均して星が散らばっていた。ひるはそのあいだを縫って、ひとつずつ、星を食い荒らしていった。それは、宇宙のあらゆる場所を荒らしつづけ、成長し、ふくれあがった。全宇宙の星は恐怖におそわれ、あわてふためき、たがいによりそった。そしてその結果、銀河系が生じ、星座がかたちづくられた。

それともあれは、夢だったのか？

ひるは組織的に、大地を食べていった。もっと美味な食糧があるはずだがと、たえず新しいものをたずねもとめながら。すると、はたしてそれがもどってきた。しかし、こんどのそれは、上から落ちてきたのだ。

ひるは待っていた。だが、その食糧は、ひるをじらしでもするかのように、いつまでも手のとどかぬところにあった。手はとどかぬが、それでもそれが豊富にあること、真の意味での食糧というに足るだけの美味であることは意識できたのだ。

なぜ落ちてこないのだ？

ずいぶんながいあいだひるは待ちつづけた。しかし、その食糧は、いぜんとして、手のとどかぬところにあった。ついにひるは、からだを浮かばせて、そのあとを追った。

ひるが、この地球と呼ぶ惑星の地表から浮かびあがると、食糧もまた、うしろへと退いた。ひるはすぐに、その巨大なすがたがゆるすかぎりの敏速さで、食糧のあとを追う。

豊富な食糧は空中にただよい、ひるは追跡に移った。そのむこうには、もっと豊富な食糧源の存在することが意識できた。

太陽と呼ぶ、熱度の高いすばらしい食糧が！

オドネル将軍は科学者たちのために、指揮室で、シャンペンをふるまった。正式の晩餐はつぎの機会にゆずるとして、きょうは勝利を祝う前夜祭だ。

「みなさん、乾杯をねがいますぞ」

将軍は立ちあがりながらいった。人々はグラスをあげた。酒を飲まぬ男はわずかに一名、下士官のひとりで、宇宙船を無電操縦するためのコントロール板の前に腰かけている軍曹だけだった。

「マイクルズ教授のために乾杯！　教授の思いつき——ええと、よく忘れる。マイクルズ教授、なんという名でしたかな？」

「アンタイオスです」と、教授は、シャンペンを飲みつづけたが、気分はいっこうに晴れやかになってくれなかった。大地の神ガイアと海神ポセイドンによって生まれたアンタイオス。敗北を知らぬ闘士。ヘラクレスが地上に投げつけると、そのたびにまた、新しい力をとりもどして起きあがるアンタイオス。

その力は、ヘラクレスによって、空中高くもちあげられるまでつづいたのだ。

モリアーティはひとりごとのようにつぶやきながら、計算尺に、紙と鉛筆とをつかって、計算していた。アレンソンは、しきりにグラスをあけていたが、うれしそうな顔もしていなかった。

「さあ、遠慮なしにやってもらいますよ、諸君」と、オドネル将軍が、シャンペンをついでまわりながらいった。「計算はあとでゆっくりやればよろしい。いまは酒だ」

そして、操縦兵のほうへ顔をむけて、「調子はどうだ？」ときいた。

マイクルズの思いつきは、宇宙船に適用されることになった。純放射能物質を満載した宇宙船を、リモート・コントロールで操作して、ひるの横たわる上空を遊泳させた。ひるはそれにおびきよせられて、起きあがると、宇宙船を追った。この第二のアンタイオスは、母なる大地をはなれ、空中に浮かぶと同時に、その力を失った。操縦士は船に適当なスピードをあたえて、ひるにつかずはなれずといった程度の間隔を保たせた。

そして、宇宙船とひるとは、太陽にむかって進んだ。そのコースをつづければ、いずれは太陽と衝突することになるのだ。

「調子は上々です、閣下」と、操縦兵はこたえた。

「現在、水星の軌道内にはいっております」

将軍はいった。

「諸君、わたしは先日、この怪物を打ち殺してやると誓った。ここで、われわれが用いた方法は、当初わたしが望んだものではない。わたしとしては、わたしなりの方法を考えておった。しかし、このさい、なによりも肝要なことは、この怪物の撃滅にある。これから諸君に、それを見とどけてもらうことにしたい。破壊もときには、神聖な仕事になるもので、いまこそ、その仕事の遂行されるときといえる。諸君、わたしは現在、じつに愉快な気持を味わっておるんです」

が、そのとき、モリアーティがさけんだ。

「宇宙船の進路を変えろ！」その顔は蒼白だった。

「あの怪物の進路を変えさせるんだ！」

かれは計算した数字を、みなの前へつき出した。

それはすぐに読むことができた。ひるの成長速度が計算してあって、エネルギーの消費速度も見積もられていた。宇宙におけるそのスピードを不変数とし、太陽に近づくにつれて、ひるが吸収するエネルギーを指数曲線（エクスポネンシャル・カーブ）で示し、エネルギー吸収率を成長度に換算して、不連続数列としてあらわしてあったのだ。

そして、その結果は——

「太陽を食いつぶしてしまうことになる」と、モリアーティは、きわめてしずかな口調でいった。

操縦室は狂乱のちまたと化した。六人の学者が、同時にオドネルにむかって、その計算の意味を説明しだした。そのあとでモリアーティが、そして最後に、アレンソンがいった。

「成長度がいちじるしいわりに、進行速度がおそすぎるんです。そのために、ひるが吸収するエネルギーは膨大なもので、それが太陽に達するまでには、じゅうぶん太陽を食いつぶすだけの大きさに成長していることになるのです」

オドネルは、その数字を理解するまでの手間をかけずに、操縦兵にむかってさけんだ。

「方向を変えさせろ」

みなは眼をみはって、レーダー・スクリーンに映るかげを見まもっていた。

ひるの食糧は進路をそれて飛び去った。正面には、はるかに巨大な食糧源が存在しているが、そこまでは、またまだ長い行程があった。ひるは一時、ためらった。そのおのおのの細胞は、前後の思慮もなくエネルギーを消費していたので、母体の決断を、性急に要求した。食糧は誘うようにスピードを落とした。

近くのそれをとるか、遠くの、より巨大なものをえらぶか？

ひるの肉体は、いますぐ手にはいる食糧を欲した。ひるはそのあとを追って、太陽への道をはなれた。太陽は、いつかまた、餌食にできよう。

アレンソンは操縦兵にいった。

「太陽系から、直角の方向へむけておびき出してくれ」

操縦兵は、いわれるままに、コントロール板を操作した。レーダー・スクリーンの上に、大きな点が小さな点を追って行くのが映った。これで、進路が変わった。ほっとした表情が、すべての者の顔に浮かんだ。あぶないところだったのだ！

オドネル将軍は、ぼう然とした顔つきできいた。

「ひるのいるのは、宇宙のどの辺でしょうな？」

「外へ出てください。ごらんに入れられると思いますよ」天文学者がそういって、将軍を戸外へつれ出した。

「あの部分です」天文学者は、空の一部を指さしていった。

「それはよかった」将軍はつぶやいて、操縦兵にむかうと、「おい、そろそろいいぞ。さきほどの命令を実行するんだ」と、いった。

科学者たちは、一斉に、あっとさけんだ。操縦兵はコントロール板を操作した。大きな点と小さな点の距離がちぢまっていった。マイクルズは、いそいでそこへ駆けよろうとした。

「とまりなさい」厳然と、将軍はいった。そのつよい、命令的な声に、マイクルズは思わず、足をとめた。

「わたしはわたしの考えによって行動しておる。そのために、とくにあの宇宙船をつくらしておいたのだ」

レーダー・スクリーンの上で、ついに大きな点は、小さな点をとらえた。

オドネル将軍はいった。

「わたしはさきほど、これは、わたし個人の問題であるといった。なにがあろうと、あのひるは撃滅してみせると誓った。あれが生きているうちは、われわれの安全は保たれんのです」そして、かれはほほえんで、

「外へ出て、空を見るとしよう」

将軍はゆっくり、戸外へ足をむけた。科学者たちも、そのあとにしたがった。

「ボタンを押せ、操縦兵！」

操縦兵は、命令どおり行動した。しばらくは、なにも起こらなかった。が、つぎの瞬間、空一面がかがやきわたった！

そこに、煌々とかがやく星がかかっている。その光輝が、夜の空にみなぎり、いよいよ大きくなっていったが、やがて、うすらぎはじめた。

「なにをなさったのです？」と、マイクルズ教授が、あえぎあえぎ、きいた。

「あのロケットには、水素爆弾を仕込んでおいた」と、オドネルはそのつよい顔に、勝ちほこったような表情を示していった。「接触した瞬間、爆発させた」そし

て将軍は、またも操縦兵に声をかけた。「まだなにか、レーダーに映っているか？」

「すっかり、消えてしまいました、閣下」

「諸君」と、将軍はいった。「わたしの遭遇した強敵は、征服できましたよ。大いに祝杯をあげてもらいましょう」

　だが、マイクルズ教授は、急に不快感におそわれた。


　ひるはそのとき、エネルギーの消耗から、全身が縮小しつつあった。そこへ大爆発が起こったので、吸収するどころのさわぎでなかった。ひるの細胞は、一秒の何分の一かはもちこたえたが、そのあとはもはや、耐えられるだけの力がなかった。

　ひるはたたきのめされ、打ち砕かれて、破滅した。それは、千にもあまる小部分に分裂し、その一片一片が、さらに百万の細片に分離した。

　細片は爆風によって吹きとばされると、その衝撃で、さらにまた分割した。

　個々の細胞に！

　かたく乾ききって、一見、生命をもたぬ塵に似た幾百万の細胞は、四散し、浮遊した。意識もなく、無限の空間を漂うのだった。

　何百万の細胞が、食糧にありつく日を待って。

監視鳥

Watchbird

ゲルゼンを最後にして、監視鳥製作委員会のメンバーが、全員顔をそろえた。その数は、かれをべつにして六名、会議室は最高級の葉巻から立ち昇る煙で、うす青くかすんで見えた。

かれが部屋へはいると、委員の一人が「やあ、チャーリー」と声をかけた。

ほかの委員たちは雑談をやめて、いっせいにあいさつした。かれは監視鳥製作担当者として、人類救済用機器製作協議会の一員だった。それを考えると、思わずかれは、渋い顔になってくる。なんという官僚的な！　人類が人類を救済するのに、政府からその資格を任命されねばならぬとは！

「政府代表はまだ出席していないが」委員の一人が彼にいった。

「まもなく来るはずです」

それにかぶせて、ほかの一人がいった。

「製作認可は、まちがいなく下りるそうです」

「それはよかった」

ゲルゼンは、ドアに近い席について、室内を見まわした。政党の大会か、ボーイ・スカウトの例会のようなものものしさである。列席者の数こそすくないが、委員たちの貫禄は、じゅうぶんその欠点を補っていた。

南部地区の代表が、キンキン声をはりあげて、監視鳥の持続性を力説しているところだった。ほかのふたりの委員が、しきりにうなずきながらも、なんとか話の主導権をとりもどそうとあせっているようすだ。そのひとりは、監視鳥の性能を実験したばかりで、その結果を報告したいらしいし、あとのひとりは、新しくそなえつけた攻撃用装置について論じたがっているのだ。

ほかの三人は別個のグループをつくって、これはもっぱら、監視鳥礼賛に終始していた。

ゲルゼンの眼には、委員たちのだれもが、救世主をもって認じているところが、片腹いたく映るのだった。といって、かれにはそれを笑うことはできない。つい数日まえまで、かれ自身がおなじ気持ちで、腹がつき出し、額ぎわの抜けあがってきたおのれが、人類救済の聖者だと思いあがっていたからである。

かれはため息をついて、タバコの火をつけた。立案当初の熱狂的な情熱を思いうかべたのだ。技師長（チーフエンジニア）のマッキンタイアに、こういったことをおぼえている。

「マック、新しい時代の到来だぜ。監視鳥がその前触れだ」

するとマックも、もっともらしい顔付きでうなずいた——かれもまた、監視鳥礼賛者のひとりだった。

人類最大の悩みを、いとも簡単に、しかも、失敗のおそれもなく解決する方法、それを、一ポンドにもみたぬ腐食しない金属、クリスタル・ガラス、プラスティックを複合させたものに見出すことができるのだった。

その安易性が、かれの心を暗くかげらせた。アダムとイブ以来の難問が、こうも無造作に解決されてよいものだろうか？　どこかにあやまりがひそんでいるのではないか。

とにかく、殺人は太古以来、人類最大の悩みだった。なんであれ、抜本的な解決策がほしいところだ。

委員たちの討議が白熱化したところに、政府代表がはいってきた。室内はとたんに、しずまりかえった。

政府代表が沈黙を破った。

「諸君、大統領閣下は国会の承認をえて、全国の各都市に、監視鳥局を設置する法律を裁可されました」

勝利のさけびが、全員の口からほとばしった。いよいよ、全人類を殺戮の恐怖から解放することが可能になった。だが——とゲルゼンは考えた。どこかにあやまりがあるのではないか？

そのあと政府代表は、その配置計画についての概要を説明した。アメリカ全土を七つの区域に分け、それぞれに製造工場を建設する。重要事業だけに、独占形態をとるのはやむをえない。電信電話をはじめ、公共の福祉に主眼をおく事業は、競争をゆるさぬことになるのだ。監視鳥は万人のものであらねばならぬ。

「大統領閣下は、できるかぎり短期間に、監視鳥を完成させるよう希望されています。そして、本地区に対しては、製作のための材料、工員数その他において、最大のものが許可されているのであります」

南部地区代表が口をはさんだ。

「われわれの地区は、ここ一週間以内に、最初の完成品を送りだしてごらんにいれます。製作態勢はすでに完了しております」

ほかの委員たちも、つづいて同様なことを述べたてた。どこの工場も、この数カ月、製品を送り出すための準備に忙殺されていた。標準規格も決定されて、あとはただ、大統領の裁可を待つばかりの情勢だったのだ。

政府代表はいった。

「それを聞いて安心しました。なにか質問はありますか？」

ゲルゼンがまず、口をひらいた。

「製作は見本どおりにすることになるのでしょうか？」

「もちろんです。あれがもっとも、進歩した型ですからね」

「それについて、異議があるのです」と、ゲルゼンは立ちあがった。仲間たちは、冷たい視線を浴びせかけた。なんという男だ！　せっかく、人類に黄金時代が到来しようというのに、じゃまだてするつもりでいるのか。

「異議とは？」

「あらかじめお断わりしておきますが、殺人防止のために機械力を利用することは、わたしもまた、百パーセント賛成するところであります。ただ、監視鳥に知能回路をつけることには大反対です。これは、実際において、機械を生物化し、これに擬似意識をさずけることになるのであります。わたしとしては、とうてい、黙視するわけにいきません」

「しかし、ゲルゼン君。きみ自身のテストの結果で、知能回路なしには、監視鳥の実効はあげられないことがわかったのですよ。それなしの場合、殺人防止能力は七十パーセントに落ちるはずですが——」

「わかっています」ゲルゼンは不愉快さを露骨にしめして、「しかし、判断力は人間にだけゆるされているものです。それを機械にあたえるとなると、モラルの点で、危険を感じないわけにいかないのです」

「よせよゲルゼン」と製造会社の社長の一人はいった。「そんなもんじゃないさ。監視鳥は最初っから誠実な人間の判断を強化したものにすぎないんだ」

政府代表はうなずいて、「だが、ゲルゼン君の気持ちは理解できますよ。司法の正義を維持するのに、機械力をもってしなければならぬとは、いかにも情けないしだいです。しかし、ゲルゼン君、ここで考えてもらわねばならぬのは、これ以外に、犯人の意図を、実行以前にストップさせる方法は考えられぬということです。モラルだけを重視して、年々、罪もない人間が、おどろくほど多数殺害されているのを放任しておくのも正しくはありますまい。わたしの意見を正しいとは考えませんか」

「なるほど、ごもっともです」

かれ自身、それとおなじことを、何千回となく、自分にいいきかせてきたのだが、やはりそこに、なにかひっかかるものがあった。もう一度、マッキンタイアと話しあってみるとしようか。

会議のおわったあと、かれはふと、考えついたことがあって、思わず苦笑をもらした。

この発明のおかげで、大多数の警察官が、失業することになるのだ!

老刑事のケルトリクスがわめきたてていた。

「腹が立ちますぜ、署長。殺人課で十五年も苦労したあげくですよ、あんなくだらん機械の出現で、馘にされるんですからね」

赤黒い大きな手で、ひたいの汗を拭いながら、署長のデスクへのしかかるようにして、わめいた。

「それにしても、科学ってやつほど、おそろしいものはありませんね」

ほかの二名の刑事も、おなじように、にがい顔でうなずいた。

「心配せんでもいいさ」と、署長はいった。「殺人課ばかりが警察じゃないんだ。窃盗係かなんかで働いてもらうとするよ」

「だからといって、気はおさまりゃしませんよ」老刑事の苦情はつづいた。「ガラスとブリキに頼らなけりゃ、殺人事件の解決ができないなんて、わしらを侮辱するようなもんですぜ」

署長は説明して、「やつらが解決するわけじゃない。この機械で、犯罪をその実行以前に、防止しようというのがねらいだ」

「すると、殺人が行なわれる以前ってことになりますね。実行しないかぎり、電気椅子へつかせることはできませんな」

「それでいいじゃないか」署長はこたえた。「監視鳥の任務は、犯行の防止にあるんだ。犯人を実行に移させなければ、それで目的ははたせるのさ」

「逮捕はしないんですか？」ケルトリクスがきいた。

「その点は、どういうことになるか、おれ自身も知らんよ」

警官たちはしばらくだまりこんだ。署長は大あくびをして、時計を見あげた。

ケルトリクスは、署長のデスクにのりかかるような姿勢でいった。

「なんでまた、そんなおかしなものをつくり出したんでしょうね？」

署長は老刑事の顔を、皮肉な眼でながめていた。ここ数カ月、新聞紙は監視鳥の記事でもちきりだったのに、この男、読んだことがないのだろうか？　しかし、かれはすぐに気がついた。この男にかぎらず、刑事なんてものは、スポーツ記事以外は眼を通すことがないものだ。

そこで署長は、日曜版の特集記事からの知識を話してきかせた。

「犯罪科学者が、殺人者を凶行に駆りたてるものを研究したところ、この連中から、通常人と異なる脳波が放出されていることがわかったんだ。あちこちの腺にも、同様な現象が見出された。やつらが凶行の腹をきめたとなると、とたんにこうした現象が生じるそうだ。そこで、こうした脳波に出会うと、反射的に、赤い光を発する特殊な機械をつくりあげたというわけなんだ」

「科学者か！」と、ケルトリクスは、にがにがしげにいった。

「科学者たちは」と、署長はつづけた。「機械をつくりあげはしたものの、その実用化となるとこまってしまったのさ。動かすには大きすぎるし、わざわざ機械のそばまで行って、人殺しをやるばかもいないからな。そこでこんどは、その縮小版をつくって、いくつかの警察署へ配置してみたってわけだ。たしか、この州の北部でもやったはずだが。ところで、その実験の結果が思わしくなかった。犯罪が起きかけてから、現場へ機械を運びこんだところで、間に合うわけのものじゃないからな。そこで最後に、鳥に仕立てて飛ばすことを考えついた」

「そんなものを恐れて、犯人が考えなおすとでも思っているんですかね？」と、ほかの刑事が質問した。

「ところが、それができるのだ。おれはテストの報告書を読んだが、犯人が凶行を決意すると、監視鳥がそれに反応して、さっそく現場へ飛んでくることになる、そして犯人に、つよい電撃ショックをあたえるんで、相手はたちまち、動けなくなるという寸法だ」

「署長」と、ケルトリクスが質問した。「殺人課は廃止になるんですか？」

「そんなことはない。しばらく、経過を見ることにするが、その間、最小限度の人員だけは残しておくつもりだ。機械力だけで、殺人の全部が防止できるとは思えんからな」

「なぜ、できないんです？」

「殺人者のうちには、脳波なんか出さん連中もいるんだ」署長は新聞の解説記事を思いだしていった。「なかには、腺にまったく、変化の起こらんやつもおる」

「防止できるのは、どんな相手なんで？」

ケルトリクスは、さっそく職業意識を働かせてきいた。

「そんなこと、おれにもわからんが、聞いたところによると、あらゆる殺人事件をおさえつけることができるんだそうだが――」

「どんなぐあいに、操作するんでしょうね？」

「なんでも、知能回路とかいって、機械のくせに、だんだんものを憶えこんでいく装置がついているって話だ。そうなると、人間同様、しだいに殺人課のヴェテランになっていくんだろうな」

「まさか」

「いや、ほんとうらしいぞ」

「どうでもいいが、ピストルの手入れは、忘れずにやっておきますよ。科学者の能書なんか、いちいち真に受けてはいられませんからね」

「当然だ」

「鳥か！」


町の上空を、ゆるいカーブを描いて、監視鳥が旋回をつづけた。アルミのボディが、午前の太陽をいっぱいにうけて、鋼鉄の翼には、小さな点がおどっている。それは音もなく飛んだ。

町のどこかで、チラッとでも殺意がひらめくと、その電子反応が、敏感にそれをとらえる。思考センターが、記憶ファイルに蓄積した資料と照合して、つぎの行動を決定する。その決定にしたがって、監視鳥は降下しはじめるのだ。翼下では、殺意がしだいに強度をまし、それにつれて、放射される脳波も強烈になってくる。

その浮浪民はピストルをつきつけていた。が、料理一皿を要求するだけなのだ。大男の食堂主は、相手をすっかりなめてかかった。

「なんだ、チビめ。そんな小っぽけなからだで、このおれをおどかすつもりか」

ピストルを恐れるには、食堂主はあまりにも勇敢でありすぎたし、腕力にも自信をもちすぎていた。浮浪民のほうはがたがた慄えながら、「そ、そばへよるんじゃないぞ。でないと――」

とたんに、その首筋に電流が流れた。ピストルはかれの手から落ちて、朝食の陳列ケースを割った。

「どうしたんだ?」

相手がいきなり気絶したので、食堂主はかえって狼狽した。その頭上を、銀翼をきらめかして、アルミの鳥が飛び去っていった。

「なんだ、監視鳥の仕業か!」

アルミの鳥はもとの監視態勢にもどって、旋回をつづけている。思考センターは、いま経験した事実を、ほかのすべての仲間に伝達する。かくて、すべての監視鳥のあいだに、いま経験した事実にもとづいて、殺人行為なるものの定義が、その内容を豊富にしていくのだった。

ゲルゼンの工場での製造工程は、計画どおりに進行して、コンベア・システムにのったアルミの鳥が、次から次へと組み立てられていった。製作命令は、かならず期日までに実行された。ゲルゼンの受持ち地域では、大都市はどこも配置を完了し、いまは群小町村の需要までみたす段階にいたった。

「万事、順調にいっております、所長」と、その日の工場点検をおえたマッキンタイアがいった。

「われわれがこの仕事にかかってから、ずいぶん久しくなるな」と、ゲルゼンはいった。ふたりが顔をあわせても、ほかに話題がなかったからだ。

マックもうなずいて、椅子の背によりかかり、ふかい息を吸いこんだ。かれは監視鳥の原型がつくりあげられた当初からの技術者陣に属していた。すでに六年の昔になるが、その間をずっと、ゲルゼンの下で働いていたのである。

「きみにききたいことがあるんだが、それは――」と、ゲルゼンは口よどんだ。かれは自分の望んでいることをなんと表現してよいかわからなかったからだ。とりあえず質問形式をとって、「マック、きみは監視鳥をどう思うね？」

「え？　ぼくが？」

技術者は神経質な笑いを見せた。かれはこの仕事の創始期から、監視鳥と生活をともにしてきた人間だ。その自分が、いまさら態度を表明させられるとは思わなかったのだ。

「偉大な発明だと思いますよ」

「そんなことをきいているのではない」と、ゲルゼンはいった。そしてかれは、自分の見解をだれかに理解してもらいたいだけなのだと気づいた。「機械の思考力にたよっていて、はたして危険がないものだろうか？」

「しかし、所長、なんで、そんな心配をなさるんです？」

「わしは科学者でもなければ技術屋でもない。予算と生産のバランスを考えるだけの人間で、技術方面は、一切きみたちにまかせている。が、最近、監視鳥に不安を感じだしたのだ」

「どんな理由で？」

「知能回路――機械が知識を習得していくというアイデアが気に入らんのさ」

「なぜ、いけないんです？」と、マックは、にやにや笑いながら、「あなたもやはり、一般大衆なみの妄想に取り憑かれているんですね。いつの日か、機械が立ちあがって、全世界征服のために決起するんじゃないかと恐れているのでしょう？」

「そんなところかもしれんがね」と、ゲルゼンはうなずいた。

「心配しすぎですよ」と、マッキンタイアはいった。

「監視鳥は精緻にはできていますが、おなじ複合体でも、電子計算機にくらべれば、はるかに劣りますよ。MIT（マサチューセッツ工科大学）の電子計算機だって、意識まではもちませんからね」

「ところが、監視鳥には、ものを憶える能力があるんだぜ」

「その程度の能力でしたら、最近の計算機は、みんな、もっていますよ。それらがそろって、監視鳥と手を組むおそれがあるというならべつですがね」

　ゲルゼンは相手の鈍感さにじりじりさせられた。そして、それ以上に、自分の不安が非科学的だと見られるのが、たまらなくいやに思われた。

「いずれは監視鳥が、習得した知識を行動に移すと思うのだ。その場合、監視鳥の監視はだれがする？」

「なるほど、そこに問題がありますね」マッキンタイアはいった。

「わしはこのごろ、監視鳥の廃止を考えている」

　そのじつゲルゼンは、その瞬間まで、はっきり考えていたわけではなかった。

「しかし、所長」と、マッキンタイアはいった。「技術屋（エンジニア）の意見もきいてみてはくれませんか」

「きかせてもらおう」

「監視鳥には、自動車ほどの危険もありません。IBMの電子計算機どころか、あの程度の意識や意志力は、ぜんぜんもっていないのです。それはただ、ある種の刺激に反応して、刺激をうけたときに、一定の行動を起こすだけなんです」

「しかし、知能回路は？」

　マックは十歳の児童に説明するように、辛抱づよくいってきかせた。

「あれは欠くわけにいきません。監視鳥の目的は、あらゆる殺人意図を打破することにあるのです。殺人者の全部にわたって、その犯行を抑圧するには、つねに新しい殺人行為をさがし求め、そのつど、その経験と既存の知識との関連性を習得しなければならんのです」

「そこに、非人間的なものがあるというのさ」

「しかし、それが最上の方法なんです。監視鳥には感情がありませんから、かれらが判定するといっても、非人間的なものです。買収も誘惑も不可能ですから、心配にはおよびません」

話がどこまでも食いちがっている。インターホーンが鳴りひびいたが、ゲルゼンはそれを無視した。

「それも承知している。しかし、それでもなお、わしはこう思うんだ。ダイナマイトを発見した男が、ちょうどこんな気持ちだろうとな。あれも最初は、切り株を爆発させるための考案だった」

「監視鳥は、あなたが発明したわけじゃありませんよ」

「それでも、製造するのはわしだ。わしはこの発明に、精神的な意味で、責任を感じている」

インターホーンがまた鳴って、秘書がいった。

「第一週の成績報告書がとどいております」

「どんなぐあいだ？」

「非常に優秀なものです」

「十五分以内に持ってきてくれ」

ゲルゼンがスイッチを切って、ふり返ると、マッキンタイアはマッチの軸で、爪を掃除していた。

「あれは、人類の思考の方向を示しているな、マック――機械の神性化、電気力の絶対的崇拝」

「所長」と、マッキンタイアはいった。「あなたはもうすこし、監視鳥の研究をなさる必要がありますね。回路の機能をご存じなんですか？」

「概略だけはね」

「第一に、一定の意図だけに働きます。生物が殺害行為に出ることを防止するのです。第二に、殺害行為とは、生物が他の生物の機能を、破壊、損傷、暴力等によって停止させること、と規定してあります。第三に、殺害の意向が生じると、化学上、電気上の変化で、予知することができるのです」

マッキンタイアは、タバコに火をつけたが、すぐにまたつづけた。

「監視鳥は、以上の条件にもとづいて活動します。それに、知能回路がそなわっているため、なお二つの条件が加わります。第四の条件。生物のうちには、第三の条件に述べられた徴候なしに、殺害行為に出る場合があること。そして、第五の条件、その場合も、第二の条件を適当に用いれば、発見できるということです」

「なるほど」と、ゲルゼンはいった。

「これだけの条件をそなえていれば、確実だと考えませんか？」

「まず、だいじょうぶなんだろうな」と、ゲルゼンは、ためらいながらもいった。「説明はそれだけかね？」

「そうです」

技術者はいいおわって、出て行った。

ゲルゼンはしばらく考えていた。どうも監視鳥自体には、まちがったところはなさそうだ。

「報告書をもってきてくれ」インターホーンにむかっていった。

街に灯がともったが、ビルディングの上空では、いまだに監視鳥が飛翔している。ここは大都会なのだ。

いままでは監視の対象は、おびただしく増大していた。監視鳥相互のあいだに、眼に見えぬネットワークがあり、新しい情報を交換しあっているので、そのつど、新種の殺害行為が発見されて行く。

見よ！　鳥の知覚に刺激があった！　監視鳥がふたつ、急降下した。

条件の第四、ある種の生物は、条件第三に述べられた徴候なしに、殺害行為に出ることがある。

眼下の生物は、化学的電気的な変化こそ示していないが、殺害行為に出ようとしていることは、新しい情報にもとづいて明瞭である……

監視鳥は、いっそう知覚を鋭敏にして、その生物に近づいて行く。そして、目的の場所を発見すると、その上空を一旋した。

ロジャー・グレコは、両手をポケットにつっこんだまま、ビルの外壁によりかかっていた。左手には、四五口径のピストルがにぎられている。かれは辛抱づよく待っているのだ。

なにも考えず、ただばく然と、建物の壁によりかかったまま、相手が出てくるのを待っている。なぜその相手を殺さなければならぬのか、かれ自身はなにも知らなかった。そんなことはどうでもよい。グレコには詮索心が欠けていた。それが、殺し屋としてのかれの長所であり、そして、いまひとつの長所といえば、ピストルの腕前だった。

興奮もしなければ、不愉快な気持にもならない。これは仕事なのだ。まともな仕事と、ちっともかわっていない。人をひとり殺す。それがどうしたというのだ？

犠牲者はビルを出てきた。グレコはポケットから、四五口径をぬき出した。安全装置をはずして、右手にもちかえた。ねらいをつけたが、なにも考えてはいない……

そのかれが、突然、足もとからぶっ倒れた。

グレコは自分が撃たれたと思った。どうにか起きあがると、まわりを見まわし、もうろうとした眼でもう一度、犠牲者にねらいをつけた。

そこでまた、たたきのめされた。

こんどは、地上に倒れたままで、ねらいをつけた。あくまでも、殺さなければならぬ。殺しがかれの稼業だったからだ。

が、つぎの電撃で、かれの視野は失われた。永遠に……なぜならば、暴力を防ぐのが、監視鳥の任務だったからだ——たとえ犯人の生命を奪おうとも。

犠牲者はそのまま、車へ歩いていった。なにも異常なことに気づいていない。すべては静寂のうちに行なわれたのだ。

ゲルゼンは満足しなければならなかった。監視鳥は完全にその機能を発揮している。暴力犯罪は半減し、それがまた半減した。人々は、夜間の外出をおそれる必要がなくなり、公園も遊園地も、日没後の愉しい場所となった。

もちろん、窃盗事件はなくならなかった。軽犯罪は、いぜんとして跡は絶っていない。しかし、それは重要なことではない。金銭を失ったところで、あらためて手に入れることができる――生命だけはかけがえがないのである。

ゲルゼンはかれの不安があやまりだったことをさとった。監視鳥は、人類の果たしえなかった仕事を、りっぱにやってのけている。

しかし、食い違いの最初の徴候があらわれたのは、その日の朝だった。

マッキンタイアが黙ってはいってきて、ゲルゼンのデスクの前で、暗い表情を見せた。

「どうかしたのか、マック?」

「監視鳥が食肉処理場の男をやっつけたんです」

なるほど、監視鳥のやりそうなことだ。知能回路が、食肉処理を殺害行為と規定したのだろう。

「罐詰業者に、機械化するようにいうんだな。われわれだって、あの作業は不愉快だからね」

「いってやりますか」

マッキンタイアは、口をとがらせて、肩をゆすると、出て行った。

ゲルゼンはデスクのわきに立って考えていた。監視鳥に、殺害犯人と正当な職業に従事している者との区別を教える方法はないものか? どうやら無理のようだ。かれらには、殺害行為は殺害行為で、例外はないらしい。ゲルゼンは眉をひそめた。回路にすこし、修正をくわえねばなるまい。

しかし、それは大した問題ではない、とかれは、即座に判断を下した。ほんのすこし、識別能力に修正をくわえればよいのだ。

かれはまたデスクについて、書類に眼をやった。以前の不安が、ふたたび首をもたげぬように願いながら……


看守たちは、囚人を電気椅子にしばりつけて、その足もとへ、電気のコードをひっぱった。

囚人はそうした看守たちのうごきにも、ほとんど無意識に、ただ、うう、うう、とうなっていた。

丸刈りの頭に、ヘルメットをかぶせ、皮ひもをかたく締めると、囚人は大声にわめきたてた。

とたんに、監視鳥が飛びこんできた。どこから来たのか、だれも知らなかった。刑務所のドアは、のこらず鍵がかけてあるのに、それでも監視鳥は侵入してきたのだ――殺害行為防止のために。

「こいつを追い出せ！」

刑務所長がさけんで、スイッチに手をのばした。が、監視鳥はかれを打ち倒した。

看守のひとりが、悲鳴をあげながら、代わってスイッチをつかもうとしたが、かれもまた、刑務所長のかたわらにたたきのめされた。

「ばかめ！　人殺しじゃないんだぞ！」

ほかの看守がさけんで、ピストルをぬき出した。きらきらと銀翼をきらめかして、旋回をつづけている金属の鳥を撃ち落とそうとしたのだ。

しかし、予想どおり、これもまた監視鳥のために、壁にむかってたたきつけられた。

室内は静まりかえった。ヘルメットの囚人だけが、げらげらと笑っている。そのかれを護るように、銀翼をきらめかせて、監視鳥は飛んでいるのだ。

新しいデータが、監視鳥のネットワークのあいだをとびかった。それぞれ独立して活躍している、何千という監視鳥は、そのデータを受けとると、それによって、つぎの作業に移るのだった。

生き物が生き物によって、破壊、切傷、暴力等をうけ、それによって本来の機能を停止する――これすなわち、殺害である。それを防御するためには、新しい行動が必要なのだ！

「畜生、うごかねえか！」

農場主のオリスターが、大声をあげて、鞭をふるった。馬はたじろいで、荷馬車が音を立てた。

「このゴクつぶしめ。うごかねえか！」

彼はわめきつづけて、また、鞭を振りあげた。が、その鞭は下りてこなかった。暴力をかぎとった監視鳥が、彼を荷馬車からたたき落としてしまったからだ。

生き物とはなにか？　監視鳥は経験を積むにつれて、その定義を拡大していった。そして、その結果によって、当然、仕事の量も増えていった。

仔鹿の姿が林のはずれに見える。ハンターがひとり、銃をかまえ、ねらいをつけた。が、発射する以前に、かれ自身が打ち倒されていた。

相手の罵声をききおわると、ゲルゼンは額の汗をぬぐって、そっと受話器をおいた。

「だれです、相手は？」とマッキンタイアはきいた。ひげを伸ばしたまま、ネクタイはゆるんで、ワイシャツのボタンははずれていた。

「こんどは漁師だ」と、ゲルゼンは答えた。「監視鳥の妨害で、家族もろとも、餓死寸前だといっている。われわれがどうするつもりか、それを知りたいとどなっていたよ」

「そんな連中が、何百人といるんでしょうね？」

「知らんな。苦情の手紙は、ひらいてもみないよ」

「このあいだから、考えつづけているんですが――」

マッキンタイアが、暗い表情でいった。原子爆弾を落とした男の表情がこれであろう。惨状を知るのがおそすぎた男だ。

「結論をきこうじゃないか」

「殺人防止はわれわれ人類の希望でした。そして、監視鳥もまた、同様に考えてくれると思っていたのです。やはりわれわれとしては、その条件を限定すべきだったのです」

ゲルゼンはいった。

「わしはこう考えている。正しい条件を与えるまえに、殺害行為とはなにかという定義に、限界をさずける必要がある。それができれば、あるいは、監視鳥も必要でなくなるかもしれんよ」

「さあ、そこまではどうでしょうかね。とにかく監視鳥に、一見殺人に似ていても、殺害とはいえぬ行為があることを教えなければなりませんね」

「しかし、なぜ漁師の仕事の邪魔をするんだろうな？」

「魚だって生き物ですからね。われわれ人間が、魚を殺してもかまわんと思っているだけなんです」

電話のベルが鳴った。ゲルゼンは渋い顔で、インターホーンのスイッチを押して、「電話をつないではいかんといったじゃないか。どんな用件でもだ」

「ワシントンからです」秘書がこたえた。「所長はたぶん――」「わかった」ゲルゼンは電話に出ると、「はい、おっしゃる通りひどいもの……彼らがそんなことを？　ただちにそうします」

ゲルゼンは、受話器を耳にあてていたが、話しおわって、マッキンタイアにいった。

「大至急、監視鳥の活動を停止させろという指令だ」

「簡単にはいきません」と、マッキンタイアはこたえた。「監視鳥は独立して行動していますんでね。一週間に一度、修理個所の点検を受けにもどってきますから、そのときをつかまえて、一個ずつ、機能を停止する以外には方法がありませんな」

「では、そうしてくれ。沿岸地区では、すでに四分の一は回収したそうだ」

「制限回路をつくりだすことができるかもしれません」

「そうしてくれると助かるな」と、ゲルゼンが、にがにがしげにいった。「すくなくとも、このわしはほっとするよ」

監視鳥は急速に知能を深めていった。ばく然と規定されていた条件が拡大され、それにもとづく活躍が、さらにまた、その条件を拡大した。

殺害行為を防止するために……

金属と電子は正しい判断を下すが、人類のそれとはちがった様式にしたがった。

生き物であればなんでも！　監視鳥はあらゆる生き物を防衛するのを使命とした。

蠅が室内で唸っていたが、テーブルの上で、ちょっと休息してから、窓しきいのほうへ飛んで行った。

老人が近よって、新聞紙をまるめた。

殺害行為だ！

監視鳥が舞い降りてきて、きわどいところで、蠅の生命を救った。

老人は一瞬、床の上をのたうったが、そのまま、二度と動こうとしなかった。衝撃は軽かったが、年老いた心臓のうごきを停止させるには十分だった。

しかし、その被害者の蠅は救われた。これこそ、偉大な使命達成である。被害者を救うために、加害者へは、それ相応の報いをあたうべきなのだ。

ゲルゼンは激昂した。

「なぜ、そいつらの機能をとめないんだ！」

修理室の片隅に、技師長が倒れている。意識をとりもどしかけたところである。副主任が代わって説明した。

「技師長が、監視鳥の機能をとめようとしますと、この始末なんです」

かれは両手をにぎりしめて、なんとか震えをとめようと努めていた。

「おかしいじゃないか。かれらに自己保存の意識はないはずだ」

「そうお考えなら、所長自身で、とめてみたらいいでしょう」

これはまた、どういうことか？　ゲルゼンはさまざまの報告を総合して考えてみた。その結果わかったことは、監視鳥に、生き物の範囲について、限界を教えておかなかったのだ。

かれらはすでに、自分たちもまた、生きた有機体だと思いこんでいるのである。それを否定する事実を、かれらに告げた者がいないからだ。たしかにかれらは、生き物とおなじ機能をそなえている。

かつての不安が、またしてもゲルゼンの胸によみがえった。かれはからだを震わせながら、修理室を出て、マッキンタイアをさがしに行った。

看護婦が外科医にスポンジを手渡した。

「メス」

医師は看護婦から受け取ると、切開にとりかかった。そのとき、手術室の入口がざわめきだした。

「だれがあんなものを入れたんだ？　はやく追い出してしまえ」

「知りませんわ」

看護婦はこたえたが、声はマスクのために、はっきりと聞きとれない。

看護婦がきらめく翼を追い払おうとした。が、それは彼女の頭上を越えて、手術にかかっている外科医にむかって突進した。そして、あべこべに医師を追い払うと、患者を守護する位置についた。

「電話で監視鳥局員を呼ぶんだ」医師はわめいた。

「手術ができんじゃないか」

しかし、監視鳥としては、生き物にくわえられる暴力は、あくまで防ぎとめねばならぬのだ。

医師はぼんやり、患者が死んでいくのを見ているだけだった。

網の目のように走っている公道の上空に、監視鳥は飛びかいながら待機していた。それは、ここ数週間、休みもせず、修理工場にももどらず、活動をつづけているのである。休息と修理はとうていありえないことだった。工場へもどるのは、おのれ自身の機能を停止させることで、みずから生きた有機体と思いこんでいる監視鳥にとって、その責務にもそむく結果になるからであった。

ある期間が経過するたび工場へもどれという指示に先立って、すべての生命を保護すべしという将来の使命がある。そして、保護されるべき生命のうちには、監視鳥のそれも含まれているわけなのだ。

殺害行為の定義は、無限に近い状態で拡大されていって、どう手の打ちようもないものと思われた。といって、監視鳥自体は、そのような問題が起きていることを知っているわけではなかった。それはただ、刺激を受けると、それがなんであろうと、ただ、反応するだけであった。

記録ファイルには、生き物についての新しい定義ができあがりつつあった。それは、監視鳥が自分自身も生き物である事実を発見した結果であって、当初の予想をはるかに逸脱したものだった。

刺激がきた！　その日、百回目だが、鳥は片翼をあげて、横ざまに旋回していたが、殺害行為の現場をみとめて、急降下に移った。

ジャクスンはあくびまじりに、車を道路脇によせていった。空から、きらめく小点が近よってくるのには気がつかなかった。気をつけるだけの理由がなかったからだ。ジャクスンの行動は、殺害行為なるものの定義がどのようにあたえられたにしても、それに該当するきづかいはなかったのだ。

かれはただ、その場所を昼寝に最適と考えただけのことである。七時間というもの、ぶっとおしに車を走らせてきたので、ともすれば、居ねむりが出てくる。かれは手をのばして、イグニション・キーをひねろうとした。

とたんにかれのからだが、シートの脇へたたきつけられた。かれは怒って、監視鳥へさけんだ。

「おれがなにをしたというんだ！　ただ、こうやって――」と、かれはもう一度、キーへ手をやったが、またしてもそこへ、たたきつけられた。

ジャクスンは、おなじまねを三度くりかえすほど、ばかではなかった。ラジオをいつも聴いているので、監視鳥の攻撃が、いかに執拗なものであるかはわきまえていたのだった。

「ばかだぞ、おまえ」かれは待機している金属鳥に説明した。「自動車は生き物じゃないんだ。殺すことなんかできやせんよ」

しかし、監視鳥には、動作だけしか理解できなかった。生き物の機能を停止させる行為――自動車は明らかに、機能をそなえた有機体である。金属でつくられているが、監視鳥にしたところで、おなじ金属でつくられているではないか。あのように、すばらしいスピードで走りまわることもできるし……

マッキンタイアはいった。

「修理せずにおれば、いずれは摩滅して、故障を起こすにきまっています」

かれは設計明細書に眼を通していたところだったが、それを前へ押しやっていったのだ。

「いつごろだね?」と、ゲルゼンがきいた。

「六カ月から一年でしょう。事故がないものとしても、一年が限度でしょうな」

「一年か」ゲルゼンがつぶやいた。「だが、一年もこのままの状態だったら、なにもかも死に絶えてしまうぞ。最近の苦情をきいているか?」

「なんです?」

「監視鳥のやつ、地球までも生き物のうちに入れたらしい。農民が大地へくわを入れるのもゆるさんそうだよ。そのほか、生きているものは、なんでも大事にする。うさぎ、かぶと虫、蠅、オオカミ、蚊、ライオン、ワニ、カラス――バクテリヤみたいな微生物でもおなじなんだ」

「なるほどね」と、マッキンタイアはいった。

「やつらが摩滅するのを待っていたら、六カ月から一年かかる。問題はこの現在なんだ。われわれは六カ月のあいだ、なにを食って生きていけばいいんだ?」

技師はあごのさきをなでて、「至急、手を打たんわけにはいきませんな。このままでは、生物界のバランスがくずれてしまいます」

「至急なんて、生やさしいものじゃない。この瞬間が問題だ」ゲルゼンは、その日三十五本目のタバコに火をつけて、「ほらいわんこっちゃないといいたいところだが——機械第一主義のばか者どもの仲間入りをしたばかりに、責任感に責められて、夜も眠れんでいるんだからな」

マッキンタイアは、聞いてはいなかった。かれは監視鳥のことで、頭がいっぱいだった。

「オーストラリアでは、うさぎが全滅しかかっているそうです」

「うさぎどころか、人類の死亡率は、恐ろしい勢いで上昇しつつある。飢餓。洪水——樹木を伐採できんからだよ。医者も手術をするわけにいかんし——なにか、きみ、オーストラリアのうさぎがどうとかしたといったな？」

「全滅に瀕しているんですよ」と、マッキンタイアはくりかえした。「あの大陸には、すでに一匹も生存していないかもしれません」

「なにかあったのか？」

「うさぎだけを襲う細菌が発生したのです。おそらく蚊が媒介していると思えるんですが——」

「研究をつづけるんだな」と、ゲルゼンがいった。「なにか発見できるかもしれん。すまんが、電話で、ほかの局の技術家たちを召集してくれんか。きみたちで、至急、対策を講じてほしいのさ」

「承知しました」

マッキンタイアはこたえて、書類の束をかかえこむと、電話口へいそいだ。

「わたしがいったとおりでしょう」ケルトリクス老刑事が、にやにやしながら署長にいった。「科学者なんて、ろくな考えをしないやつらだってね」

「わしだって、そうじゃないとはいわなかったぞ」

「しかし、署長はあの発明に、信頼をおいてたようですぜ」

「その点は、いまでも変わらん。きみはもう、行ったほうがいいぞ。仕事が山ほど待っているはずだ」

「そいつはわかっていますがね」と、ケルトリクスは、腰のピストルの点検をすませてから、「ところで署長、課員はみんな、復帰させたんですか?」

「みんな?」署長はユーモラスに笑ってみせて、「みんなどころか、殺人課は五十パーセントの増員さ。あの当時より、事件は何倍にもなっているんだ」

「そうでしょう。監視鳥のやつは、自動車や耕作機械の防衛のほうにいそがしいんですからね」

いいながらかれは、戸口へむかって歩みだしたが、立ちどまっていった。

「署長、わたしのことばを忘れんでくださいね。機械ほどくだらないものはないっていうんですよ」

署長はうなずいた。

監視鳥が総数数千で、無限に近い殺害行為をくいとめるのは、無謀といってよいことであった。しかし、もともと監視鳥には、希望といった意識はなかった。それは意識がないから、成功の感情も知らなかった。それは同時に、失敗の口惜しさも知らぬことになる。かれらは忍耐づよく、その仕事をつづけ、刺激を受けるたびに、活躍するのだった。

民衆はまもなく、監視鳥のうごきの意味を知って、その種の行動を避けるようになった。すると監視鳥は、鋭敏すぎる知覚を働かして、さらに新しい種類の殺害行為をさがしだした。

活躍ぶりは、ますます真剣になっていった。もっとも、最初あたえられた命令のうちに一条項があって、犯行をくいとめるためには、どのような手段に出てもよろしいとしてあった。その規定が、予想外のおそろしい結果を導き出した。監視鳥が任務について以来、暴行、殺害の犯罪は、犯行の定義が拡張されるとともに、増加の一途をたどった。監視鳥はそれを見て、犯行数の増大は第一の手段が失敗したからと思い、第二の手段に出なければならぬ段階に達したと考えた。

いたって単純な論理である。Ａに失敗したから、Ｂを試みようというのだ。かくて監視鳥は、殺害を企てる相手は電撃によって殺害すべきものと判断した。

シカゴの食肉処理場は、作業を停止するにいたった。家畜類は、おり囲いのなかで餓死した。中西部の酪農家では、牧草も穀物も刈り入れ不能となったからだ。

監視鳥に、およそ生き物たるものは、たがいにバランスをとった殺害行為を、いわば神から委任されているのだと、自然の理法を教えこむものはいなかった。

飢餓はもとより、監視鳥には担任外の事項だった。それは怠慢の罪であり、かれらの関心は、作為による犯罪だけにあった。

猟師たちは、家の窓から、天空を飛びかかっている銀色の小点をながめて、撃ち落としてやりたい誘惑を感じていたが、むろんその挙に出るわけにいかなかった。監視鳥こそ、そのような意図を嗅ぎつけるのに、もっとも鋭敏なもので、間髪を入れず、懲罰の死をあたえるからであった。

漁船は、サン・ペドロとグルースターの繫留場所につながれたまま動かなかった。魚類もまた、生き物であるからだ。

農民たちは罵り、つばを吐き、穀物の取り入れにとりかかると、電撃ショックで死んでいった。五穀は生きているから、防御に値するのである。馬鈴薯（ジャガイモ）も監視鳥にとっては、ほかの生き物同様、保護すべき存在だった。草の葉を一枚むしりとるのは、大統領を暗殺するに均しかった。

そしてもちろん、ある種の機械も生きていた。監視鳥も機械であり、同様に生き物であることから、当然、この結論が生じるのだった。

ラジオを乱暴にとりあつかって、殺害された男もある。スイッチを切ることは、殺戮することを意味する。そういえばたしかに、声がとまると、真空管の赤い光が消えて、冷たくなって行くではないか。

監視鳥はほかの働きもした。オオカミはうさぎを獲ろうとして殺された。うさぎは野菜をつついて、電気処刑にあった。つる草は立木にまつわりついて、焚殺された。蝶はバラに暴行をくわえたかどで、死刑になった。

「諸君に、なお一段の努力をおねがいする以外に方法がありません」

そういう政府代表の言葉を受けて、沿岸地区の委員がモンローに発言させた。

「正式に会議をはじめる前に、一言申し述べさせていただきます。これは元来、政府の方針でした。政府こそ、精神的にも経済的にも、この遺憾な状態に責任を負うべきだと考えます」

ゲルゼンは肩をゆすった。数週間前には、これによってこの世を救済する栄光を担えると、この男自身が得々としていたではないか。

政府代表はいってのけた。

「責任問題を論じている場合ではないのです。われわれはいそがなければならない。きみたち技術者は、すぐれた研究の成果を表わした。それをいっそう強力にして、新しい計画の実行に移っていただきたいのです」

そのとき、ゲルゼンがいった。

「ちょっと待ってください」

「時間がないのです」

「その計画には賛成できません」

「役立たぬと考えるのですか？」

「もちろんそれは、りっぱに役立つことがわかっています。しかし、この治療方法では、疾病をますます悪化させるのではないかと恐れるのです」

委員たちは、ゲルゼンの首を絞めあげたい表情を見せた。が、かれはいささかも逡巡しなかった。

「われわれはすでに、教訓を得たはずです」と、かれはつづけた。「人類の悩みは、機械力で治癒できないものです。それがいまだに、おわかりにならないのですか？」

「ゲルゼン君」と、モンロー製造所長が口を出した。「あなたの哲学論議は尊重しますが、なにぶん、人類が急速に死滅しつつあるのです。穀物がいかに実ろうとも、ある地方の人々は、飢餓におそわれております。監視鳥の行動は、即刻、停止させなければなりません！」

ゲルゼンも負けてはいなかった。

「といって、殺人行為をふたたび放任するわけにはいきません。わたしは忘れていませんが、その点ではわれわれ一同、すでに意見の一致をみていたはずです。ただ、その対策として、いまうかがった方法は適当なものと思えないのです」

政府代表が口を入れて、「きみは、なにをいおうとしているんです？」

ゲルゼンは深い息をついた。胸にあることをいいだすには、なみなみならぬ勇気が必要だったのだ。

「監視鳥が、自然に摩耗するのを待とうというのです」

たちまちがやがやという騒ぎがもちあがった。政府代表も騒ぎたてた。

ゲルゼンはつづける。

「これが、われわれの学びとったよい教訓です。われわれはすでに、人類の悩みを、機械の力を借りて癒やそうとして失敗しました。ここでまた、再出発するにあたっても、その教訓を忘れることはゆるされません。機械力を借りるのもけっこうですが、かれらに判断力をあたえることは禁物です。機械を人類の判事、教師、父にすることは、もっともあやまった考えといえるでしょう」

「それはまた、おかしな意見だ、ゲルゼン君」と、政府代表が、冷たい口調でいった。「きみはどうやら、疲れすぎているようだ。きみ自身をコントロールする必要があるのじゃないかな」そして、一度、咳ばらいをしてから、「この計画は、きみたち委員諸君が考案したものですぞ。それを実行に移すために、大統領から委嘱を受けたはずだ」――とゲルゼンをするどくみつめて──「その命令にさからうことは、叛逆罪を構成するおそれがあると思うのだが──」

ゲルゼンはこたえた。

「もちろんわれわれは、全力をあげて協力する覚悟を変えてはおりません」

「よろしい。では、この会議で決定した方針を、一週間以内に実現してくださるよう」

ゲルゼンはひとり、会議室を出た。いままたかれは、気持ちの混乱を感じていた。自分の考えは正しいだろうか？　それとも、また新しく、別個の幻想に取り憑かれただけであろうか？　もちろんかれには、明晰な判断はつきかねた。

おれのしゃべったことばが、おれ自身に理解できているのだろうか？　ゲルゼンは口のなかで、おのれ自身をののしった。なぜもっと、自分の意見に自信がもてないのか。おれの意見は、それほど価値のないものなのか？

かれはその足で、飛行場にむかい、工場へ帰った。

監視鳥はいままでは、気まぐれにちかい動きを示していた。休みなしの活動の結果、その精巧な構造の各所に故障が生じていたからだ。それでも、刺激を受けると、忠実に反応を示した。

くもが蠅におそいかかろうとすると、監視鳥は救助に急行した。

すぐそのあと、どこか頭上に、刺激を感じると、またしても監視鳥は、そちらへむかって飛びあがる。

するどい音を立てて、監視鳥の翼から、力づよい電波がほとばしった。しかし、攻撃者は完全に絶縁されていた。それはかえって、監視鳥へ電波を投げかけた。その電撃が、監視鳥の翼を貫いて、監視鳥は落下していった。攻撃者は、猛烈なスピードでそのあとを追い、さらにまた、すさまじい音をともなう電撃をくわえた。

監視鳥は撃墜されながらも、最後の努力で、通信(メッセージ)を送った。

緊急事態だ！　生きている有機体に、新奇な脅威が出現した。いまだかつて見たことのない凶悪なやつだ！

全国の監視鳥に、その通信（メッセージ）が伝わって、思考センターが対策を講じだした。

ゲルゼンの部屋へ入ってくるなり、マッキンタイアがいった。

「所長、きょう一日の成績は五十でした」

「上出来だ」

ゲルゼンは顔もむけずに応えた。

「上出来ともいえませんな」と、マッキンタイアは腰を下ろして、「きのう撃墜できたのは、七十二でしたが――」

「わかっている」

ゲルゼンのデスクの上には、数千ダースにのぼる陳情書がのせてあった。それをかれは、具申書をそえて、政府へ発送しようとしているところだった。

「しかし、今後はどしどし、撃破しますよ」と、マッキンタイアは自信ありげにいった。「タカは監視鳥撃墜のために、特別に製作されたものです。いっそう強力で、さらにスピードがあり、そして、より完全に装備されています。それにしても、生産は順調にいったものですね」

「そのとおりだ」

「しかし、監視鳥もなかなかのもので、すでに対策を考えだしたようです。さかんに変型飛行を行なっています。航空機でいえば、曲乗りというやつですな。しかも、撃墜にさいして、仲間に通信（メッセージ）を送っているんです」

ゲルゼンは返事をしなかった。

「もっとも、監視鳥がどうあがこうが、タカはそれ以上のことができるのです」と、マッキンタイアは愉快そうに笑って、「監視鳥狩りについては、特別の知能回路をそなえていますからね。監視鳥以上に、柔軟性のある行動がとれますし、対抗策もより迅速に憶えてゆくはずです」

ゲルゼンは憂うつな顔で立ちあがった。大きく背伸びをすると、窓ぎわへ歩みよった。空には雲もなかった。外をながめて、内心の不安感が消え去っているのを知った。正しいにせよ、まちがっているにせよ、かれの肚はきまったのだ。

「ところで君、タカは監視鳥を狩り尽くしたあと、なにをねらうと思う?」

「え?」とマッキンタイアはおどろいて、「なぜ、そんなことを――」

「念には念を入れろという。きみたちはつぎに、タカを撃墜する新種を考えておく必要があるぞ。むろん、万一の場合という意味だがね」

「するとあなたは――」

「タカはセルフ・コントロールができるようだ。しかし、監視鳥もそうだった。リモート・コントロールではのろすぎて、間に合わんという理由だった。討議はそのようにすすめられた。目的は、できるだけ迅速に、監視鳥を捕捉することにあった。その方針にしたがって、新しい攻撃武器が考案されたとすると、やはりそこには、制御回路を欠いているものと思われる。どうだ? わしのいうとおりだろう」

「考えておきましょう」と、マッキンタイアはあやふやな口調でいった。

「きみたちは空中に、新しい攻撃機械を配置することができた。殺害防止機械。しかし、そのまえにも、おなじ趣旨の機械があったんだぜ……きみの次回の考案物は、さらに強力な殺戮機械となるおそれがないだろうか?」

マックはこたえなかった。

「なにも、きみの責任を論じているんじゃない」と、ゲルゼンはいった。「責任のあるのは、このわしだ。いや、人類全体の責任なんだ」

空では、小さな点が、超スピードの活躍をしめしていた。

「要するにそれは」と、所長はいった。「われわれ自身に責任のある仕事を、機械力にまかせたところに原因があるのさ」

頭上では、タカが監視鳥におそいかかっていた。完全武装の殺戮機械は、わずか数日のうちに、非常に多くの事実を学びとった。その唯一の機能は殺戮にあった。現在では、鉾先がもっぱらある種の生きた有機体、そのもの自体と同様の金属性有機体にむけられてはいるが……

しかし、タカはすでに、そのほかにも、生きた有機体が存在するのを知りはじめていた。

それもまた、殺戮すべき相手なのであろう。

風起こる

A Wind is Rising

　外では、風が起こりつつあった。だが、ステーションのなかのふたりには、考えることがあった。クレイトンはもう一度、水道の蛇口をひねって、そして待った。なにごとも起こらなかった。

「たたいてみろよ」ネリシェフがいった。

　クレイトンはこぶしで蛇口をたたいた。二滴だけ垂れた。三滴目は、栓の口でふるえて、揺れて、やがて落ちた。だが、それだけだった。

「またやられた」クレイトンは腹を立てていった。

「くそいまいましい水道管が、またも詰まりやがった。

貯蔵タンクには、あと、どれくらいのこっている？」

「四ガロンだろうな。タンクにまた、べつの漏れ口ができていないとしての話だが」

　ネリシェフは蛇口をみつめて、神経質らしいながい指先で、かるくたたいてみた。うすいひげを生やした、青白い大男だが、からだの大きさとは反対に、どことなくよわよわしい印象をあたえている。地球を遠くはなれたこの惑星の上で、観測ステーションを運営するタイプとは見えなかった。だが、《前進探検部隊》は、ステーションを運営するについて、適当なタイプなど存在しないという意見だったのだ。

　ネリシェフは有能な生物学者であり、植物学者であった。慢性的な神経症に悩んではいたが、それにしては、おどろくほどの沈着さを、身内のどこかにたくわえているのだった。一朝ことあるときに、はじめてその頼りになることが判明するといった種類の男であったのだ。これが、（もしそんなものがあるとしたら）かれをして、キャレラ第一星のような惑星の開拓者にふさわしく仕立てあげているところのものだった。

「だれか、外に出て、水道管に詰まったものをとり除いたほうがいいのじゃないか」と、ネリシェフが、クレイトンの顔は見ずにいった。

「おれもそう思うよ」クレイトンはいって、もう一度、蛇口をどんとたたいて、「だが、外に出るのは、殺されるようなもんだな。あれをきいてみろよ！」

クレイトンは背の低い、牡牛のような首をした、赤ら顔の、がっしりした体格の男だった。これは、惑星観測員としての三回目の出張勤務だった。

これまでも何回となく、《前進探検部隊》でのほかの仕事をこころみてみたが、どれもかれには、適当でなかった。PEP——第一次地球大気圏外侵出部隊（プライマリー・エクストラテレストリアル・ペネトレーション）——はあまりにも多くの、愉快ならざる驚きを、かれにつきつけてみせた。それはむこうみずな男たちでなければ、狂人たちのための仕事だった。しかし、基地（ベース）管理部隊（オペレーションズ）となると、それはまたさらに多くの活気のなさと、束縛感とを感じさせた。

とはいうものの、かれは惑星観測員の仕事が好きだった。かれにあたえられた任務というのは、新しくPEPの連中の手で開発され、無電操縦テレビ・カメラの班員たちによって調べあげられた惑星上に、坐りつづけていることなのだ。この惑星上で、かれのしなければならぬことは、禁欲的に、不愉快を耐えしのんで、なんとかかれ自身を生かしつづけておくことだけだった。そうした一年がすぎると、救助船がかれをつれもどし、その報告を検討することになる。そしてこの報告を基礎として、こんごの行動が決定されることになるのだった。

出張勤務がせまるたびごとに、クレイトンは、こんどこそ最後の勤務になるだろうと、妻の前に誓ってきた。この勤務が終われば、その後は地球にとどまって、以前から所有している小さな農場で働くことになるであろう。かれは妻に、それを約束したのだ……

だが、それぞれの勤務のあとの休暇が終わると、クレイトンはふたたび、旅行に出発するのだった。かれがもっとも適している任務、熟練と忍耐によって生きつづける仕事をはたすために。

しかし、こんどというこんどは、さすがのかれもうんざりした。かれとネリシェフは、これで八カ月間を、キャレラ第一星ですごしていた。あと四カ月すれば、救助船がやってくる。もし、それまで生きのびることができたら、こんどこそ、永久に惑星勤務からしりぞくことにしよう。

「なるほど、ひどい風だな」と、ネリシェフがいった。

押し殺されたかすかな音になって、それは、ステーションの鋼鉄の外壁に、西風のような、初夏の微風のような、ため息をついてきかせ、つぶやいてみせた。

外壁は、三インチの厚さの鋼鉄にくわえて、防音装置が完備しているので、それらによって、風と隔てられているステーションの内部では、そのようにしか聞こえないのだ。

「だんだんつよくなってくるぜ」

クレイトンはいった。そして、風速計に歩みよってみた。指針のしめすところによれば、そのおだやかに聞こえる風は、時速八十二マイルを維持して、いよいよ吹きつのりつつあるのだった――

それが、キャレラにおけるかろやかな微風。

「おい、きみ！」クレイトンはいった。「おれは出ていきたくはないよ。外に出ていくほどの仕事じゃないじゃないか」

「こんどはきみの番だろう」と、ネリシェフが指摘した。

「わかっているよ。しかし、そのまえに、一度だけ愚痴をこぼさせてくれたっていいじゃないか。そうだろう？　さあ、こいよ、スマニクから、天気予報をきいてみよう」

かれらはステーションの最後部まで歩いていった。鋼鉄の床に、かかとをひびかせながら、ふたりは食糧や貯蔵空気、器具そのほか、余分の設備品でいっぱいになっている隔室を通り抜けてすすんだ。ステーションの突端に、歓迎小屋へむかう重い金属製の扉があった。男たちはエア・マスクをかぶり、酸素の流出量を調節した。

「用意はいいか？」

クレイトンがきいた。

「よし」

かれらは緊張しながら、扉のわきの把手をつかんだ。クレイトンがボタンに手を触れると、扉がすべるようにひらいて、風が、音をたてて吹きこんできた。男たちは頭を低くさげ、まっしぐらに風のなかへ飛びだして、歓迎小屋へはいりこんだ。

その小屋は、ステーションの拡張部分で、全長およそ三十フィート、幅は十五フィートほどのものだが、建造物の他の部分のように密閉されてはいなかった。壁は透し彫りの鋼鉄でできており、風の流路を変えるバッフル板がはめこまれていた。風はこれらの装置のあいだを吹き抜けてくることができるが、同時に、風速が落ち、コントロールされることになっている。小屋の内部の風速は、時速三十四マイルに落ちていることを計器の指針が示していた。

それにしても、三十四マイルは暴風である。そのなかで、キャレラの先住民と協議しなくてはならないことがひどく厄介な仕事であるのはあきらかだった。だが、それ以外に方法はないのだ。この惑星の上では、風が吹きだすとなると、まず時速七十マイルをくだることは絶対にない。ここで育ったキャレラ人たちは、ステーション内部の《無風状態》では、生存することも不可能だったのだ。酸素の含有量を、キャレラでの標準に切り下げてやっても、先住民たちはその調節をすることができなかった。ステーションの内部にはいると、かれらはしだいに、めまいと不安を感じるようになる。そして、まもなく、真空のなかの人間のように、窒息しはじめるのだった。

時速三十四マイルの風というのは、地球人類とキャレラ人とが会合するために、相応な妥協点だといえるのである。

クレイトンとネリシェフは、小屋のなかをすすんでいった。一隅に、ひからびたたこのようなものが、もつれあった形で横たわっていた。そのもつれあったものが、くねくねと動きだして、二本の触手を、儀式ばって、揺すってみせた。

「こんにちは」と、スマニクがいった。

「こんにちは」クレイトンがたずねた。「天候のことをききたいんだが、どんなになる予想だね？」

「すばらしいですよ」と、スマニクはこたえた。

ネリシェフは、クレイトンの袖をひっぱって、なんといったときいた。クレイトンが通訳してやると、考えこんだようにうなずいた。ネリシェフはクレイトンほどには、語学の才にめぐまれていなかった。八カ月たったいまになっても、キャレラ人のことばはかれにとって、かちっという音とひゅうという音との、判じがたい連続にすぎなかった。

さらに、何人かのキャレラ人たちが、会談にくわわるためにやってきた。かれらはみんな、小さな中心部にかたまった胴体と、屈伸自在の長い触手から成りたっていて、くもか、さもなければ、たこそっくりだった。おそろしく異様なかっこうに見えるが、これこそ、キャレラ第一星の上に生存するためには最適の形であって、事実クレイトンは、しばしばそれをうらやんだくらいである。かれら地球人は、ステーションという防壁に頼る以外に生存の方法もないのに、これらキャレラ人たちは、その環境そのものの上で、のびのびと生活しているのだった。

先住民たちが、大旋風（トルネード）を思わせる烈風にさからって歩いているのを、かれはたびたび見ていたのだ。七本か八本の肢が、かぎのように、地面に突き刺さる。そして、それをぐいとひくと、すぐにまた、べつの触手がのびて、さらに前方の手がかりをつかむ。

かれはまた、かれら先住民が、まるでタンブルウィード（秋になると根もとから折れて、球状になり、野原を風で吹き散らされる植物）のように、風下へ転がってゆくのも眼にしていた。このようなときは、かれらの触手が、やなぎ細工のかごのように、からだのまわりにまるめられているのだった。かれは思った。陸上船をあやつり、風をうけて、愉快そうに、すいすいと走りまわっているときのかれらが、なんと陽気で、大胆不敵な態度をとっていることかと……

　しかし、とかれは、みずから思って、なぐさめた。この連中だって、地球の上においたとなれば、途方もなくばかげて見えるだろうに。

　かれはスマニクにたずねた。

「天候は、どんなぐあいになる見込みだね？」

　キャレラ人は、その質問をしばらく考えてみてから、ひくひくと風を嗅いで、二本の触手をこすり合わせた。

「風は、もうちょっと、つよくなるかもしれん」ようやく口をひらくと、かれはそういった。「だが、あまり、たいしたことにはなるまい」

　クレイトンは怪しんだ。キャレラ人にとって、あまりたいしたことにはならないというのは、地球人にとっては、じゅうぶん災厄を意味することになるのだ。だが、それでもそのことばは、相当にたのもしくきこえるのだった。

　かれとネリシェフは歓迎小屋を出て、扉をしめた。

「なあ」と、ネリシェフがいった。「もし、時期を待ちたければ――」

「いや、いっそのこと、さっさと片付けてしまったほうがいいと思うな」と、クレイトンはこたえた。

　ここ、頭上に、ぽつんとひとつともったうす暗い電球に照らされて、《けもの（ブルート）》のなめらかな、ぴかぴか光る巨体が横たわっていた。ブルートというのは、キャレラ上での輸送機関として、特別に建造された乗りものにつけられた別名だった。

　ブルートはタンクとおなじに装甲され、球体を切りとったような流線型をしていた。表面には、割れないガラスをはめこんだのぞき穴がいくつかついている。ガラスは、鋼鉄による装甲のつよさに匹敵するだけの厚みがあった。重心は低く、その十二トンの重量のほとんどが、地上すれすれのところに集中するように設計されていた。ブルートは密閉されていた。その重いディーゼル・エンジンには、ほかのすべての重要な部分と同様、特製の防塵カバーがそなえつけてある。六輪のふといタイヤの上に身をやすめているブルートは、その不動の巨体とあいまって、見たところ、なにか有史以前の怪物を連想させるのだった。

クレイトンはなかに乗りこんで、衝撃よけのヘルメットをかぶり、防塵めがねをつけ、つめものをしたシートに、安全ベルトでからだをくくりつけた。それから、エンジンのスイッチをいれると、値踏みでもするように、その音に耳をかたむけていたが、やがてうなずいた。

「オーケーだ」と、かれはいった。「ブルートは完全だ。階上へ行って、車庫のドアをあけてくれ」

「幸運を祈るぜ」と、ネリシェフはいって、出ていった。

ブルートの特殊装置が、すべて完全な状態で働くことをたしかめようと、クレイトンは計器盤を調べてみた。すると、無線放送装置を通して、ネリシェフの声がきこえてきた。

「ドアをあけるぞ」

「よし」

重たいドアがするするとあがって、クレイトンはブルートを運転して、車庫の外に出た。

ステーションは、広い、空漠たる平野の上に設置されていた。山は、いくらかは風をさえぎる役目をするはずだったが、キャレラの山ときては、どれもこれも、もりあがったり、崩壊したりの不休状態を、たえまなくくりかえしているのである。しかし、その平野にしても、ときにはそれ自体の脅威を示すこともあった。これらの危険のうち、最悪のものを避けるために、ステーションの周囲一体には、頑丈な鋼鉄の柱がいちめんに樹立していた。ぎっしりと、詰めこんだようにならんでいる柱は、往時、タンクを落下させるためにつくった罠のように、どれもみな、外がわにむけられていて、その落とし穴と同様の用途に役立っている。

クレイトンは、柱の原を縫って通じている、曲がりくねったほそいみぞのひとつを抜けて、ブルートを運転していった。やがて、そこを抜け出すと、送水管をみつけて、それに沿って、走りだした。頭の上の小さなスクリーンに、一本の白い線が、ちらちらと映りはじめた。その線は、送水管に裂け目や妨害物があった場合、はっきりと映し出してみせるにちがいなかった。

ひろい、岩石のごろごろした、単調きわまりない荒野が、かれの前方にひろがっていた。ときどきたけの低い灌木が眼にはいった。風は、音こそディーゼル・エンジンのひびきにかき消されていたが、かれのまうしろから強烈に吹きつけていた。

クレイトンは、ちらっと、風速計に眼をやった。キャレラの風は、いま、時速九十二マイルで吹きつづけている。

小声で、鼻歌をうたいながら、かれは着々と、前進をつづけた。ときおり、ものの砕ける音を耳にした。ハリケーンのような風に、小岩が吹きとばされて、ブルートにむけ、連続的に発射されてくるのだった。しかし、それはただ、分厚い装甲にあたって、なんの害もあたえることなしに、ただ、砕けて散るだけだった。

「どうだね？　万事、うまくいっているかい？」

ネリシェフがラジオを通じて、問いかけてきた。

「ああ、うまくいっているよ」クレイトンがこたえた。

遠いところに、キャレラ人の陸上船をみとめた。全長およそ四十フィート、幅はぐっとせまく、粗削りの木製のローラーで、飛ぶようにすべって行く。この惑星上では、葉を生じる灌木は数少ないのだが、船の帆はそれによってつくられていた。

キャレラ人たちは、すれちがいざまに、かれにむかって、触手をふってみせた。かれらはどうやら、ステーションをめざして、すすんでいるらしかった。

クレイトンは送水管に注意をもどした。いまや、風の音は、ディーゼル・エンジンのうなりを圧して聞こえるようになった。風速計の針は、風が時速九十七マイルまでつよまったことを教えている。

かれは憂うつそうな表情で、砂でまだらになった細長い窓ごしに、外の光景をみつめていた。

はるかかなたに、ぎざぎざの絶壁がそびえ立っているのが、砂ほこりのうずまくのを通して、ぼんやりとかすんで見えた。さらに多くのつぶてが、ブルート外殻に跳ねかえり、その音が、乗りもののなかに、うつろに鳴りひびいた。

つづいてまた、もう一隻のキャレラ人の陸上船をみとめ、やがて、さらに三隻をみとめた。かれらはみな、風にさからって、根気よく上手回し（風を斜め前方から受け、稲妻形に、風上に船をやること）をくりかえしていた。

多数のキャレラ人が、ステーションにむかって移動しているという事実は、クレイトンにショックを与えた。かれはラジオを通じて、ネリシェフに信号をおくった。

「いま、どうしている？」

ネリシェフがきいた。

「泉の近くまできたが、まだ、裂け目はみつからない」クレイトンは報告した。「大勢のキャレラ人が、そっちへむかっているようだが――」

「知っている。すでに、六隻の陸上船が、小屋の風下に繋留されているが、まだほかにも、やってくるのがあるようだ」

「おれたちは、いまだに先住民とは、トラブルひとつ起こしたことがないんだが」クレイトンはいった。

「いったい、なにしにくるんだろう？」

「食料を運んできているよ。お祭りでもあるんじゃないのか」

「たぶん、そうかもしれないが、用心に越したことはないぞ。気をつけろよ」

「心配するな。きみこそ、気をつけてくれ。そして、いそぐ必要があるぞ」

「あっ、みつけたぞ！　裂け目だ。あとで話す」

裂け目はスクリーンの上に、白く光って映っていた。舷窓からのぞいていたクレイトンは、一個の大石が、送水管の上を転がって、それを押しつぶし、さらに、そのさきへ転がっていったらしいと見た。その跡が見えるのだった。

かれは、トラックを送水管の風上にまわして、停止させた。風速は百十三マイルになっていた。クレイトンは、いくらかの長さのパイプといくつかのつぎ金、それに、鉛管溶接用のトーチ・ランプと道具を入れたカバンをもって、トラックからすべり出た。それらの品物は、すべてかれのからだにくくりつけられていて、かれ自身は、つよいナイロンのロープで、ブルートにしっかりとむすびつけられているのだった。

外では風が、耳をろうせんばかりになっていた。それは、くだけて散るよせ波のように、とどろき、また、吼えたけった。かれは、もっと多量の酸素を出すように、マスクを調節して、仕事にとりかかった。

地球上なら、十五分で完了するであろう修繕に、二時間余りかかった。おかげで、服はずたずたにひき裂け、空気抽出器もほこりのために詰まってしまった。

仕事を終えたかれは、ふたたびブルートによじのぼり、入口を密閉すると、そのままぐったり、床に横たわって休息をとった。トラックは突風にもてあそばれて、揺れはじめていた。クレイトンはそれを無視した。

「もし、もし。もし、もし」

ネリシェフがラジオを通じて、呼びかけてきた。

クレイトンはうるさそうに、操縦席にもどると、応答信号を送った。

「いそいで帰ってくれ、クレイトン！　休んでいるひまなんかないんだぞ！　風速は百三十八マイルまであがった！　あらしがくるんじゃないのか」

キャレラでのあらしこそ、クレイトンのもっとも考えたくないものだった。八カ月のあいだに、かれらはたった一回だけ、それを経験していた。そのときはなんと、時速百六十マイル以上にも達したのだ。

かれはぐるっと、トラックの方向を変えて、まっすぐ風にむかって、帰路についた。スロットルを全開にしていても、ごくわずかずつしか進行しなかった。一時間に三マイル、それが、百三十八マイルの風圧に対抗して、重いディーゼルになしとげられるすべてだった。

かれは細長い窓ごしに、前方をにらんだ。風はほこりと砂の、長い吹き流しにふちどられて、無限に広い空から、かれのトラックのちっぽけな窓へむかって、じょうごのような形になって、吹きつけてくるのだった。風に運ばれた石くれが、しだいしだいに大きくなり、やがては、果てしもないほどの大きさになり、窓にぶつかっては砕けて散る。かれとしては、そのたびに首がちぢまるのを抑えきれなかった。

大きなエンジンは難渋しはじめ、ときどき、停滞するようになった。

「おお、ベビイ」クレイトンはささやくようにいった。「いま、とまってはいけないぞ。いまはいけないんだ。パパをうちに帰らせておくれ。それから、休むんだ。いいか、おねがいだぞ！」

かれは現在の位置が、風上にあるステーションから、ほぼ十マイルほどはなれていると見積もった。

とたんにかれは、山腹をすべり落ちるなだれのような音を耳にした。それは、家ほどの大きさのある岩石のたてる音だった。風で吹きあげられるには、大きすぎるその岩が、ごつごつした地面に、ひとすじのみぞを掘りつけながら、風上からかれにむかって、ごろごろと転がってくるのだった。

クレイトンは、舵輪をねじった。エンジンは力をふりしぼった。そして、無限ののろさを感じさせながらも、トラックは、その岩の進路から、じりじりとそれていった。身ぶるいしながら、クレイトンは、岩が圧倒的ないきおいでつきすすんでくるのを見まもった。片手で、計器盤をたたきながら、かれはさけんだ。

「うごけ、ベビイ、うごいてくれ！」

うつろにこもった低い音をたてながら、岩は、時速三十マイルはあろうかというスピードですれちがっていった。

「危ういところだった」

クレイトンは、自分自身にいいきかせた。そしてブルートを、風の吹きつけてくる方向へ——ステーションの方向へむけなおそうとした。だが、ブルートはすなおにいうことをきいてはくれなかった。

ディーゼル・エンジンは苦しみぬき、あわれっぽくすすり泣き、それでも、その大きなトラックを、風の方向へむけようと努力した。

だが、風は堅固な灰色の壁のように、トラックを押しもどすのだった。

風速計は、時速百五十九マイルを指している。

「どうしている？」

ネリシェフが、ラジオを通じて、呼びかけてきた。

「じつに、ものすごい！　ほっておいてくれないか。おれ、忙しいんだ」

クレイトンは、ブレーキをかけ、安全ベルトをはずすと、いそいで後部のエンジンのところに駆けよった。そして、タイミング・ギアと混合ガスとを調節すると、ふたたびいそぎ足で、運転装置のところへもどった。

「大変だ、ネリシェフ！　エンジンが故障しかかっている！」

ネリシェフが応答してくるまでには、たっぷり、一秒かかった。それから、きわめて冷静に、かれはたずねた。

「どこがわるいんだ？」

「砂のせいだ！」クレイトンはこたえた。「時速百五十九マイルで、微粒子が吹きたてられてくるんだ——ベアリング、噴射式給水器、その他あらゆるところに、砂が詰まっている。すすむところまで、すすんでみるつもりだが」

「そして、そのあとは？」

「そのときは、帆をつかって帰れるかどうか、やってみるだけだ。ただ、マストがいうことをきいてくれるか、それが疑問だがね」

かれはまた、操縦装置に注意をむけた。このような風速のなかでは、トラックはちょうど、海における帆船のようにあつかわなければならない。ななめ後方から、風を受けるようにして、スピードをしだいに増してゆき、それから、上手回しに切り替えることだ。クレイトンはその要領で、いきおいよく、風上へむかった。

ブルートは、こんどはそれに成功して、逆の上手回しに切り替えるべき方向へむかい、針路をななめにつっきってすすんだ。

これがおれにできる最上の方法らしい。クレイトンはそう判断した。風上との距離は、上手回しをくりかえすことで、縮めてゆくだけだ。風の中心にむけて、じりじりと方向を変えていったが、全速力を出しきっても、ディーゼル・エンジンは風に対して、四十度の角度内に、かれを近づけることをゆるさなかった。

一時間のあいだ、ブルートは、ななめ風上へむかって、ジグザクの針路をとり、二マイルすすむために、実際には三マイルを走行しながら、徐々に行進をつづけていった。奇跡的にも、エンジンはまだ、動いてくれた。クレイトンはひそかに製造業者に感謝の念をささげ、同時に、ディーゼル・エンジンに対しても、あともう少しだけ、もちこたえてくれるようにとねがっていた。

眼の前をふさぎきった砂塵の垂れ幕を透して、かれはまた、もう一隻、キャレラ人の陸上船をみかけた。それは帆を短くちぢめ、あぶなげに傾いていた。それでいて、徐々にではあるが、確実に風上へすすみ、やがてはかれを追い抜いていった。

幸運なやつらだ。クレイトンは思った——百六十五マイルの風速が、かれらにとっては、帆走にもってこいの微風だとは！

円球を半分に切って伏せたような灰色の姿を、ステーションが前方にみせはじめた。

「なんとかうまくやってのけられそうだぞ！」クレイトンはさけんだ。「ラム酒の口をあけておけよ、ネリシェフ！　パパは今夜酔っぱらうぞ！」

その瞬間、ディーゼル・エンジンは、永久に静止すべく肚をきめたようだった。

クレイトンは口ぎたなく毒づいて、制動装置を入れてみた。なんという悪運だろう！　風が背後から吹いてくれれば、らくらくとすすめるものを。

「これから、どうするつもりかね？」

ネリシェフの声がきいた。

「まあ、しばらくここに、腰を落ちつけるよ」クレイトンはこたえた。「そのうちに、風がハリケーン程度におさまってくれるだろう。それを待って、帰ることにするさ」

ブルートの十二トンの巨体も、この疾風のなかでは、揺れうごき、音をたてた。

「おい、知っているか？」クレイトンはいった。「こんどの勤務期間が終わったら、おれは引退するつもりなんだ」

「ほんとうか？　ほんとうに、そのつもりでいるのか？」

「ほんとうだとも。おれはメリーランドに農場をもっている。チェサピーク湾（米国東部の大西洋岸最大の入り江）に面した臨海地のついているやつだ。そこでおれが、なにをもくろんでいるか、きみにわかるかな？」

「なんだね？」

「かきを養殖するのさ。知ってのとおり、かきというやつは——待ってくれ」

そのとき、まるでステーションが、ゆっくりと風上へむかって、ただよいながら、遠ざかっていくように思われた。おれは気がくるいかけているのか？　われながら怪しんで、クレイトンは眼をこすった。が、すぐに悟った。ブレーキがかけてあるのに、そして、その車体が、流線型にできているというのに、トラックは、ステーションをはなれて、風下へと押し流されていくのだった。

腹立たしげに、かれは配電盤のボタンを押して、左舷と右舷のイカリをくりだした。イカリが地面を打つ連続音を聞き、鋼鉄の錨索がひぎずられ、ひっかくような音をたてるのを聞いた。百七十五フィートの鋼鉄索をくりだして、ウインチの歯どめをかけた。トラックはやっと、静止の状態にもどった。

「イカリをおろしたよ」

　クレイトンはいった。

「もちこたえているかね？」

「いまのところはね」

　クレイトンはタバコに火をつけ、クッションのきいた操縦席に背をもたせた。全身の筋肉が、緊張のために痛んだ。眼は、こちらにむかって集中してくる風の線を見まもっていたので、いまははげしい痙攣（けいれん）を起こしている。かれは眼をとじた。ゆっくり休まなければならない。

　風の音が、トラックの鋼鉄板をつらぬいて聞こえてくる。吼え、うなり、トラックのなめらかな表面に、足がかりをつかもうとするのか、ぐいぐいとひっぱるように働きかけた。時速百六十九マイルの風にあっては、換気筒のバッフル板はひとたまりもなく、吹っ飛んでしまった。密着した防塵めがねをつけていなかったら、盲目になっていたことだろう。かんづめにしたら空気を吸っていなかったら、窒息していたことだろう。厚く、そして刺激的なほこりが、ブルートの車内をうずまいて舞っていた。

　石つぶてが、ライフル弾ほどもある速度で飛んでくる。そして、車体にあたっては、音を立てて跳ねかえった。以前よりは、ずっとはげしくあたるようになった。車体の装甲鉄板を貫通することになるのか――クレイトンはそのような計算をしないではいられなかった。

　そのようなことを考えているうちに、常識的な観念を保っていることが、しだいに困難になってくるのを、感じとった。人間のもろさを、苦痛とともに知り、宇宙の暴力による力の偉大さに驚愕した。おれは、こんなところで、なにをしているのだろう？　人類の住むべき場所は、地球のおだやかな、静止した空気のなかにこそあるのだ。もし無事に帰ることができたら……

「だいじょうぶか？」

　ネリシェフの声が聞こえた。

「なんとか、うまくやっているよ」クレイトンは、うるさそうにこたえた。「ステーションでは、どんなぐあいになっている？」

「あんまりかんばしくないな。建物全体が揺れはじめた。これだけものすごい風が、いいかげん長いあいだ、吹きつづけているんだからな。これでは、土台までだめになることだろうよ」

「それなのに、やつらときたら、ここに燃料ステーションを置きたがっているんだからな」

「しかし、きみだって、問題はわかっているだろう。これは、アンガルサ第三星と南尾根雲状帯（サウス・リッジ・ベルト）とのあいだにある、ただひとつの固体惑星なんだ。ほかのはみんな、ガス状のものばかりなんでね」

「いっそのこと、宇宙空間に、衛星ステーションを置けばいいだろうに」

「それには費用が――」

「おい、おい、よせよ。ここで燃料基地を維持しようとするより、惑星をひとつこしらえたほうが安上がりなんだぜ！」

そしてクレイトンは、口いっぱいのほこりを、ぺっと吐き出して、つけくわえた。

「とにかく、おれはなんでもいいから、救助船にのりこみたいんだ。ステーションには、いまどのぐらいの先住民がいる？」

「十五人ほどさ。小屋にいるんだがね」

「乱暴をはたらきそうな気配はないか？」

「そんなようすはないが、おかしな動作をしてるよ」

「どうして、おかしいと思うんだ？」

「わからんよ」ネリシェフはいった。「ただ、気に入らんまねをやっている」

「小屋から出ていたほうがいいんじゃないか。どっちみち、きみにはことばが通じないんだ。おれが帰って、ばらばらにされたきみを見るのじゃ、悲しいからな」

そしてそのあと、ちょっとためらってから、かれはいった。

「もしおれが、帰れたらの話だがね」

「なあに、きみはうまくやれるさ」

ネリシェフはいった。

「そうとも、そのつもりでいる。おれは――あっ、大変！」

「どうした？　どうかしたのか？」

「岩がやってくる！　話は、あとでする！」

クレイトンはその岩――風上で、みるみるうちに大きくなっていく、黒い斑点に注意をむけた。それは、イカリをおろし、しっかりと固定されたトラックにむかって、まっしぐらに突進してくる。風速計を見ると、想像もできぬことだが、時速百七十四マイルに達している！　そして一方かれは、自分自身にいいきかせた。地球の成層圏を吹くジェット気流の速度でさえ、時速二百マイルにすぎないことを。

岩は現在、家ほどの大きさだが、近づくにつれて、いよいよ大きくなりつつある。まっすぐに、かれのトラックにむかって、転がってくるのだった。

「横にそれろ！　方向を変えろ！」

計器盤をたたきながら、クレイトンは岩にむかって怒号した。

岩は、定規で線をひくように、一直線に風下をめざし、かれにむかって走りよってくる。苦悩のさけびをあげ、クレイトンはボタンを押した。イカリをふたつ、錨索ごと、断ち切った。ウインチがうまくひっぱってくれたところで、いまは巻き揚げているひまがない。岩はいぜんとして、近づくのをやめない。

クレイトンは制動装置をはずした。

ブルートは、時速百七十八マイルの風に押されて、スピードをあげはじめた。そして、いつかかれは、追ってくる岩の姿をバック・ミラーのなかに見ながら、時速三十八マイルで走っているのだった。

岩が、すぐ背後まで追いついたとき、クレイトンは舵輪を、力いっぱい、左にねじった。トラックはあぶなっかしく傾いて、曲がり、そして、転覆しようとした。こんどはそのために、ブルートの平衡をとりもどすべく、必死に舵輪を操作しなければならなかった。

かれは思った。おれは、おそらく、十二トンのトラックをジャイブ（風向きにあわせ、縦帆が一方の舷から反対の舷に移行するよう、船の方向を変えること）した最初の人間だろうな！

　街の一角が、そのまま移動してきたかともみえるその岩は、うなりながら、走りすぎていった。重いトラックは、一瞬、ぐらついたが、やがて、その六個のタイヤを、地面につけて停止した。

「クレイトン！　なにがあったんだ？　だいじょうぶか？」

「だいじょうぶだ」クレイトンはあえぎあえぎいった。「だが、錨索を切らなければならなかった。現在おれは、風下へむけて走っているんだ」

「方向を変えられないのか？」

「あぶなく、転覆するところだった。つづけてやってみる」

「どれくらい、先まで行ける？」

　クレイトンは前方をみつめた。遠くに、舞台にでも見るような断崖が、この平野をふちどっていた。

「あの絶壁につっこむまでに、まだあと、十五マイルぐらいある。だが、時間はそれほどかからんだろうよ。現在のスピードからしたらね」

　かれはそこで、ブレーキをかけた。タイヤが悲鳴をあげ、ブレーキ・バンドの裏張りが、猛烈ないきおいで、煙をあげた。だが、ブレーキをかけようがかけまいが、時速百八十三マイルの風は、その程度のことを問題にするわけがなかった。地面をすべっていくトラックの速度は、時速四十四マイルにあがった。

「帆をつかって、やってみろよ！」

　ネリシェフの声がいった。

「いうことなんか、きくもんじゃない」

「やるだけ、やってみろ！　それ以外に、なにができるんだ？　風は百八十五マイルになっている。ステーション全体が、がたがた揺れている！　岩が飛んできて、防御柵をめちゃめちゃにしてしまった。そのうちに、岩のうちのいくつかが、突き抜けてくるだろう。おれもいよいよぺしゃんこにつぶされるか！」

「やめろ」クレイトンはいった。「こっちはこっちのトラブルで、手いっぱいの状態なんだ」

「ステーションも、もつかどうかわからんぞ！　クレイトン、きいてくれ。とにかく、やってみることだ——」

　ラジオが急に、ぷっつり、消えてしまった。聴き手を狼狽させる消えかただった。

　クレイトンは、何回かたたいてみたが、やがてそれもあきらめた。地面をすべるトラックの速度は、時速四十九マイルに達していた。絶壁は、すでにかれの眼前に、巨大な姿で浮かびあがっている。

「ようし」クレイトンはいった。「では、いよいよやるとするか」

　かれは最後のイカリをおろした。小さな、非常用のものだ。二百五十フィートはある鋼鉄の錨索を、いっぱいにくりだしてみた結果、速度は時速三十マイルにまで下がった。イカリは、噴射推進式の耕運機のように、地面を切り裂き、掘りかえしつつ、ひきずられてくる。

　クレイトンはそのつぎに、帆走用の機械装置に手をのばした。

　これは、地球の技師たちの手で、小さな洋上航海用のモーター・ボートに、小さなマストと補助の帆をもっていかせるのとおなじ理論に立って、設備されたものだった。エンジンがだめになったときにそなえての予備的なもので。キャレラ星上では、立往生をした乗りものを捨てて、徒歩で帰るのはありえないことで、なんらかの力を借りる以外に方法はないのだ。

　マストは短く、鋼鉄製の柱だった。それが、屋根にあるガスケットをつめた穴から、自動的に押し出される。磁力を帯びた横静索と支索が、その位置におさまると、マストを支えてくれることになる。そのマストには、クサリで編んだ帆が、はたはたとひるがえった。帆脚索（メイン・シート）としては、三つの部分からなる、しなやかな鋼鉄の太綱がそなえてあり、これはウインチにかけて操作するようになっていた。

　帆は、わずか数平方フィートの大きさしかなかったが、制動装置をかけ、二百五十フィートの錨索のついたイカリをおろした十二トンの怪物を、じゅうぶんそれでうごかしていくのだった。

　いとらくらくと、時速百八十五マイルで吹きつのる風をはらんで……

　クレイトンは帆脚索（メイン・シート）を巻きこんで、ななめ後方からの風を受けるように、向きを変えてみた。だが、ななめ後方から風を受けるやりかたは、かれの目的にはじゅうぶんでなかった。そこでかれは、帆を巻きこみ、向きをいっそう風上へむけた。

　超台風を、舷側にまともに受けて、さしもの重トラックも、片がわを空に浮かして傾いた。間髪をいれず、クレイトンは帆脚索（メイン・シート）を、数フィートの長さにくりだした。風が帆をはためかすと、金属のクサリでできた帆は、するどい悲鳴をあげて、カチカチと鳴った。

　いまや、帆の前後だけに風を受けるようになったので、トラックを立たせておくことができ、風上へむけて針路をとることに成功した。

　バック・ミラーをとおして、黒く、ぎざぎざの絶壁を背後に見るようになった。あそこが、風下の海浜、難破の海岸になるところだった。さいわい、いまは帆をあげて、そのわなから遠ざかりつつあった。一フィート、また一フィートと、かれのトラックは、そこをはなれていった。

「よし、よし、それでこそ、おれのベビイだ！」

　奮闘をつづけるブルートに、かれは賞讃のことばをさけびつづけた。

　だが、勝利感も、一瞬のうちに、とぎれてしまった。またしても、耳をつんざくばかりの音がしたと思うと、なにかが、頭の横を飛んでいったのである。時速百八十七マイルの風で、石つぶてが装甲鉄板を貫通するようになったのだ。機関銃の弾幕にも相当するキャレラ式一斉射撃が、かれを襲いだした。一度、穴があくと、風は甲高い悲鳴とともに、その穴から吹きこんできて、かれを操縦席からたたき落とそうとした。

　必死に舵輪にしがみつくかれの耳に、帆がもぎとられようとして、断末魔の叫びをひびかせている。それは、手にはいるかぎりの、もっとも強靭な、もっとも弾力性のある合金でできているのだが、もうあといくらも、もちこたえられそうになかった。六本のふといい鋼索で支えられた、短く太いマストは、釣竿のように、たわんで揺れた。

ブレーキ・バンドの裏張りはすり切れてしまった。そして、地面をすべってゆくトラックの速度は、時速五十七マイルにあがった。

疲れきって、ものを考えるのも億劫になった。ただ、舵輪に手をからませ、細くあけた眼で、前方のあらしを凝視しながら、舵をあやつっているだけだった。

帆がついに、するどい音をたてて裂けた。ちぎれたぼろは、一瞬、むちのようにうなったかと思うと、マストをひきずり倒した。突風の速さは、百九十マイルに達しようとしている。

風はまた、かれをふたたび、絶壁へむかって押しもどしつつあった。風速百九十二マイル。ブルートは車体ごともちあげられ、十二ヤードほど吹き飛ばされ、地面にたたき落とされるのだった。その圧力で、前車輪のタイヤのひとつがパンクした。つづいて後部のふたつが、おなじ運命をたどった。クレイトンは腕のなかに頭をうずめ、終局を待った。

と、突然、ブルートが停止した。クレイトンは前方へ投げだされた。安全ベルトが、一瞬、かれを押さえてくれたが、すぐに、ぷっつり切れた。かれは計器盤にぶつかり、眼をまわし、血を流し、うしろに倒れた。

なかば意識を失ったまま、床に横たわって、なにごとが起こったのか、判断しようとつとめた。やがて、のろのろと身を起こして、どの腕も脚も折れてはいないことを、ぼんやりとたしかめてみてから、シートによじのぼった。胃の腑に、大きな打撲傷を受けたようだ。口からは血が流れていた。

やっとの思いで、バック・ミラーのうちに、背後のようすを見た。そして、かれは、なにが起きたかを理解した。二百五十フィートの鋼鉄の錨索に引きずられていたイカリが、地中ふかく根を張っている。岩石の露出部分にひっかかったのだ。ひとつのもつれたイカリ、それが、絶壁から半マイル以内のところで、突如、かれをくいとめてくれたのだった。かれはそれによって、九死に一生をえたのだ――

少なくとも、ここ、ほんのしばらくのあいだは……だが、風はまだ、あきらめてはいなかった。時速百九十三マイルの風が、吼えたけびながら、トラックをもちあげ、落下させ、またもちあげては、ばたんと落とす。鋼鉄の錨索は、ギターの弦のように鳴りつづけた。クレイトンは、腕と脚とを、シートのまわりにまきつけた。ながくはもちこたえられそうにもなかった。そして、もしかれが、自由に解放してやりさえすれば、ブルートは狂ったごとく跳びはねて、たちどころにかれを、練り歯みがきのように、あの絶壁にこすりつけることだろう――

むろん、それは錨索が切れ、かれを断崖に激突させることがなかったとしての話だが……

しかし、いまだにかれのトラックはもちこたえていた。一度、吹きあげられて、はるか高みまであがったとき、かれはちらっと、風速計に眼をやった。それは、かれをむかむかさせた。もうだめだ。時速百八十七マイルの風力を切り抜けて、もちこたえるなどということが、どうして期待できようか？　それはあまりにも、ひどすぎることだった。

それはあまりにも――おや、時速百八十七マイルか？　では、風は弱まってきたわけか！

最初は、信じられなかった。だが、徐々に、しかし、着実に、目盛りの指針は下がってくる。百六十マイルで、トラックは地面を打つことをやめ、イカリ綱のはしで、さからいもせずに立つようになった。百五十三マイルで、風向きが変わった――あらしがおさまりかけている徴候といえよう。

時速百四十二マイルにまで下がったとき、クレイトンは、意識を失うという贅沢な行為を、自分自身にゆるしていた。

その日、もうちょっとあとで、キャレラの先住民たちが、かれの救出に現われた。二隻の大型陸上船をたくみにあやつって、ブルートのそば近くよると、キャレラの長いつる草──これが鋼鉄よりもじょうぶであることは、テストの結果、判明していた──そのつる草で縛りあげ、かくてその漂流トラックを、ステーションまで曳いてもどるのだった。

かれらはクレイトンを、歓迎小屋へ運びこみ、そのあと、ネリシェフが、ステーション内の空気のうごかぬところへ運んだのだ。

「歯を二、三本やられたが、そのほかは、どこといって負傷の個所はない」とネリシェフがいった。「だが、全身これ、打ち身ならざる個所はないな」

「しかし、おれたちはついに、やりとおしたんだ」と、クレイトンはいった。

「そのとおりだ。石よけの柱は、どれもみな、完全に押しつぶされてしまった。ステーションは、岩の直撃を、二度まで受けた。そして、かろうじてその打撃をこらえた。土台を調べてみたがね、ひどいひずみがきているんだ。あんなあらしが、もう一度あったら──」

「──そのときは、またなんとか、やってのけるだけさ。われわれ地球人は、どんなことでも切り抜けることができる！　あれは、ここ八カ月のあいだで、最悪の事態だった。あと四カ月で救助船がやってくる！　元気を出せよ、ネリシェフ。いっしょにきてくれ」

「どこへ行くんだ？」

「あのいまいましいスマニクの野郎に、いってやりたいことがあるのさ！」

かれらは小屋へやってきた。そこには、キャレラ人たちが溢れそうなほどつまっていた。外の、ステーションの風下がわには、数ダースもの陸上船が繋留してあった。

「スマニク！」クレイトンは呼びかけた。「ここでいったい、なにが起こっているんだ？」

「われわれには、年に一度の、大きなお祭り」

「ほう、そうか。ところで、あのあらしだが、あれ、どうだった？　どの程度のものなんだ？」

「中ぐらいの風だったな」スマニクはいった。「なにも、危険なことはない。だが、帆走には、ちょっと不愉快な風」

「不愉快だと！　これからは、もう少し、正確な天気予報を出すようにしてくれ」

「そういつも、天気をだしぬくことはできない」スマニクはいった。「わたしの最後の天気予報がまちがっていたことは、残念なことだが」

「最後の？　どうしてだ？　どうかしたのか？」

「ここにいるものたち」と、スマニクは、手をぐるっとまわしていった。「わたしの部族、セレマイ族の全部。われわれ、夏のお祭を祝っているところだ。夏が終わったので、われわれ、ここを立ち去らなくてはならない」

「夏のお祭りだ」スマニクがいった。

「で、どこへ行く？」

「ずっと西にある洞窟。船で、二週間かかる。われわれ、洞窟のなかで、三カ月暮らす。そうしていれば、まあ、安全というわけ」

クレイトンは、みぞおちのあたりが、沈んでいくように感じた。

「安全？　いったい、なにから身をまもるのだ」

「だから、いったじゃないか。夏は終わった。これからは、気をつけなければいけない。風がこわい。冬のあらしから、安全を守ることが必要」

「なにをしゃべってるんだ？」

ネリシェフがきいた。

「ちょっと待ってくれ」

クレイトンは、たったいま経験したばかりの超台風、スマニクが、中ぐらいの、なんの害もない風だと格づけした超ハリケーンのことを、すばやく頭に描いてみた。かれら先住民のびくともしない姿。こわれたブルート。ひずみのきたステーションの土台。破損した石よけの柵、四カ月のちでなければ、やってこない救助船。

「われわれも陸上船で、いっしょに行っていいかね、スマニク？　そして、いっしょに洞穴に避難して――安全を確保する」

「いいとも。もちろん、いい」

スマニクは親切にいった。

しかし、クレイトンは自分自身にこたえた。「いや、だめだ。おれたちには行くことができない」胃のあたりの沈んでいくような気持ちは、あのあらしの最中より、いっそうひどく感じられた。「おれたちには、余分の酸素が必要だ。おれたち自身の食糧と水が――」

「いったい、なんの話をしているんだ？」ネリシェフがもどかしそうに、くりかえした。「きみに、そんなおかしい顔つきをさせるとは、どんな話なんだ？」

クレイトンはこたえた。

「かれはな、ほんとうに大きなあらしは、これからやってくるといってるのさ」

ふたりの男は、たがいに顔をみつめあった。

外では、風が起こりつつあった。

一夜明けて

Morning After

　徐々に、そして、いやいやながら、ピアセンは意識をとりもどしつつあった。避けられぬ目覚めのときを、少しでもさきへのばそうと、かれは強情に眼をつぶったまま、あおむけに横たわっていた。それでも、意識はもどって、同時に、感覚を復活させた。苦痛の針が、眼球を突き刺し、頭の底は、巨人の心臓のように、大きく動悸を打ちはじめた。関節がすべて、火がついたように思われて、胃袋は底知れぬ吐き気の泉だった。

　いまおれは、二日酔いの王者、絶対君主みたいなやつに苦しめられているんだ。だが、そう思ったところで、自慢にならぬばかりか、なんの慰めにもならなかった。

　ピアセンは、二日酔いについては、相当の経験者だった。いままでに、その症状のほとんどを——アルコールによる狂躁状態から、それにつづく抑うつ状態、第三の段階として起こる神経的な苦痛まで——味わいすぎるほど味わっていた。だが、きょうの二日酔いばかりは、それらすべての症状を、全部一時にむすびつけ、さらに強力にしたうえで、ヘロインの禁断症状まで、たっぷりと添えてあるように感じられた。

　昨夜はいったい、どんなものを飲んでいたのか？　そして、どこで？　思い出そうとつとめたが、これまでのこうした夜々とおなじことで、ばく然として、とりとめのない記憶ばかりだった。かれはいつものように、そうした記憶の断片を積みかさねて、再編成しなければならなかった。

　ままよとかれは、肚をきめた。すでに時刻は、男の仕事をすべきときになっているのだ。眼をひらき、ベッドから這い出て、薬品戸棚へむかって、勇敢に歩みよらねばならぬときである。皮下注射が、正気づかせてくれるにちがいない。

ピアセンは、眼をあけて、ベッドから這い出ようとして、はじめて、ベッドに横たわっているのではないことを知った。

横たわっていたところは、たけの高い草が生いしげったなかで、頭の上には、きらきらと白くかがやく空があり、枯れ朽ちた植物のにおいが、鼻孔をついた。

かれはうめき声をあげて、もう一度、眼をとじた。こいつはちょっとひどすぎる。昨夜こそ、ほんとうにおれは、茹でられ、煮つめられ、揚げられ、焙られ、そして、食べごろに料理されてしまったにちがいない。うちに帰りつくこともできず、セントラル公園で意識を失ってしまったのだ。となると、空中タクシーでも呼んで、アパートへもどらねばなるまい。それまではなんとか、気をしっかりもつ必要があろう。

非常な努力をはらって、かれは眼をあけ、立ちあがった。

そこはたけの高い草むらのなかで、かれを囲んでいるのは、眼のとどくかぎり、オレンジ色の幹をした巨木のむれだった。それらの巨木は、むらさきやみどりのつる草でつながりあっていて、なかには、かれの胴体ほどの太さのものもあった。足も踏みこめぬほど密生しているばかりでない。その木々のあいだを、羊歯、灌木、毒のある黄色の蘭、黒いつる草、その他無数の、不吉な形と色とをもった名の知れぬ植物が、わがもの顔に埋めつくしていた。この密林を通して、近くでは、小動物のきいきいいう鳴き声、遠くでは、もうすこし大きなけものの、きしるような吠え声がきこえている。

「セントラル公園ではないらしいぞ」と、ピアセンは自分自身にいいきかせた。

太陽がないくせに、まぶしく感じられる空から視線をうつして、かれは周囲を見まわした。

「これが地球上だとは思えんくらいだ」

われながら冷静でいられるのを、かれはおどろき、そして、よろこんだ。厳粛な顔をして、たけの高い草のなかに腰をおろすと、またしても、自分のおかれた情勢の分析にとりかかった。

かれの名はウォルター・ヒル・ピアセン、年齢は三十二で、ニューヨーク市の善良な住民だった。選挙資格は申し分のない有権者であり、遊んで暮らしていけるだけの社会的地位を誇り、事実、かなりの程度裕福な生活をしていたのである。

昨夜は、七時十五分すぎに、パーティへ顔を出すつもりで、アパートを出た。そのまま行けば、すばらしい一夜になるはずだった。

そうだ。それはおどろくべき夜だった、とピアセンは自分自身に語っていた。その夜の何時ごろかに、酔いつぶれてしまったのはたしかだが、ベッドのなかで正気づくかわりに、――セントラル公園のなかで目覚めるわけでもなく――悪臭の鼻をつく密林のなかで、意識をとりもどしたのだ。

しかもかれは、この密林が地球上のものではないことを、はっきりと感じとっているのだった。

だいたい、おれのにらんだところ、まちがいないんじゃないか。ピアセンは口のなかで、つぶやいていた。見渡すかぎり、果てしなく広がるオレンジの樹海、それらに織りまぜられているむらさきやみどりのつる草、射し込んでくる白熱の陽光。そしてようやく、それらすべての現実性が、霧のかかったかれの心のなかへと浸透してきたのである。そしてかれは、恐怖のあまり、思わず高く悲鳴をあげて、腕のなかに頭をうずめると、ふたたび、意識を失っていった。

そのつぎに意識をとりもどしたときは、二日酔いの徴候もほとんど去って、口のなかの奇妙な味わいと、漠然とした疲労感とが感じられるだけだった。もう大丈夫、とピアセンは思った。酒の気は消えたはずだ――異国の密林を眼前に浮かべ、オレンジ色の木や、むらさき色のつる草を幻覚に見る時期はすぎたと考えたのだ。

酔いのさめきった冷静さで、かれは眼をひらいてみた。ところがやはり、さっきとおなじに、やはり異国の密林のなかにいるではないか！

「やっぱりこいつは、幻覚ではなかったのか！」かれはさけんだ。「しかし、これはまた、どういうわけなんだろう？」

すぐには、なんの応答もなかった。一時、周囲の木の上から、姿を見せぬけものたちのおびただしい鳴き声が起こったが、それも徐々に、しずかになっていった。

身ぶるいをして、ピアセンは立ちあがると、そばの木に身をもたせた。この異常な状態に、さんざん頭をひねったあとなので、いまさら新しく、驚愕の感情を起こすわけでもなかった。おれはジャングルに迷いこんでいるんだ。それはそれでいいが、こんなところで、なにをしていたんだろう？

考えてみたが、はっきりした答えは、心に湧いてこなかった。なんにしろ、昨夜、ふしぎな事件が起こったにちがいない。だが、どんなことが？　かれはその出来事を再構成してみようと骨折った。

七時十五分すぎに、アパートを出たのはたしかで、そのあと……

かれはぎょっとして、ふりかえった。なにか、下生えのなかを、こそこそとうごきながら、近づいてくるものがある。ピアセンは待ちかまえた。心臓がどきんどきんと、脈を打つ。それは、注意ぶかくうごきながら、鼻を鳴らし、かすかにうなり声をあげて、近よってくる。やがて、下生えがふたつにわかれたかと見ると、そのものが、空地へ姿を現わした。

およそ十フィートほどの長さで、魚雷か鮫に似た形の、流線型の青黒いけものである。四本の太く短い脚を、かれのほうへ運んでくる。見たところ、眼も耳もないようだ。斜面になった額からは、ながい触角が突き出ていて、ぶるぶると揺れうごいている。下あごの突き出た口をひらいたとき、ピアセンはそこに、黄色い歯が列をなしてならんでいるのを見た。

ひそかに、そしてかすかに、うなり声をあげながら、その動物は、かれのほうへ近よってくる。

　むろんこのようなけものは、見たことも想像したこともなかった。しかし、ピアセンはその現実性を確かめるために、手間どるような愚はおかさなかった。むきなおって、ジャングルのなかへ駆けこんで、十五分にもわたたって、下生えをかきわけては走りつづけた。だが、やがて完全に息切れがして、足がうごかなくなってしまった。

　しかし、またもそのとき、はるか背後ではあったが、例の青黒い怪物が、うなり声をあげては追ってくるのを耳にした。

　ピアセンは、また腰をあげたが、こんどは、走らないで、歩いた。うなり声から判断すると、それほどすばやいうごきのある相手ではないようだ。歩くだけで、現在程度の距離は保てるであろう。といって、ひと足でも休めたら、どんなことが起こるだろうか？　あれはこのおれを、どうしようというのだろう？　そしてまた、木に登ることもできるのではないか？


　だが、このさいは、そういったことを考えないことにした。

　それよりさきに、考えねばならないこと、すべての疑問を解く鍵はこれだ——ここでおれはなにをしているのだろうか？　昨夜、どんなことがおれの身に起こったのであろうか？

　かれは頭をしぼった。

　七時十五分すぎに、アパートをはなれて散歩に出た。ニューヨーク市民は雨を待ちかねていたので、かれらをよろこばせるためでもあるまいが、天候がくずれるとの予報が出ていた。たしかにそれは豊饒な雨の気配をふくむ、心地よいもやのかかった夕べだった。しかし、雨はもちろん、このニューヨーク市の上には降ってこないときまっているので、むしろ、快適なそぞろ歩きを愉しむに足る一夜が予想された。

　五番街をぶらぶら歩き、ウインドー・ショッピングをしたり、店々の前に貼りだされた《無料販売日》の通知に眼をとめたりした。ベイムラーズ百貨店には、つぎの水曜日の午前六時から九時までのあいだ、無料販売をおこなうとしてあった。自分の選んだ市会議員から、なんとか特別パスをもらうことだ。それを手に入れたところで、早朝から起き出して、順番を待つ列にならぶ必要があろうが、それでも、金を払って買うよりは、数等ましなことであった。

三十分ほどたつうちに、快い空腹をおぼえてきた。近くには、高級な商業料理店が数軒あったが、持ちあわせの金が足りないような気がした。そこでかれは、五十四丁目まで足を運んで、カウトリイ無料食堂へはいっていった。

入口で、自分の有権者カードと、カウトリイの三等書記補が署名してくれた特別パスとを示して、なかに招じ入れられた。夕食には、あっさりしたひれ肉の料理を注文し、かるい赤ぶどう酒を飲んだ。それよりもつよい飲みものは、この店では出してもらえなかったからである。ウエイターが夕刊をもってきたので、無料の演芸欄に眼をとおしたが、食指のうごくようなものは、ひとつとして見あたらなかった。

そこを出ようとすると、店のマネジャーが、いそぎ足に近づいてきた。

「おそれいりますが、少々お待ちを」と、いった。「いかがでしょうか？　手前どもの料理に、ご満足いただけたでしょうか、お客さま？」

「サーヴィスが悠長すぎるね」と、ピアセンはいった。「ひれ肉はある程度喰えたが、最上質のものとはいえないな。ぶどう酒のほうは、いちおう飲めたがね」

「わかりました――ありがとうございます――申しわけございません、お客さま」マネジャーはピアセンのことばを、小さな手帳にひかえた。「改善するように努力いたします。あなたさまのお夕食は、ニューヨーク市水道局長のブレーク・カウトリイ閣下のご好意によって提供されたものです。カウトリイ氏は、十一月二十二日の選挙戦に、再立候補しておいでてございます。投票所では、Jの3にご投票ねがいます。手前ども、心から、あなたさまのご投票をお待ちしております」

「わかったよ」

ピアセンはいって、そのレストランを立ち去った。

通りでおみやげ用のタバコを一箱、無料で受けとった。これは、ブルックリンの地方政治家であるエルマー・ベインのために、レコード演奏つきの自動配布機が提供しているものだった。ピアセンはまた、五番街をぶらつきながら、ブレーク・カウトリイのことを考えた。

信任を受けたほかの市民と同様に、ピアセンは自分の投票権を、みずから高く評価していたので、慎重な考慮を重ねたうえでなければ、行使しようとしなかった。すべての有権者たちとおなじように、賛成か反対かの一票を投じるまえには、まず候補者の資格を十二分に検討するのだった。

カウトリイの有利な点といえば、ほぼ一年間にわたって、かなり良質なレストランを維持しつづけてきた事実だった。だが、それ以外に、いったいかれは、どんな功績をあげたというのだ？　かれがまえの選挙で公約した娯楽センターは、どこにできているのだ？　そして、ジャズ・コンサートは？

公共予算額の不足は正当な弁解理由にならないはずだ。

新しい顔が出てきたなら、かれ以上のことができるだろうか？　それともまた、もう一期だけカウトリイにやらしてみるのがよいだろうか？　だが、こうした疑問はいますぐ解決しなくてはならぬことではない。そんなまじめなことを、考えているときではないのだ。夜というものは、快楽のために、酩酊のために、笑いさんざめくためにつくられているのである。

では、今夜はなにをしたらよいのか？　無料のショウは、ほとんど観てしまった。スポーツの催しにも、とりたてて興味をひくものはなかった。パーティもいくつかひらかれてはいたが、おもしろそうなものもみあたらなかった。市長の公開歓待館（オープン・ハウス）へ行けば、てごろな女の子を相手に遊べるのがわかっていたが、その方面のピアセンの欲求は、近ごろとみに減退してきていたのだ。

酔っぱらうことは、簡単にできる。これこそ、一夜の退屈から逃れるには、もっとも確実な方法であろう。しかし、そのあとの気分が問題だ。沈鬱状態か？　神経的な苦痛か？

「いよう、ウォルト！」

ふりかえると、ビリー・ベンツが、顔いっぱいににやにや笑いを浮かべて、すでになかば、ほろ酔いかげんで近づいてくるところだった。

「おい、待ってくれ、ウォルト君！」ベンツはいった。

「今夜は、なにか予定があるのかい？」

「格別、これといったことはないがね」そしてピアセンはききかえした。

「でも、どうしてだい？」

「すごく痛快なことが、新しく始まろうとしているのさ。すばらしくって、きらきらかがやくみたいで、わくわくするような新しいことなんだ。どうだ、きみ？やってみる気はないか？」

ピアセンは眉をひそめた。かれはこのベンツという男を好いていなかった。図体ばかり大きくて、がらがらと騒々しい赤ら顔の男で、徹底した横着者。なんの価値もない人間だった。むろん、定職らしいものはもっていなかったが、それをピアセンが気にしているわけではなかった。だれにしろ、いまの時代は、働く必要などないのである。投票権をもっているかぎり、働かねばならぬ必要はない。もっとも、ベンツときては、その投票もしないほどのなまけ者だった。それはあまりにもひどすぎると、ピアセンは感じていた。投票することは、あらゆる市民の義務であり、生活の道でもあったからだ。

それでいてこのベンツは、ほかのだれよりさきに、新しい娯楽をみつけだすことにかけては、ふしぎなこつを心得ていた。

ピアセンはためらったのち、ようやくきいてみた。

「そいつはただだかい？」
「スープよりも、もっとただだ」と、ベンツはこたえた。あいも変わらず、陳腐で気障ないいかただった。
「いったいそれは、どういったものなのだ？」
「そこだよ、きみ。いっしょにきて、ぼくの説明をきいてみてはどうなんだ……」

ピアセンは顔の汗をぬぐった。密林はいまや、死んだように静まりかえっていた。背後の下生えのなかで、うなっているであろう青黒いけものの声も、いまはかれの耳にとどいてはこなかった。追跡をあきらめたのであろうか。

着ている夜会服は、ずたずたにひき裂けていた。そこで上着は脱ぎすてて、シャツのボタンを、腰のあたりまではずした。あくまでも白く澄みきった空のどこかから、それと眼につかぬくせに、つよい太陽の光が、ギラギラと照りつけていた。汗でぐっしょりぬれて、喉がからからにかわいた。どこかで、水をさがし出して、思いきり飲んでみたい気持ちだった。

かれがいま、危険な立場におかれているのはあきらかだった。しかし、ピアセンはそのことを、現在ここで考えたくなかった。逃げ出す計画をたてるまえに、なぜここにいるのか、その事情を知らなくてはならない。

ビリー・ベンツといっしょに、きらきらとかがやくような、いまだかつて、経験したことのないすばらしい娯楽を求めて出かけたはずだったが……

かれはそこにある巨木の幹によりかかって、眼をとじた。すると心のなかに、記憶がゆっくり、形をとりはじめた。かれらは六十二丁目を東へむかって歩いていったのだ。そしてそれから——

かれは下生えの茂みがゆれうごくのをきいて、すばやく眼をあげた。あの青黒いけものが、音もたてずに、姿を現わしていた。ながい触角がふるえて、かれの存在をとらえたかと見ると、からだをまるめて身構え、飛びかかってきた。

本能的な反射作用で、ピアセンはわきへ跳びのいた。けものはかぎに似た爪をひろげて、襲いかかったものの、つかまえそこなったとみると、またむきを変えて、跳びかかってきた。こんどはピアセンも平衡を失って、身をかわすのに失敗した。鮫の形をしたけものは、両腕をのばしているかれに、まともにぶつかってきた。

そのはずみに、かれはそこの立木にたたきつけられ、必死に、けもののふとい喉首にしがみつき、ガチガチ歯を鳴らしているそのあごを、できるだけ自分の顔から遠のけようとした。そしてさらに、それを窒息させてやろうと、にぎった手に力をこめて、つよくつよく締めあげにかかったが、それには指の力がじゅうぶんではなかった。

けものは苦しげに身をよじり、のたうちまわった。四肢はそのかぎ爪で、ガリガリと地を掻いた。ピアセンの腕は疲労のために、しだいに下がりだした。歯が鳴っているあごが、かれの顔から、一インチとはなれていないところまで近づいた。黒い斑点のあるながい舌が、ペロリと出た――

そのときの反動を利用して、ピアセンは、うなり声をあげているけものを、ふりもぎって投げとばした。そして、相手が立ちなおるよりもはやく、二本のつる草をつかんで、手近の立木によじのぼった。ひたすら、恐怖感に駆られ、そのすべりやすい樹身を、枝から枝へと、もがくようにしてのぼりつづけた。地上三十フィートのあたりまできて、かれははじめて見おろした。

青黒い生きものは、まるで樹上がふだんの棲み家であるかのように、かれのあとを、いともらくらくと追ってくるのだった。

ピアセンはさらにのぼりつづけた。緊張のために、からだ全体が、こまかくふるえだした。樹身はしだいに細くなり、しがみつくことのできる枝といっても、わずかしかのこっていない状態になった。すでに地上から、五十フィートはあろうか。梢に近づくにつれ、木全体がかれの重みで、ゆらゆらと揺れはじめた。

下を見ると、けものはいぜんとして、十フィートのところにつづいて、しかも、執拗にのぼりつづけてくる。これ以上、高くのぼることは不可能と知って、思わずピアセンは、うめき声をあげた。しかし、恐怖心はかれのからだに、予想もしない力を吹きこんだ。最後に残された大枝によじのぼると、しっかりそれにしがみつき、両脚をぐっとうしろへひいた。けものが追い迫ったとき、かれはその両脚で、はげしく相手を蹴った。

それは、けものの胴体の中心部に命中した。かぎ爪がきしるような音をたてて、樹皮を大きくむしりとった。痛切な悲鳴をあげ、つき出した枝々を、すさまじい音とともに、粉砕しつつ転落していった。そして最後に、ぐしゃりとそれは、地面を打った。

それから、静寂がおそってきた。

けものはおそらく、死んでしまったのであろう。だか、ピアセンは調べに降りて行こうともしなかった。この地球にどんなことが起ころうと——いや、ここはひょっとすると、銀河系宇宙のほかの惑星の上かもしれないが——かれはすすんで、この木から降りる気持ちを起こしはしなかったであろう。すっかり気分が回復して、降りて行けるだけの体力をとりもどすまで、いまの樹上にとどまっているつもりだった。

かれは数フィート下まですべりおりて、二股になったふとい枝のところに、からだを落ちつけた。そこならおそらく、安全な居場所とすることができよう。ほっとした感じを味わって、はじめてかれは、完全な虚脱状態にあることに気づいた。昨夜の浮かれさわぎで、相当体力を消耗させたうえに、いまの猛烈な運動が、かれを絞りあげ、疲労させたのであった。

この状態では、リスよりもすこし大きなものに襲いかかられても、わけなく打ち倒されていたことであろう。

鉛のように重い手足を、木の枝に落ちつけて、眼をとじると、またしても昨夜の出来事を再構成する作業にとりかかった。

「そこだよ、きみ」と、ビリー・ベンツはいった。「いっしょにきて、おれに説明させてくれ。いや、もっといいのは、実物を見てくれることだな」

かれらは六十二丁目を、東へむかって歩いていた。たそがれの空の濃いブルーの色が、しだいに暗さを増していって、いつか夜となっていた。マンハッタンには灯がともり、地平線に、星くずがきらめきだした。うすいもやを透して、三日月が白く光っている。

「どこまで行くんだい？」

ピアセンは問いかけた。

「すぐそこだよ。きみ」と、ベンツはいった。

ふたりは、とある小さな、褐色砂岩の建物の前に立った。ドアに、真鍮製の看板が目立たぬようにかけてあって、『麻酔薬』と読むことができた。

「新しい無料ドラッグ・パーラーなんだ」と、ベンツがいった。

「今夜開店したてのほやほやでね、革新派市長候補のトマス・モリアーティがひらいたのさ。まだだれも、ここのことはきいてないはずだよ」

「すばらしいぞ！」と、ピアセンがいった。

ニューヨーク市内には、無数といってよいほどの無料奉仕活動があった。だが、そこにひとつの問題があって、人々がそれをかぎつけて集まってくる以前に、一番乗りをすることが肝心だった。というのは、だれもかれもが、楽しみや変化を求めて、鵜の目鷹の目の状態だったからだ。

もう何年もまえのことになるが、世界連邦政府の優生学中央委員会が、世界の人口を、適当な数に一定してしまったのだ。ここ一千年間に、地球上の人類の数が、これほど少なくなったことはなかったし、人類がこれほど注意ぶかく管理されたこともなかった。海中生物学、水中野菜栽培法、そして、地表のあますところない活用などが、食料と衣料とを、ありあまるほど提供してくれた——事実それは、ありあまるということばが誇張でないほどだった。一定不変のわずかな人口に対して、住居設備の供給も、自動建築法とありあまる材料のおかげで、なんのぞうさもなくやってのけることができた。かつてはぜいたく品と名付けられたものも、ぜいたくとはいえなくなっていたのである。

それは安定した、永続的、静態的な文明だった。機会のうごきを研究し、製作し、維持する作業に従事しているごく少数の人々は、多額の報酬を享受していたが、大多数の人々は、労働のために頭を悩ますことはまったくなく、働かねばならぬ必要もなければ、そうした気持ちを呼び起こす刺激もなかったのだ。

もちろん、富、地位、権力といったものを獲得すべく熱中する野心的な人間も、いくらかは存在しないわけではなかった。そういう傾向のある人物は、政界に籍をおいた。おびただしい公共予算のうちから、自分の選挙区の一般大衆に、食糧、衣類、娯楽などを買いあたえては、選挙民の投票を懇請する。そして、うつり気な有権者たちが、より効果的な公約をかかげる候補者へ心を移してしまうことを、日夜ひそかに、恐れているのだった。

これは、ある種の理想郷といえた。貧困は忘却のかなたに沈み、戦争ははるか昔のことになっていた。だれもが、ながいながい、安楽な一生を送る保証をあたえられているのだった。

それでいて、自殺者の率が、ショッキングなほど昂まったというのは、忘恩とでも呼ぶべきか、まさに人類独自の精神状態という以外に、説明のことばも知らぬのであった。

ベンツが入口で、パスをしめすと、ドアはすぐにあいた。廊下を歩いて、気持ちよく飾られた広い部屋にはいると、そこでは、三人の男とひとりの女が、ここの新規開店を、いちはやくかぎつけたのであろう、すでに寝椅子に、ふかぶかと身を沈めて、うすみどり色の紙巻タバコを吸っていた。室内の空気には、心地よくしかも不愉快な、刺激性のにおいが立ちこめていた。

世話係がひとりやってきて、ふたりを空いている長椅子へ案内した。

「どうぞ気楽になさってください、お客さまがた」とかれはいった。「麻酔タバコに火をおつけになって、悩みごとをおし流してしまうのが、なによりのことでございます」

そしてかれは、うすみどり色の紙巻きタバコを、一箱ずつ、ふたりの手にわたした。

「これには、いったい、どんなものがはいっているのだね?」と、ピアセンはたずねた。

「麻酔タバコと申しますのは」世話係は説明に移った。「選りすぐったトルコ・タバコ葉にヴァージニア葉を混合いたしたものでして、それに、慎重のうえにも慎重を期して計量しました一定量のナーコーラをくわえてあります。ナーコーラといいますのは、興奮ないし陶酔の状態を引き起こす植物でして、金星の赤道帯に成長するものなんです」

「金星だと?」ベンツがききかえした。「われわれ人類が金星へ到達したとは、おれはまだ知らなかったよ」

「四年以前のことでした」世話係の説明はつづいた。「エール大学探検隊が最初にかの地に到達しまして、そこに基地を設営しているのです」

ピアセンが口を入れた。

「なにか、それに関係したことを読んだような気がするよ。さもなければ、ニュース映画で見たのかもしれない。金星か。あそこはちょうど、未開のジャングルを思わせる場所だそうじゃないか。そうだったね?」

「おっしゃるとおりで、まったく未開の土地でございます」と、世話係がいった。

「だろうと思っていたよ」と、ピアセンはいった。「しかし、なんだな。時勢におくれないようにしているのは、まったくむずかしいことだよ。ところで、このナーコーラというのは、習慣になるものかね?」

「いいえ」と、世話係は請け合った。「ナーコーラは、通常、アルコールがもってしかるべきくせに、ごくまれにしか表わさない効果――つまり、すばらしい昂揚感、幸福感、そしてそれらの感覚が、徐々に減退して、その酔いを翌日までもちこさないといった効果をそなえているのです。これは、革新派市長候補者のトマス・モリアーティ氏の好意によって、みなさまに提供されたものであります。投票所におきましては、Aの2へ一票をお入れくださいますよう、せつにおねがい申しあげるしだいです」

ふたりの男はうなずいて、そのタバコに火をつけた。

それはたちどころに、ピアセンの上に効果を表わした。最初の一本が、魂をゆったりさせ、肉体から離脱させて、やがて訪れようとしている快楽の、つよい前兆を感じさせた。その後の二本は、その効果をいっそうつよくして、さらにそれ以上のものをつくりだした。かれの五官は、研ぎすまされたようにするどくなった。世界は楽しさに溢れたところ、希望と驚異の場所と思われてきた。そしてかれ自身が、その世界の一部、生命力にみち溢れ、必要欠くべからざる一部となったかのように感じられたのだ。

ベンツはかれの脇腹を、肘でこづいて、「どうだ、わるくない気持ちだろう？」

「実際、すばらしい」ピアセンはいった。「このモリアーティという男は、いいやつにちがいないな。われわれの世界は、こういういいやつを必要としているんだ」

「そうだとも」と、ベンツも同意した。「そして、抜けめのないやつをな」

「勇敢で、大胆で、先見の明のあるやつらをだ」ピアセンは語気をつよめて、ことばをつづけた。「つまり、おれたちのような人間をだ。未来をかたちづくり、そして――」

かれは突然、口をつぐんだ。

「どうかしたのか？」と、ベンツがきいた。

ピアセンは、こたえなかった。泥酔の経験のあるものは、だれでも知っていることだが、突拍子もない出来事が機縁になって、麻酔剤が突如、その効果を逆転させてしまうことがある。いまのいままで、神にでもなった気持ちをあじわっていたのだが、急に泥酔者の明断さをもって、自分自身の本来の姿をみつめているのだった。

かれは、ウォルター・ヒル・ピアセン。三十二歳、未婚、無職、不要な人間。十八のとき、両親をよろこばせるために、ある職についた。だが、一週間で放棄してしまった。それはかれを退屈させ、睡眠を妨害したからだった。一度、結婚を考えたこともあったが、妻や家族などについてまわる責任感が、かれに二の足を踏ませた。いまや三十三になろうとしているところだが、痩せているわりに、しまりのない筋肉をもった、色青白いこの男は、自分自身に対してもまた、ほかのどのような相手にたいしても、これっぱかりも重要な仕事をしたことがなく、これからもまた、行なうことはないと考えているのだった。

ベンツがいった。

「どうかしたのか？　きみの相棒のこのおれに、なんでもすっかり話してきかすことだぜ」

「おれは、なにか偉大なことをしたいんだよ」

タバコをものうげに吸いこみながら、ピアセンはつぶやくようにこたえた。

「ほんとうかよ、きみ？」

「ああ、ほんとうだとも。冒険家になりたいんだ！」

「なぜはやく、それをいわなかったんだ？　きみのためなら、いつでもそのお膳立てをしてやるぜ！」

ベンツはとびあがると、ピアセンの腕をひっぱった。

「さあ、いっしょに来い！」

「きみが、なにをしてくれるって？」

ピアセンは、ベンツを押しもどそうとした。かれはただ、ここに坐って、冒険家の恐怖感を味わっていればよかったのだ。だが、ベンツはかれを、ぐいぐいとひっぱって、むりやり、そこから立ちあがらせてしまった。

「きみがなにを必要としているか、おれにはちゃんとわかっているんだ」と、ベンツはいった。「冒険、刺激！　いいとも！　おれはそれにぴったりの場所を知っているんだ！」

　ピアセンは、ふらふらしながら、なにかを考えるように、眉をひそめた。

「まあ、ちょっと、こっちへよれよ」かれはベンツにいった。「それには、内緒で話しておかなきゃならんことがある」

　ベンツは身をのりだした。ピアセンはその耳もとにささやいた。

「冒険は、ほしい。しかし、痛いめにはあいたくないのさ。わかったかい？」

「わかったよ」ベンツは請け合った。「きみの望んでいるところに、ぴったりのものを知っているんだ。さあ行こう！　冒険は行く手にありだ！　安全な冒険がな！」

　腕を組み、麻酔タバコの箱を、しっかりと手ににぎりしめて、かれらふたりはよろめきながら、革新派候補者のドラッグ・パーラーをあとにした。

　微風が起こって、ピアセンのしがみついている木を揺すった。風はかれの熱した、しめったからだを吹いてすぎ、突然、かれを総毛立たせた。歯が鳴りだし、なめらかな枝を摑んでいる腕が痛みだした。喉は灼けついて、こまかい熱い砂が、いっぱいつまっている感じだった。

　喉のかわきは、すでに耐えうる限界を越えていた。いまとなっては、水にさえありつければ、あの青黒いけものの一ダースとでも対決してよい気持ちだった。

　昨夜のもうろうとした記憶は、一時たなあげとして、かれはのろのろと、木からおりだした。なによりもまず水がほしい。

　木の根のもとに例の青黒い生きものを見た。それは背骨を折って、地面の上に、身じろぎもせず、這いつくばっていた。かれはその横を通りすぎて、密林へ分け入った。

　ギラギラと光りかがやいている永久不変の白い空の下で、いっさいの時間的な手がかりを見失ったかれは、何時間か、あるいはまた何日間かを、とぼとぼとさまよいつづけていた。下生えのしげみが、かれの衣類を引き裂いた。がさがさと、音を立ててつきすすんでいくと、鳥が、けたたましい鳴き声をあげて、警告の合図をおくった。だが、かれはあらゆるものを無視して、ガラスのような眼と、ゴムのような脚で、歩きつづけた。転んでは、やっとの思いで起き上がり、また、転び、そしてまた、転んだ。ロボットのように歩きつづけたあげく、やっと、ひとすじの、細い、泥のように濁った茶色の水の流れにたどりついた。

　危険な細菌をふくんでいるかも知れぬが、いまのピアセンには、そのようなことは考えていられなかった。その場にうつぶせになると、夢中で水を飲んだ。

　しばらくして、やっと落ちつくと、はじめてかれは周囲を観察した。かれのいるすぐ近くまで、密林が――キラキラと光る、稠密な密林の壁が迫っていた。頭上の空は白熱した光を放ち、以前よりは明るくなろうとも、暗くはならなかった。そして、この叢林のなかでは、無数の眼に見えぬ小生物が、あるいはさえずり、あるいはきいきいと、鳴き声を立てていた。

　なんという淋しいところだ、とピアセンは考えた。それに、きわめて危険な場所でもある。なんとか、ここから逃げ出さなくてはならない。

　だが、どちらへすすめば、逃れ出ることができようか？　ここには、都市というものがあるのだろうか？　そして、人類は？　かりにそれがいたとしても、方角さえわからぬこの荒廃の地で、どのようにしてかれらをさがし出したらよいのだ？

　そしておれは、ここでいったい、なにをしているのだろう？

　かれは不精ひげの伸びたあごをなで、そして、記憶を取り戻そうとあせった。昨夜のことが、百万年も昔の、まったく別の人生での出来事と思われた。ニューヨークは夢のなかの都会だった。かれにとっては、この密林、胃袋をむしばんでいる飢え、そして、たったいま、聞こえだしたばかりの、ぶんぶんうなる奇怪な物音、それだけが現実である。

その音の源をたしかめようと、かれは周囲を見まわした。それはあらゆる方角から、どこからというわけでもなく、そしてまた、いたるところから、聞こえてくるように思われた。ピアセンはこぶしをかため、その新しい脅威を発見しようと、眼が痛くなるまで、ひとみをこらした。

と、そのとき、かれのすぐ近くに、燃え立つばかりのみどり色をした灌木がうごいてきた。はげしく身ぶるいをしながら、ピアセンは横っとびに跳んで、その進路を逃れた。その灌木は、全体が揺れていて、うすいかぎ形の葉が、ぶんぶんいう音を出しているのだった。

やがて——

灌木はかれをみつけた。

それには、眼がなかった。しかし、ピアセンはその灌木がかれの存在に気づき、かれのほうにねらいをつけ、かれをどうするか、ある決定にたっしたことを感じとった。灌木のうなる音が、一段と高くなった。その枝はかれのほうへとのび、地面につき、そこに根を生やし、ぐぐんと伸びる探索用の巻きひげを送り出し、そしてまた根をおろし、新しい探索ひげを送り出すといった動作をくりかえす。

つまりその植物は、人間がゆっくり歩くぐらいの速度で、じりじりと、かれのほうへ、成長しつつあるのだった。

そのするどい、燦然（さんぜん）とかがやくかぎ形の葉が、自分のほうに、一歩一歩近づいてくるのを、ピアセンは眼球がとびだすかと思われる面持ちで、みつめていた。信じられぬことだった。だが、信じなければならぬことだった。

そして、そのとき、昨夜起こったことの残りの部分を、かれは一挙に思い出したのだ。

「ここだよ、きみ」

ベンツはいって、マディソン・アヴェニューの、あかあかと灯をともした建物にはいっていった。そしてピアセンを、エレベーターへ導いた。それで二十三階までのぼり、ひろくて、明るい応接室に足を入れた。

壁の上の、いたって目立たぬ看板には、『無限の冒険相談所』とあった。

「ここのことは、話にきいている」麻酔タバコをふかぶかと吸いこみながら、ピアセンはいった。「だけど、費用がものすごくかかるときいているんだがね」

「費用の点など、心配するなってことよ」と、ベンツが、かれにいった。

金髪の応接係が、かれらふたりの名前をきくと、行動相談士（アクション・コンサルタント）のスリネガー・ジョーンズ博士の部屋へ案内した。

「やあ、よくおいでくださった」と、ジョーンズ博士がいった。

博士は痩せぎすの人物で、度のつよい眼鏡をかけている。ピアセンは笑いがこみあげてくるのを抑えきれなかった。これがアクション・コンサルタントだって！

「では、あなたがたは冒険をお望みなんですな？」

ジョーンズが陽気な口ぶりでいった。

「冒険を望んでいるのはこの男でしてね」と、ベンツがこたえた。「ぼくはただ、友人として付き添ってきただけなんです」

「なるほど。では、あなた」と、ジョーンズはいって、ピアセンのほうへむきなおった。「どのような種類の冒険を、心に描いておられますかな？」

「もちろん、野外における冒険です」

いささか不明瞭に、だが、絶大な自信をもって、ピアセンはこたえた。

「ちょうどそれに、ぴったりのものがありますよ」ジョーンズ博士はいった。「いつもは料金をいただくことになっていますが、今夜にかぎって、どのような冒険も、みな無料にしてあります。それも、メイン大統領のご好意でしてね。投票所では、Cの1にご投票ください。では、こちらへおいでねがいます」

「ちょっと待ってください。おわかりでしょうが、ぼくは死ぬのはまっぴらです。あなたのところの冒険は、生命に危険のないものなんでしょうね？」

「まったく安全です。きょうこのごろ、この時代においては、生命に危険のある冒険は許可されておりません。どういうぐあいになっておるか、ちょっと説明させてもらいますと、あなたはまず、われわれの《探検者の部屋》のベッドに、気持ちよくくつろいで、痛みのない注射を受けるのです。それで意識が消滅します。そのあと、聴覚、触覚、あるいはそのほかの刺激のたくみな応用によって、われわれはあなたの心のなかに、すばらしい冒険をつくりだすのです」

「夢のように、ですか？」

ピアセンはきいた。

「それがもっとも適切な比喩でしょうな。ただし、この夢の冒険は、その内容においては、まったく現実的なものです。あなたはほんものの苦痛、ほんものの感情を経験しますよ。それらを現実のものと区別できる方法はありません。ただ、いうまでもないことですが、それは夢であり、したがって、まったく安全である点を保証することができるのです」

「もし、その冒険の途中で、ぼくが殺されたとしたら、どんなことが起こりますかね？」

「夢のなかで殺された場合とおなじことです。あなたは眼を覚ます、それだけですよ。しかし、この超現実的な、あざやかな色彩のついた夢のうちにいるあいだ、あなたは夢のなかの行動を超越して、自由な意志と意識の力とをもつことができるのです」

「ぼくはその冒険をしているさなかに、それが全部、夢だということを知っていられるのですか？」

「まさにそのとおりです。夢を見ているあいだ、あなたはそれが夢であるのを、知りつくしていることができるのです」

「では、やってもらいましょう！」ピアセンは叫んだ。「夢を誘いだしてもらいますよ！」

燃えるようなみどり色の灌木は、ゆっくりと、かれにむかって伸びてきた。ピアセンははじけるように笑いだした。夢なんだ！　もちろん、これはみんな夢なんだ！　おれを傷つけることのできるものなど、ひとつとしてありはしないんだ。この威嚇的な灌木は、あの青黒い動物とおなじに、おれの想像が生んだものにすぎない。たとえ、あのけもののあごが、おれの喉もとまで迫ってきたところで、殺されるおそれなんか、ありはしないんだ。おれはただ、『無限の冒険相談所』のなかの《探検者の部屋》で、眼を覚ますだけのことなのだ。

いまや、あらゆるものが、こっけいに思われてきた。どうしておれは、もっと以前に、その事実に気づかなかったんだ？　あの青黒いけものは、明らかに夢が創造したものだった。そして、この燃えるようなみどりの灌木にしても、不合理の一語につきるではないか。現実的な眼をもってながめれば、むしろ、ばかばかしいという以外に、いいようのないものではないか。

大声をあげて、ピアセンはいった。

「もうけっこうだ。眼を覚まさせてくれていいんですよ」

が、なにごとも起こらなかった。やがてかれは、ただそう要求しただけでは、眼を覚ますことはできないのだと思いついた。それは、冒険の意識をぶちこわし、疲れきった神経系統にあたえられた、せっかくの興奮と恐怖感を、そして、それがおよぼす治療上の効果を、むざむざと無に帰してしまうことになるからだった。

かれはようやく思いだした。冒険をやめるための唯一の道は、あらゆる障害を切りひらいて、すすみぬくことにある。あるいは思いきって、殺されてしまうことだったのだ。

灌木はほとんど、かれの足もとに達するかと思われた。その真にせまった外観に、ただただ驚嘆をおぼえながら、ピアセンはじっと見まもっていた。

それは、かぎ形の葉のうちの一枚を、かれのクツの皮にひっかけた。ピアセンは恐怖と感情の激変を、うまく征服しつつあることに得意さを感じて、思わず、にやっとほほえんだ。かれとしては、ただたんに、このものが実際には、かれを傷つけることができないのを思いだせばよかったのだ。

だが、とかれは、かれ自身に問いかけた。もしつねにそれが、現実でないことを知っているとしたら、どうしてかれに、真にせまった冒険を経験することができようか？　『無限の冒険相談所』は、いうまでもなく、その点を考慮に入れているにちがいないのだ。

そしてかれは、ジョーンズが最後に、かれに語ったことばを思いだした。

そのときかれは、白い簡易寝台に横になっていて、ジョーンズがかれの上にかがみこんでいた。皮下注射の針は、すでに準備されていた。ピアセンはこうきいた。

「博士、もしぼくが、それが現実でないことを知っているとしたら、どうしてぼくに冒険を味わうことができるんですかね？」

「その点はちゃんと考えてあるのです」と、ジョーンズが説明した。「おわかりですか、あなた。われわれの顧客のうち、何人かは、ほんものの冒険を経験することになっているのですよ」

「ええ？」

「事実上の、ほんものの、肉体的な冒険をですよ。多数のうちの、あるひとりだけの顧客が、ここで強烈な注射を受ける。ただし、それ以上の刺激は受けない。かれは宇宙船にのせられて、金星へ運び去られます。そこでかれは意識を回復して、ほかのひとたちが幻想のなかでしか経験しないことを、事実として体験することになるのです。もしかれが、それをうまく切りぬければ、もちろんかれは生きつづけることができます」

「で、切りぬけられない場合は？」

ジョーンズはただ、肩をすくめただけだった。注射器を宙にぶらぶらさせて、かれは、辛抱づよく待ちつづけた。

「それではあまりにも、非人間的ではないですか！」

と、ピアセンはさけんだ。

「しかし、われわれとしては、まったく違った見解をもっているのです。考えてもごらんなさい、ピアセン君。今日の世界における冒険の必要性をね。危険をおかすことは、われわれにとって、必要欠くべからざるものになっているのです。安楽な月日が、人類にもたらした、機能上のある種の虚弱化を埋め合わせるためにはね。こういった空想上の冒険は、危険というものを、そのもっとも安全な、もっとも美味な形態で提供してくれます。しかし、それを味わっている人間が、まじめに考えないかぎり、そうした冒険の価値も、ゼロに均しくなってしまうのです。冒険家は、自分がいま、生と死との闘争に、真の意味で従事しているのだという現実感を、どんなに微弱なものであったにしても、そなえていなければならぬことになるのです」

「だが、実際に金星へ行くひとというと――」

「それは実数としては、取るに足らん割合なんです」ジョーンズ博士は、かれを安心させるようにいった。「一万人に一名、いや、それにも満たないくらいの数字なんです。それはただ、ほかのひとたちに、危険の現実感をつよめさせるだけにあるのですからね」

「しかし、それがはたして、合法的といえますかなあ?」と、ピアセンは固執した。

「合法的ですとも。全体的な割合からいったら、あなたにしても、ミニスカレットを飲んだり、麻酔タバコを吸ったりして、それ以上、はるかに大きな危険をおかしているんですからね」

「そうですかなあ」と、ピアセンはいった。「ぼくはこの注射を受けてよいものか、確信がもてなくなってきましたよ」

しかし、そのとき注射針は、かれの腕に突き刺されていた。

「なにもかも、うまくいきますよ」ジョーンズ博士は、なだめすかすようにいった。「ただ、気を楽にもつことです。ピアセン君……」

これが、ジャングルのなかで眼覚めるまえの、かれ最後の記憶だった。

いまや、みどり色の灌木は、ピアセンの足首まで達していた。細いかぎ形の葉が、きわめてゆっくり、そして、きわめてしずかに、かれの皮膚の下にすべりこんできた。かれの感じたのは、ごくかすかな、くすぐったい感じだった。しかし、一瞬ののち、その葉はにぶい赤色に変わっていた。

これが吸血植物というものだな。ピアセンはそう思ってむしろ、ある種のおもしろさを感じた。

とたんに、この冒険のぜんぶが急に興味を喪失した。そもそもの最初から、酔ったうえでのばかばかしい考えに端を発したことだった。これでもうたくさんだ。ここから脱け出したい、それも、いますぐ、脱け出したいと望んだ。

灌木は、いっそう近くまでにじりよってくると、さらに、二枚のかぎ形の葉を、ピアセンの脚にすべりこませた。木全体が、徐々に、濁った赤茶色に変わりはじめた。

ピアセンはニューヨークに帰りたいと望んだ。パーティに、無料の食事に、無料の娯楽に、そして、ふかい睡眠にもどりたいと希望した。たとえかれが、目前のこの脅威を撲滅しえたにしても、またすぐ、べつのものが襲いかかってくることだろう。こういったことは、何日も何週間もつづくにちがいないからだ。

帰国するための、いちばんてっとりばやい方法といえば、この灌木に自分を殺させることだった。そうすればあとはただ、眼を覚ますだけでよいはずである。

おのれの力が、潮のひくように、衰えていくのが感じられた。さらにまた、いくつかの灌木が、血のにおいにひかれたものか、こちらへむかって伸びてくるのを眼にとめながら、かれはその場に、坐りこんでしまった。

「こんなことがありうるはずがない」かれは声に出していった。「吸血植物なんかが、たとえ金星の上にしろ、実在するなんてこと、きいたものがあるだろうか？」

頭上たかく、巨大な、黒い翼をもった鳥の群れが、死体をあさる順番を待って、辛抱づよく舞っているのが見えた。

これがはたして、現実でありうるだろうか？ 夢であるという可能性は、とかれは、無理強いに自分に思い出させた。一に対して万なのだ。夢でしかないのだ。あざやかな色彩と、現実性とをそなえた夢なのだ。それにしても、夢はあくまで夢である。

だが、待てよ、もしこれが、現実だとしたら？ 血を失ったことによって、かれはしだいに、めまいと衰弱とを感じだした。そして思った、おれは国へ帰りたい。帰る道はひとつ、死ぬ以外にない。ほんとうに死んでしまう可能性は、ごくわずか、微々たるものしかないのだから……

そのとき、突然、真実の波が襲いかかってきた。この時代において、大事な有権者の生命を、あえて危険にさらすようなものが存在するだろうか？ 『無限の冒険相談所』とておなじことだ。ひとりの有権者を、実際に危地におちいらせることは、それ自体、候補者にとって損失ではないか！

ジョーンズ博士は万にひとつという例の話を、空想上の冒険に現実感を添えるだけのために語ってきかせたにちがいない！

これこそ、真相でなければならない。かれはうしろにひっくりかえると、眼をとじて、死が訪れるのを待ちかまえた。

死んでいこうとしているあいだ、もろもろの想念が――往時の夢や恐怖や希望などが、心のなかにうずまいてすぎた。かれはかつて、自分のもったただひとつの職のことを思い起こし、それを離れたときに味わった喜びと哀惜の入りまじった感情を思い出した。かれはまた、鈍感ながらよく働く父と母――文明の恩恵を、かれら自身のことばを借り受けると、稼ぐことによってでなければ受けとろうとしない両親のことを思い浮かべた。その時のかれは、これまでの生涯に、かつてなかったほど熱心に、さまざまなことを考えぬいた。そしてやがて、ピアセンという男、一度としてその実在を疑ったことのなかった男のことへと、かれの思索を発展させていった。

そのもうひとりのピアセンは、複雑な内容のまったくない、単純そのものといった男だった。かれはただ、生きることだけを望んでいた。生きぬくことに、肚をきめているのだった。このピアセンは、どのような状況のもとでも――たとえ想像上のものであれ、とにもかくにも死ぬことはあくまでこばみぬく男なのだ。

ふたりのピアセンが、ひとりは自尊心によって刺激され、もうひとりは、生きつづけたいという願望に刺激されて、しばらくのあいだ、たがいに争いあった。そうこうするうちにも、からだの力がしだいに失われていくのが、われながらはっきりと感じられた。そこでふたりのピアセンは、双方ともに満足のいく条件で、その戦闘に終止符を打つことにした。

「あのいまいましいジョーンズのやつめ、おれが死ぬものと思っているのだな」と、ピアセンはつぶやいた。「眼を覚ましたいがために、死ぬだろうとな。ようし！　あいつなんかに、満足をあたえてやるものか。そんなおれなら、そのおれこそ、呪われるがいいんだ！」

これこそ、生きたいという欲望を、かれ自身が受けいれることのできる、たったひとつの道なのだ。

おどろくほど衰弱してきたかれは、もがき、あがき、やっとの思いで立ちあがると、吸血植物をからだから引きはなそうとつとめた。しかし、それは締めつける力をゆるめようともしなかった。憤怒のさけび声をあげながら、ピアセンは手を下に伸ばし、あらんかぎりの力をふりしぼり、ねじあげてみた。かぎ形の葉は、かれの脚から引きはなされるにしたがって、ながい切り傷をつけていった。そして、また別個のかぎ葉が、右腕のほうに食いこんできた。

だが、脚は自由になっていた。さらに、ふたつの灌木を蹴とばし、腕にはみどり色の木をくっつけたまま、密林のなかへと、よろめきながらはいりこんでいった。

最初の灌木から、遠く離れた場所へたどりつくまで、よろめきながらも、前進をつづけ、それとともに、第二の灌木を、腕から引きはなそうとした。

その灌木は、かれの両の腕をとらえ、自由を奪いとった。怒りと苦痛に、泣き声まであげて、その両腕を高くふりあげると、手近の巨木の幹に、いやというほどたたきつけた。

かぎ葉がゆるんだ。痛みに、思わず眼をつぶって、かれはまたも、両腕を巨木にたたきつけた。もう一度、そして、もう一度、やがて、灌木がゆるんで、はずれた。

一瞬もむだにせず、ピアセンはふたたび、よろよろと前へすすみだした。

だがかれは、生への死闘を開始するのを、あまりにも延ばしすぎていたのだ。百カ所にもおよぶ切り傷から、血が噴き出すように流れ落ちて、そのにおいが、密林のなかを、警鐘を打つように伝わっていった。

頭上から、何かすばやく、黒いものが急襲してきた。ピアセンは地上に身を伏せた。その妖怪は、するどく、怒りの叫びをあげて、はばたく翼で疾風をまきおこし、かれの頭上を飛びすぎていった。

かれは転がるように立ちあがって、近くの、とげのある茂みに、かくれ場所をもとめようとした。真紅の胸毛をもつ、黒い翼の巨大な鳥が、ふたたび襲いかかってきた。

こんどはねらいあやまたず、そのとがった爪が、かれの肩をとらえた。ピアセンは投げ倒された。同時に、巨鳥はすさまじいはばたきとともに、かれの胸の上に舞い降りた。そして、くちばしで、かれの眼をつつきにかかった。はじめのねらいがはずれると、あらためてまた、つきかかってきた。

ピアセンはあばれだした。しっかと、鳥の喉首をつかんでつき倒した。

そのあと、間髪を入れず、かれは四つんばいになって、とげのある茂みにもぐりこんだ。鳥はなんとかそこへの入口をみつけようと、けたたましい鳴き声を立てながら、上空を旋回しつづけている。ピアセンは安全圏をもとめて、さらに、奥へ奥へと、はいりこんでいった。

そのとき、すぐそばに、低いうなり声をきいた。

ここでもまた、あまりにも長く待ちすぎたのである。ジャングルはすでにかれを死んで行くものとみなしていた。かれを逃しはしないのだ。かたわらにいたのは、最初に遭遇したのよりわずかに小さい、青黒く、鮫のような形をした、細長いけものだった。それが、とげのある茂みのなかを、かれのほうにむかって、敏速に、しかも、いとらくらくと、忍びよってくるのだった。

空中で、するどいさけびをあげつづけている死と、地上のうなり声をあげる死とにはさまれて、ピアセンはたちあがらざるをえなかった。恐怖と、怒りと、反抗の意志とを、叫喚をあげることで表現した。そしてそれとともに、ためらいもなく、青黒いけものにむかって、身を投げかけていった。

巨大なあごが、ふかく食いついてきた。わずかにのこった最後の意識の底で、かれはそのあごが、死の一撃をくわえようとして、また一だんと、大きくひろがるのを見た。

気を失う直前に、恐怖に襲われながらも、これがはたして、現実でありえようかと考えた。

意識を回復したとき、やわらかな白色照明をほどこした部屋で、まっ白な簡易寝台の上に横たわっていた。徐々に、頭がはっきりしてきて、かれは思い出した——かれ自身の死を。

たしかに、おどろくべき冒険だった。あの男たちに、その顚末を話してやる必要がある。だが、それよりさきに、まず酒だ。酒を十ぱいほども飲んで、ちょっとした余興でも楽しんだあとにしたい。

頭をうごかしてみた。ベッドのそばの椅子に、白服の娘が、坐っていたが、立ちあがって、かれの上からのぞきこんだ。

「ご気分はいかがですか、ピアセンさん？」と、彼女はたずねた。

「まあ、まあだ」と、ピアセンはこたえた。「ジョーンズはどこにいる？」

「ジョーンズ？」

「スリネガー・ジョーンズ博士さ。ここはかれが経営しているんだろう？」

「なにか、考えちがいをなさっているにちがいありませんわ」と、娘がいった。「ベイントリー博士が、わたしたちの開拓地を管理していらっしゃいますの」

「きみたちの、なんだって？」と、ピアセンがさけんだ。

男がひとり、部屋にはいってきた。

「もう行ってよろしい、看護婦さん」と、かれはいって、ピアセンへむきなおった。「ようこそ金星まで来てくだされた。ピアセン君、わたしがベイントリー博士。第五キャンプの管理者です」

ピアセンは、信じられない思いで、ひげのある長身の男を凝視した。そして、ベッドから出ようともがいたので、ベイントリー博士の手が押さえなかったら、あやうく転落するところだった。

からだじゅうが、ほとんど包帯につつまれているのを知って、かれはもう一度おどろいた。

「では、さっきのあれは、現実だったのですか？」と、かれはきいた。

ベイントリー博士はかれを支えて、窓ぎわまでつれていった。窓の外には、ひらけた土地、防壁、そして、ジャングルの遠いみどりの一端がながめられた。

「一万人のうちのひとりか！」ピアセンはにがにがしげにいった。「なんという凶運だろう！　死んだほうが、まだ、ましだった！」

「きみはほとんど、死ぬところだった」と、ベイントリー博士がいった。「しかし、きみがここに来たことは、なにも、運命とか、統計学上の問題ではなかったのだ」

「それ、どういう意味です？」

「ピアセン君、こんなふうに説明させてもらえるかね。地球上では、生活はあまりにも安逸に流れている。人類が生存するための問題は、すべて解決しつくされた——だが、わたしの思うに、それは人類にとって、有害な方向に解決されたのだ。地球は目下、沈滞しきっている。出産率は低下の一路を辿り、自殺の率は激増している。宇宙には、つぎからつぎへと、新しい開拓地がひらかれていくが、ひとりとして、そこへ行ってみることに興味をもつものはいない。それでもやはり、開拓地には人間を配置しなければならない。もし、人類を存続させるつもりならばね」

「ぼくは、それとまったくおなじ講演を聴いたことがある」と、ピアセンはいった。「ニュース映画や立体テレビ、新聞なんかでね——」

「わたしはどうも、きみに感銘をあたえることに失敗したらしいな」

「ぼくはもともと、そのようなことは信じていませんからね」

「しかし、これが真実なのだ」ベイントリー博士は、きっぱりといった。「たとえきみが、信じようと信じまいと——」

「あんたは狂信者だ」ピアセンはいった。「ぼくはあんたと議論しようとは思わない。それが真実だと仮定して——ぼくがいったい、そのどの部分にあてはまるんです？」

「われわれは、絶望的なまでに、人員の不足に苦しんでいるのです」と、ベイントリー博士がいった。「われわれはあらゆる勧誘をこころみ、考えうるかぎりの方法を用いて、応募者をつのった。だが、地球を離れたがるものは、ひとりもおらん」

「当然です。それで？」

「そこで、これが効果のある唯一の方法と考えた。『無限の冒険相談所』は、われわれの手によって経営されている。適当な候補者たちは、ここへ送られてきて、密林のなかにおきざりにされる。われわれは、このひとびとが、いかにして窮境を切りぬけるかを、終始見まもっているわけです。つまり、絶好の実験場をここに提供するんです。われわれと同様、その個々の人間にとってもね」

「いったい、どういうことになったんです？」と、ピアセンは質問した。「もしぼくが、あの灌木に抵抗しなかったとしたら？」

ベイントリー博士は、肩をゆすっただけだった。

「では、そうやってあんたは、ぼくを徴用したというんですね」ピアセンはいった。「あんたはぼくに、あの障害物競技場を走りまわらせた。そしてぼくは、無力な、ちっぽけな人間らしく、闘いぬいた。そこであんたは、ぎりぎりのきわどい瞬間に、はじめてぼくを救いだしたというわけだ。それでいてぼくは、あんたがぼくを選んだことを、うれしがらなくてはならんことになっているんですか？　それでぼくは、自分が粗野な、頑丈な、野外生活に適した人間であることを、突如としてさとらなくてはならんことになっているんですか？　それでぼくは、勇敢で、先見の明のある、先駆者的な魂をもつことをよろこばなくてはならんというのですか？」

ベイントリー博士は、わめきたてるかれを、きびしい眼で見まもるままである。

「それでぼくは、開拓者の一員として、契約書に署名しなくてはならんことにでもなっているんですか？　ベイントリー博士、あんたはぼくを、ばかかなにかと思っているにちがいない。だがこのぼくが、金星くんだりの農場で、せっせと地面を掘りかえしたり、ジャングルの木を切りひらいたりするために、地球上のすばらしく楽しい生活を断念するとでも思っていたら、とんでもないまちがいだ。まさかあんたとしても、本気でそんなことを信じているわけではないでしょう。ベイントリー博士、あんたの救世の計画とやらも、ぼくにとっては、なんの意味もないことなんです」

「きみがどんなふうに考えるか、わたしにはよくわかっている」ベイントリー博士はしずかにこたえた。「われわれの方法には、いくぶん独断的なところがあるかもしれない。しかし、それもみな周囲の情勢が要求しているからなのだ。きみの気分が、もう少し落ちついてきたら――」

「いまだって、落ちついていますよ！」ピアセンは絶叫した。「もうこれ以上、世界を救うとかなんとか、そんなお題目を聞かせないでください！　ぼくはニューヨークへ帰りたいんです！　すてきな、居心地のいい、歓楽の殿堂へ帰りたいんです！」

　ペイントリー博士はいった。

「希望とあれば、きみは今夜の便で、出発することもできます」

「なんですって？　そんなに、あっさりしたものなんですか？」

「たしかに、あっさりしたものなんです」

「どうもよくわからない」と、ピアセンはいった。

「まさか、神経戦にもちこんで、このぼくをひっかけようというわけでもないでしょう。そんなことをしたって、なんの効果もありませんからね。ぼくはただ、国へ帰るだけだ。あんたの誘拐の犠牲者が、たとえひとりでも、こんな場所にとどまる了見を起こすとは信じられん」

「むろんだれもがそんなことはしません」

　ペイントリーがいった。

「なんですって？」

「ごくたまには、この地にとどまろうと決心するものもいます。しかし、大多数のものについていえば、かれらはみな、きみと同様な反応を示します。土に対する、突如としたふかい愛情のめざめ、新しい惑星を征服したいという衝動などに、かれらはよろこびを見出すことができないのだ。そんなものは、小説のなかでの、意味もない心境だというのでしょう。かれらはみな、家へ帰りたがる。しかし、そういうかれらも、地球の上での仕事においては、われわれに協力することに同意する」

「どのようにして？」

　ペイントリー博士はこたえた。

「募集係になることによってです。それはなかなか、興味のある仕事なんです。きみはいままでとまったく同様に、気ままに食べたり、飲んだり、楽しんだりしておればよろしい。そして、見込みのありそうな候補者をみつけた場合、その男を説いて、『無限の冒険相談所』で、冒険の夢をみるように仕向けるんです。ベンツがきみに対してしてしたのとおなじようにね」

ピアセンはびっくりした表情をみせた。

「ベンツが？　あの、なんの価値もないのらくらものが金星開拓団の募集係？」

「まさにそのとおり。きみはこれまで、募集係が何にでも単純に眼をかがやかせる理想主義者だと思っていたのですか？　かれらにしても、きみとおなじような人間ですよ、ピアセン君。愉快な時間をすごすのを楽しみ、ものごとの内幕に通じていることを楽しみ、そしておそらく、それがかれらにとって苦痛にならないかぎり、人類のために多少の善行をしていることを楽しんでいる人間なんです。むろんきみにも、その仕事が好きになってもらえるものと信じていますよ」

「少しのあいだでしたら、やってみてもいいですね」と、ピアセンはこたえた。「ただの楽しみとしてのことですがね」

「むろんわれわれは、それ以上のことを望んではいません」と、ベイントリー博士もいった。

「しかし、そんなことをやっていて、新しい移住民が獲得できるんですかね？」

「そこが奇妙なところですよ。何年かたつうちに、われわれの募集係の多くは、この惑星の上に、どのような新天地がひらけつつあるか、好奇心を燃やすようになるんです。そして、その連中が、また舞いもどってくることになります」

「なるほどね」と、ピアセンはいった。「ぼくもしばらくのあいだは、この募集ごっことやらをやってみるつもりです。もっともそれに興味を感じているうちだけですがね」

「それでけっこう」ベイントリー博士はいった。「ではそろそろ荷造りをはじめたほうがよろしい」

「そして、ぼくがもどってくるなんてことをあてにしないでください。ぼくは都会の子です。自分だけの安逸が好きなんです。救世の試練なんて、熱烈な心情をもつタイプの人間だけに存在するものですからね」

「もちろん。ついでにいっておきますが、ジャングルのなかでは、きみは非常によくやった」

「ぼくが？」

ベイントリー博士は、厳粛な顔でうなずいてみせた。

ピアセンは窓ぎわに立ちつくしていた。平原や、建物や、防壁などを眺め、そして、かれの奮闘した密林の、はるかな果てをみつめていた。

「もうそろそろ、出かけたほうがいいですよ」

ベイントリー博士がくりかえしいった。

「え？　ああ、わかりました。いますぐ、出かけます」と、ピアセンもいった。

そして、ゆっくりと窓からむきなおった。相手の正体を見きわめようとして、ついにつきとめえなかったもどかしさを、かすかにいらだつ表情に示しながら。

先住民問題

The Native Problem

エドワード・ダントンは環境に適応できない人間だった。幼児のころ、すでにかれは、反社会的傾向のきざしをみせていた。両親はこれによって、警告を受けていたわけである。当然その事実を見て、一刻も猶予することなく、有能な思春期前心理学の専門家のもとへ駆けつけなければならぬところだった。こうした心理学の専門学者であれば、反集団的な性向をあたえる原因が、幼児ダントンに横たわっているのを発見できたはずである。遺憾なことにダントンの両親は、それがかれら自身の問題であれば、おそらく、より劇的にさわぎたてたであろうに、子供は成長とともに、いずれはそうした傾向を脱してゆくであろうと、たかをくくっていたのであった。

かれはその傾向を脱しなかった。

学校におけるダントンは、集団文化受容、同胞適合、価値認識、行動様式判断、その他、現代社会で安穏無事に生活していくには、知っておかねばならぬかずかずの課題に、合格点すれすれの成績しかあげることができなかった。そして、そのような理解を欠いていたために、ダントンはこの現代社会において、安穏無事に生活していくことができなかったのである。

かれ自身がその事実を発見するには、かなりの時間を必要とした。

その風采だけ見れば、ダントンが順応性の点で、根本的な欠陥をもっているとは想像できなかった。長身の、運動家タイプの青年で、碧色の眼をもったのんきものだった。一目見ただけで、相手の気持ちをひきつけるものがその身のまわりにただよっていたことはたしかである。女の子たちは、そろってかれに興味を感じた。そして事実、将来のハズバンド候補として、ひそかにかれに、最高の敬意をはらっていたものも、何人かはあったのである。

しかし、それらのうち、もっとも頭のいかれた娘でさえ、ダントンの欠陥を無視するわけにいかなかった。《集団舞踏(マス・ダンシング)》がはじまって、わずか数時間、ようやくその楽しさがあらわれだすと、かれはともすると、もうおれは疲れたといいだす傾向があった。《十二人組ブリッジ》をやっても、つねにほかの十一人のメンバーを失望させた。ダントンの注意力は、しばしばほかへそれて、賭けの計算をやりなおさなければならなかったのだ。そして、なによりも異常だったのは、かれには、《地下鉄ゲーム》にくわわることができなかった。

この古典的なゲームの精神を、かれはけんめいに会得しようとつとめた。このゲームのやり方を説明すると、味方は腕を組み合わせ、地下鉄の車内に殺到する。そして、敵のチームが、反対側の入口から突っこんでくるよりさきに、席を占拠することにあるのだった。かれのチーム・メイトのキャプテンはさけぶ。

「すすめ、諸君！　われわれはこの車を、ロカウェイへもっていくのだ！」

すると、敵のチームのキャプテンがどなりかえす。

「ばかをいえ！　さあ、やれ、みんな！　行先は、ブロンクス・パークだ。さもないと、ぶんなぐるぞ！」

ダントンは、ぎっしりつまった群衆のなかでもがきぬく。凍りついたような微笑に顔がゆがんで、気づかわしげなしわが、口だの眼のまわりに刻みつけられている。そのとき、ガールフレンドがいう。

「どうかしたの、エドワード？　あんた、おもしろくないの？」

「いや、おもしろいとも」

あえぐように呼吸しながら、ダントンはこたえる。

「でも、あなた、楽しんでいないじゃないの」娘は不審そうにさけぶのだ。「あなたにはわからないの、エドワード？　これこそ、わたしたちの先祖が、闘争本能を満足させるために考えだした方法よ。歴史家だっていっているわ。《地下鉄ゲーム》は、すべてを破壊しつくす水爆戦争を防止するために貢献したって。わたしたちも、そういった闘争本能をもっているのよ。だから、わたしたちは、現在の社会情勢にふさわしいやりかたで、その本能を克服しなけりゃいけないんだわ」

「知ってるよ」エドワード・ダントンはいう。「ぼくはほんとうに、こいつを楽しんでいるんだ。ぼくは――ぼくは――」

そのとき、第三のチームが、腕を組み、声を合わせて、くりかえしさけびながら、どやどやと乗りこんでくる。

「カナージー！　カナージーだ。カナージー行きだぞ！」

ざっとこういったわけで、かれはここでも、ガールフレンドに逃げられてしまうのだ。なぜならば、このようなダントンには、なんの将来性も見られないからだ。社会への順応性の欠如は、隠しおおすことができない。そのかぎりにおいては、ダントンが、メイン州のロックポートから、ヴァージニア州のノーフォークにまでのびているニューヨーク郊外、もしくは、そのほかのどのような都市の郊外でも、幸福に暮らせないことは明白であったのだ。

ダントンにしても、この問題を解決しようとして、いたずらに努力し、いたずらに失敗を重ねた。その緊張感から、ほかの欠点まで表われだした。さまざまな広告の網膜への投影から、乱視が極度に進行し、いやでも聞こえてくる単調な宣伝放送のために、たえず耳鳴りがするようになった。

かかりつけの医師は、どのような徴候分析も、彼をこうした心身相関の不快感から解放することは困難であろうと警告した。治療しなければならぬのは、かれの根本的な神経症、かれが生まれついた反社会的傾向にあるのだ。だが、それも現在のダントンには、すでに手のほどこしようがない状態であることがわかった。

そこで、かれの思考は、いやおうなしに、逃避行へとむけられた。宇宙には、地球上での不適格者たちにとって、まだまだ、じゅうぶんな余地があるはずだった。

過去二世紀のあいだに、無数の精神病者、神経症者、精神異常者、その他、あらゆる種類の症状の変人奇人が新天地を他の天体にもとめて飛び立っていった。初期の宇宙船はその動力として、ミッケルセン動力装置程度のものを使用していたので、恒星系から恒星系へと、しゅっぽしゅっぽと飛行するのに、二十年ないし三十年を費やさねばならなかった。しかし、最近の新しい宇宙船は、GM社の空間下回転偶力変換器（サブスペイシャル・トルク・コンヴァーター）によって推進され、おなじ行程を数カ月でやってのけられるようになっている。

地球に残るもの、社会的に適応しているものたちは、飛び立つものがどのような人間であれ、かれらを失うことを嘆き悲しんだ。だが、それと同時に、生殖関係に、思わぬ余裕ができるのを歓迎してもいるのだった。

二十七になったとき、ダントンは地球を離れて、開拓の途につこうと決心した。かれが自分の生殖許可証を、いちばんの親友であるアル・トレヴァーにゆずった日のことは、涙なくして語ることができない。

「おどろいたな、エドワード」トレヴァーは、その貴重な小さな証明書を、手のなかでひっくりかえし眺めながらいった。「おれとマートルにとって、これがどんなことを意味するか、きみにはとてもわからんだろうよ。おれたちはいつも、子供をふたり望んでいたんだ。いま、こうしてきみが、これを――」

「忘れろよ」とダントンはいった。「ぼくがこれから行こうとしているところでは、生殖許可なんか必要としないんだ。いや、実際問題としては、ぼくはおそらく、生殖不可能じゃないかと思うし」

それは、たったいま、かれの頭をおそった考えだったが、つけくわえていったのだ。

「しかし、それはきみに、欲求不満を起こさせやしな

いのか？」と、つねづね、友だちの幸福を案じている
アルがきいた。
「起こすかもしれないね。といっても、しばらくした
ら、開拓者の女の子をみつけるだろうよ。それに、性
的衝動はより有益な行為に昇華させることもできるん
だからね」
「まったく、そのとおりだ。ところで、きみは代わり
に何を選んだのだ？」
「野菜の栽培さ。いっそのこと、このさい、ぐっと実
利的になるのもわるくないと思ってね」
「ああ、いっそのことね」アルはいった。「そうか、
では、達者で暮らしてくれよ。幸運を祈る」
ひとたび、生殖許可証が手を離れれば、賽は投げら
れたわけである。ダントンは勇敢に、計画をすすめた。
《生殖権》放棄の代償として、政府はかれに、無制限
自由通行切符と、二年分におよぶ生活必需品と食糧と
をあたえた。
ダントンはさっそく出発した。

人口の密集している空域は避けることにした。そう
した場所は、往々にして、過激な傾向のつよい少数人
物の掌中ににぎられているからだった。
かれはまた、巨大な計算器が、数理にもとづいた統
治をしいている、たとえばコラニ第二星のようなとこ
ろに安住の地をもとめようとは思わなかった。
ハイル第五星にも興味はなかった。ここでは、三百
四十二人の住民全部が、全体主義に染まっていて、銀
河系宇宙を征服すべく、その手段と方法とを、日夜熱
心に協議しているのだった。
かれは《農業天体区》を一周してみた。ここは、健
康に関するきわめて極端な理論と実践とに夢中になっ
ている、退屈で、束縛的な空域なのだ。
ヘドニアまで来て、かれはこの悪名高い惑星に、腰
を落ちつけたものかどうかと考えてみた。だが、ヘド
ニアの住民たちは短命だというのが、もっぱらのうわ
さだった。もっとも、生きているあいだは、その享楽
ぶりをほしいままにしている点については、否定する

ものもなかったが……

　けっきょくダントンは、長期にわたる享楽をもとめる方針にきめて、さらに旅行をつづけることにした。

　ついで、《鉱業天体区》を通りすぎた。そこは、ときどきカッとなると、暴力行為に出ることをかえりみない、陰うつな気質の、ひげのある男たちがまばらに住んでいる、暗たんたる風景の岩山だらけの土地だ。

　そしてようやく、《新領域》へたどりついた。ここはいまだに、植民が完了していない天体で、地球からもっとも離れた開拓地よりも、さらにまた遠方にあるのだった。ダントンはそのいくつかを調査してまわって、知能的な生物がまったく生存していない惑星を発見した。

　しずかに落ちついた海の多い惑星で、かなりの大きさの島が点在している。そこには、密林が青々と茂り、豊富な魚やけものに恵まれていた。宇宙船の機長が、その惑星に対するダントンの権利を正式に証明し、ダントンはそこをニュー・タヒチと呼ぶことにした。大ざっぱな調査の結果、群を抜いて巨大な島がひとつあることがわかった。そこにかれは着陸して、キャンプを設営する仕事にとりかかった。

　最初のうちは、しなくてはならぬことがいっぱいあった。白い砂がきらきらと光っている浜辺の近くに、木の枝と編んだ草とで、家を建てた。やすを一本つくり、いくつかのわなと、一枚の網を編んだ。そしてまた、菜園をたがやし、植えつけをした。それが、熱帯の太陽のもとで、すくすくと成長し、毎朝、七時と七時半のあいだに、きまってあたたかい雨が降り、それによって養分をあたえられるのを知って、ダントンはじゅうぶんに満足した。

　大体において、ニュー・タヒチは楽園であり、ダントンはそこで、幸福な一生を暮らすことができるはずだった。だが、悲しいかな、ひとつだけ、問題があった。

　第一級の昇華を与えてくれるものと考えていた菜園そのものが、みじめな失敗であることを知ったのだ。

ダントンは、夜となく昼となく、かたときも休まずに女性を思い、巨大なオレンジ色の月の下で、ひとりひくい声で、感傷的な歌をうたっては、――それはいうまでもなく、恋の歌であった――ながい時間を過ごしている自分を発見するようになった。

それはたしかに、不健康な現象だった。絶望的なおもいで、かれは世に知られているほかの昇華形式へ没頭してみた。最初は絵を描いてみた。ついで、日記をつけ、さらにそれも捨てて、ソナタを一曲つくり、やがてはそれもあきらめて、この土地から出る一種の石鹼石を素材に、ふたつの巨大な彫像を刻むことにし、それを完成すると、ほかになにかすることはないか考えた。

なにもすることはなかった。かれの野菜は、手をかけなくてもすくすく育ち、地球出身のものでありながら、この土地の植物を完全に圧倒し、枯らしていくのだった。魚は大量に網のなかに泳ぎこんできた。けものは、わなをしかける手間を惜しまなければ、いつでもかれのものになった。

かれはまた、夜となく昼となく、かたときも休むことなく、女性を――背の高い女、低い女、白い女、黒い女、褐色の女のことを考えつづけるおのれを発見した。

ついに、自分が好ましく憧れているのは、火星の女であると知る日が訪れた。これは、いまだかつて、どのような地球人も、その欲求を満足させられなかった相手だった。かれはそこで、なにかこれには、非常手段が必要であろうと考えた。

だが、どんなものがよいのか？　かれとしては、救助信号を送る方法をもっていなかったし、ニュー・タヒチをはなれて、迎えに行く手段もなかった。海の上、空のかなたに、黒い斑点がひとつ現われたのは、かれが憂うつな気持ちで、このことを考えているときだった。

斑点はしだいに大きくなっていった。そのうちに、鳥か、大きな昆虫に変わるのではないかと、息もつまりそうな恐怖を感じながら、かれはそれを見まもっていた。だが、それはそのまま、大きくなりつづけて、やがて、うすむらさきの噴煙が、噴き出したり吸い込まれたりしているのが見えるようになった。

宇宙船がやってきたのだ！　おれはもう、孤独じゃないんだ！

その宇宙船は、ながい時間をかけて、慎重な着陸をした。そのあいだに、ダントンはかれのいちばん上等のパレウに着かえた。これは南海で用いられる衣服で、ニュー・タヒチの気候には、奇妙によく合うことを発見していた。さらに顔や手足を洗い、注意ぶかく髪に櫛をいれてから、宇宙船がおりてくるのを待ちかまえた。

それは、かつてのミッケルセン動力装置をそなえた宇宙船だった。そういった種類のものは、はるか以前に、用いられなくなっているものと、ダントンは思いこんでいた。たしかにこの宇宙船は――それは疑う余地がなかったが――ながいあいだ、旅行をつづけてきたにちがいない。外装こそ破れ、傷つき、救いようもないほど、古くさく感じられたが、それでも、不屈の魂といったものが、そのようすからうかがわれるのだった。船首にちかく、誇らしげに書きつけられたその名は、『ハッター民族』だった。

はるばる宇宙の旅をつづけてきたときは、だれもが新鮮な食糧に飢えているものである。ダントンは宇宙船の乗客たちのために、果物を山のように集め、『ハッター民族』号が、威風堂々と、海浜に着地したとき、見るからに食欲をそそるように、きれいに積みあげておいた。

せまいハッチがひらいて、男がふたり、足を踏み出した。かれらはライフルで武装し、頭から爪さきまで、黒づくめの服装をしていた。油断のない眼つきで、周囲を見まわしている。

ダントンは足ばやにすすみ出た。

「やあ、ニュー・タヒチへようこそ！　ほんとうに、あなたがたにお眼にかかれて、ぼくはどんなにうれしいことか！　最近のニュースというと、どんな――」

「そばによるな！」

　そのひとりがさけんだ。五十代の男で、背は高く、信じられないほど痩せている。顔もしわだらけで、きびしいものだった。氷のような青い眼が、ダントンを矢のように、突き刺すかに見えた。かれのライフルは、ダントンの胸のあたりを狙っていた。もうひとりは若い男で、樽のような胸をした、大型の顔で背が低い。ものすごいほど、がっしりしたからだつきだった。

「どうかしたのですか！」

　ダントンは思わず、足をとめてきいた。

「おまえ、名前はなんというのだ？」

「エドワード・ダントン」

「わしはシメオン・スミス」と痩せぎすの男がいった。「ハッター民族の指揮官だ。これはジェデキア・フランカー、副指揮官をつとめておる。おまえ、どうやって英語をおぼえた？」

「はじめから話していましたよ」ダントンはこたえた。

「ぼくは――」

「ほかの連中はどこにおる？　どこに隠れておるんだ？」

「ほかにはだれもいませんよ。ぼくひとりです」ダントンは、宇宙船をちらっと眺めて、すべての舷窓に、男や女の顔がのぞいているのを見た。

「ぼくは、あなたがたのために、これを集めておきました」とかれは、果物の山に手をふってみせて、「ながいあいだ、宇宙の旅をつづけてこられたあとだから、きっと、新鮮なものをお望みだろうと思いましてね」

　短い金髪をもつれさせたきれいな娘が、昇降口に姿を現わした。

「もう出てきてもよろしいでしょうか、お父さま？」

「いかん！」シメオンがわめいた。「まだ安全ではないんだ。なかにはいっていなさい、アニタ」

「では、ここから見ているわ」

　好奇心を露骨に表わした眼で、ダントンをみつめながら、娘はいった。

ダントンは見返した。そして、かすかな、いままで経験したことのないおののきが、身内をつらぬくのを感じとった。

シメオンがいった。

「気持ちだけは、ありがたくちょうだいしよう。しかし、わしたちはこれを食べない」

「どうして食べないんです?」

ダントンは当然のことながら、その理由を知りたがった。

ジェデキアが代わってこたえた。

「なぜならば、おまえたちが、どのような毒を食わそうとしているかわからんからだ」

「毒ですって? これはおどろいた。腰を落ちつけて、話し合おうじゃありませんか」

「どう思います?」

ジェデキアはシメオンにきいた。

「わしの予測しておったとおりだ」軍指揮官はいった。「迎合的で、こびへつらうこの連中に、信をおくわけにいかぬのはわかりきったことだ。こうした人種は、内心をあらわそうとしない。どこかに仲間が待ち伏せしているにちがいないぞ。賭けてもいい。まず、こいつに具体的なみせしめが、妥当なところだろうな」

「なるほど」ジェデキアがにやりと笑いながらいった。「文明の威力をみせつけてやるというわけですな」

かれはライフルを、ダントンの胸にむけた。

「なにをする!」

ダントンは背後に跳びすさってさけんだ。

「お父さま」とアニタがいった。「このひと、なにもしていないじゃありませんか」

「そこが肝心なところだ。この男を撃つ。それによってこの男はなにもすることができない。善良な先住民、それは、死んだ先住民だけなんだ」

「それに、こうすれば」とジェデキアも口をはさんだ。「ほかのやつらに、われわれが真剣であることを知らせることになります」

「そんなこと、正しくないわ!」アニタは怒ったようにさけんだ。「さきに、長老会議にはかって——」

「評議会は現在、命令をくだす立場にはいないんだ。はじめての星への着陸のさいは、非常事態を構成する。そうした事態のつづいているあいだ、軍隊が管理の責任をとることになっておる。われわれは、われわれのもっとも妥当と信じる行動をとるつもりだ。ラン第二星のときのことを忘れてはいかんぞ！」

「まあ、まあ待ってください」ダントンは叫んだ。「あなたがたは、とんだ誤解をしておいでだ。この星にいるのは、ぼくだけですよ。ほかには、だれも住んでいないんです。それに、なんの理由があって、あなたがたを——」

銃弾が一発、かれの左の足もとで、砂をはねあげた。かれはジャングルへ逃れようと、全速力で駆けだした。さらに一発、耳もとをうなってすぎた。三発目は、かれが茂みにとびこんだ瞬間、頭上の小枝を、ポキッとくだいた。

「そうれみろ！」シメオンがどなっているのがきこえた。「これであいつらにも、いい懲らしめになったわけだ！」

ジャングルへ飛びこんだダントンは、開拓船の着陸した地点からおよそ半マイルの距離をへだてるまで、一分の休みもおかずに走りつづけた。

それから、この星の上にできるバナナとパンの木の実の変種で、かるい夕食をとると、ハッター人たちはなにを誤解しているのか、判断してみようとした。かれらは気が狂っているのだろうか？　おれが地球人であり、ひとりきりで武装もせず、しかも、明らかに友好的であるのを見ているのに、なんのために発砲したのであろうか？　具体的な懲らしめといったが、だれに対して、懲らしめが必要なのか？　懲らしめの必要なのは、無知蒙昧の先住民に対してであろうに……

なんのことだ。そういったわけだったのか！　ダントンは自分にいいきかせるように、ひとりうなずいた。ハッター人たちは、おれを先住民と考えたのだ。もとからこの星に住んでいる人類と思ったにちがいない。

そして、その部族のものたちが、ジャングルのなかに待ち伏せていて、新しい侵略者どもを虐殺する時機をうかがっていると邪推したのであろう。実際、これは性急な臆測ともいいきれなかった。地球を遠くはなれた惑星の上に、宇宙船ももたず、腰布だけを身につけて、なかばブロンズ色に日焼けしているかれを見て、このような未開の惑星に住む先住民は、このような姿をしていると思いこんだのも無理ではなかった。

だが、かれらは、とダントンは、自分自身に問いかけた。どこでおれが、英語を習得したと考えているのだろう？

そのこと全体がひどくこっけいに思われた。しかし、何分かあれば、それくらいの誤解は解くことができる。それを確信して、かれはふたたび、宇宙船にむかって引き返しかけた。が、二ヤードか三ヤードすすむと、立ちどまった。

すでに夕暮れがしのびよっていた。背後の空には、白や灰色の雲が、土手のように積みかさなってたなびいていた。海面に眼をやると、濃紺の靄が、陸地にむかって近づきつつあった。ジャングルは、不吉な物音でみちている。ダントンはずっと以前に、それがなんの危険もないものであることを発見していた。しかし、新しくこの星に降り立った人々は、やはりそれに、疑惑をいだくにちがいないのだ。

地球の人間たちは、むやみやたらに銃を発射したがることを、かれはかれ自身に思い起こさせた。あまり性急に、かれらのあいだにとびこんでいって、銃弾をこうむるような事態を生じさせるのは愚劣な行為ではないか。

そこでかれは、草木のからみあうジャングルのなかを用心ぶかくすすんでいった。ジャングルの茶とみどりのなかに溶けこんで、音ひとつ立てぬ黄褐色の妖怪となって……

やがて、宇宙船の近くまでくると、稠密(ちゅうみつ)な下生えのなかを、四つんばいになってすすみ、傾斜した海浜をのぞくことのできる場所まできた。

開拓民たちが、船から出てくるところだった。数十人の男女に、何人かの子供たちがくわわっている。重苦しいまでの黒い服に身をつつみ、暑さのために、汗をかいている。かれが贈った、この惑星産の果実は、まったく無視されていた。そのかわりに、アルミニウムの食卓の上には、変わりばえのしない宇宙旅行団の食糧がひろげられていた。

その人々の周囲には、ライフルと弾薬帯とをもった男が数人いる。これはむろん、見張りの役をつとめているのだ。ジャングルに、きびしい警戒の眼をそそぎ、しだいに暗さをましてゆく頭上の空に、不安げなまなざしをちらっちらっと投げている。

シメオンが両手をあげた。全員はたちまち、静粛になった。

「わが友よ」軍指揮官は演説をはじめた。「われわれはついに、ながいあいだ待ち望んだ、わが家に到着することができた！　見るがよい。ここそ、乳と蜜との国、惜しみない恵みと、豊かなみのりの土地である。これこそ、われらのながい旅路に値するものではなかろうか。絶えまない危険、いつ終わるとも知れぬ探検に価するものではなかったであろうか」

「価するとも、兄弟よ！」

一同が、声をそろえてさけんだ。

シメオンは、ふたたび両手をあげて、静粛をもとめると、「この惑星には、いかなる文明人も居住していない。われわれが最初の住民であり、したがって、ここはわれわれの土地である。ここにひとつ、危険がひそんでいることをみとめねばならない。わが友よ！　問題はあの密林である。あのなかに、どんな怪物がひそんでいるか、だれがそれを知ろう？」

シマリス以上に大きなものなんて、なにも住んではいないのだ。ダントンはそう、ひとりつぶやいた。どうしてかれらは、このおれにきかないんだろう？　おれだったら、なんでも教えてやれるのに。

シメオンはなおも、ことばをつづけた。

「どのような海獣が、水中ふかく泳いでいることか、だれがそれを知ろう？　だが、われわれはひとつのことを知っている。それは、この星にも、土着の民がいるということである。かれらは、あらゆる土着民がそうであるように、裸体の野蛮人であり、疑いもなく、狡猾で、残忍、不道徳きわまりない。

われわれはもちろん、かれらに気をつけなくてはならぬ。しかし、かれらさえ従順であれば、われわれにはかれらとともに、平和のうちに共存してゆく用意がある。われわれはかれらに、文明の果実と文化の花束をあたえよう。かれらはあるいは、友好的な態度を装うかもしれない。しかし、その場合も、われわれはつねにこの一事を忘れてはならぬ。わが友よ。野蛮な魂のなかで、どのような思考が形をなしつつあるか、それを語ることは、だれにもできるものではないということを。かれら野蛮人の規範は、われわれの規範とは異なる。かれらの道徳は、われわれのそれではない。われわれはかれらのことばを信じてはならぬ。われわれはつねに、見張りをおかねばならぬ。そして、少しでも疑わしいことがあれば、最初に発砲するのは、われわれでなくてはならぬ！　ラン第二星の経験を忘れるな！」

一同は、拍手喝采した。そして、讃美歌をうたい、やがて、夕べの食事をつつきはじめた。夜のとばりがおりると、宇宙船からはサーチライトが照らされ、砂浜を白昼のように明るくした。衛兵たちは、神経質に肩をまるめ、ライフルをかまえたまま、行ったり来たりしはじめた。

移住者たちが寝袋のほこりをふるって、船の胴体のかげにひっこむのを、ダントンはじっと見まもっていた。不意打ちの敵襲を危惧するかれらも、胸いっぱいに吸いこむことのできる新鮮な空気を前にしては、最初の貴重な一夜を宇宙船のなかで過ごすことは、できる相談ではなかったのだ。

ニュー・タヒチの巨大なオレンジ色の月は、そのなかばを、高く飛ぶ夜の雲に隠していた。歩哨たちはあちこち歩きまわり、罰あたりなことばを吐きちらし、たがいになぐさめと保護とをもとめて、しだいに一カ所にかたまっていった。そして、夜がふけるにつれて、かれらはジャングルの物音にむかって発砲し、なにかの影におびえて、いっせいに銃を鳴らすような状態に陥るのだった。

ダントンはこっそり、ジャングルのなかにもどった。その夜は、巨木の葉かげにひそんで過ごすことにした。そこならば、流れ弾でも避けることができるはずだ。その夜はまだ、事情を明らかにする段階に達していないようだった。ハッター人は、あまりにびくびくしすぎている。これはどうしても、白昼の光の下で、気取らず率直に、道理をわきまえた方法で処理しなければならぬ問題のようだ。ダントンはそう判断したのであった。

ただ考えるべきことは、このハッター人なる連中は、あまり道理をわきまえているとはいいかねる点にあった。

そうはいうものの、朝になると、すべてがかなり有望にみえた。ダントンはハッター人たちが朝食をすますのを待って、海岸のはずれの、かれらから見えるところに歩み出た。

「とまれ！」

衛兵たちが、いっせいに声をあわせてどなった。

「きのうの野蛮人が、また舞いもどってきたぞ！」

移住者のひとりが、大声にさけんだ。

「お母ちゃん」幼い子供が泣きわめいた。「あのおっかないわるものに、ぼくを食べさせないでよ！」

「心配しないでいいのよ、坊や」子供の母親がいった。「お父さまが、野蛮人を撃つライフルをもっていらっしゃるからね」

シメオンが宇宙船のなかから、いきおいよく飛びだしてきて、ダントンをにらみつけた。

「ようし、きさま、出てこい！」

ダントンは用心ぶかく、砂浜を横ぎった。かれの皮膚は、神経質な予想のためにぴりぴりした。なにももっていないことを示すために、手をたえず、目につくようにさらしながら、シメオンの前へすすみ出た。

「わしはここにいるものたちの指導者」シメオンは、子供にでも話すように、ゆっくりした口調でいった。「わたし、とてもえらい頭。おまえ、ひとびとのえらい頭か？」

ダントンはいった。

「そんな話しかたをする必要はありませんよ。どうも、おっしゃることがわかりかねます。きのうもいったつもりです。ぼくには、仲間なんかないって。ここには、ぼくひとりが住んでいるだけです」

シメオンのきびしい顔が、怒りのために青く変わった。「わしに対して正直にしないと、あとで後悔することになるぞ。さあ――おまえの部族は、どこにおるんだ？」

「ぼくは地球人です」ダントンは叫んだ。「あなたは耳が遠いのですか？　ぼくがどんなふうに話しているか、あなたには聞こえないのですか？」

大きなつのぶちのめがねをかけ、腰の曲がった白髪の小男が、ジェデキアといっしょに近よってきた。

「シメオン」とその小男はいった。「わしはまだ、われわれの賓客に紹介してもらっていなかったようだが」

「ベイカー教授」と、シメオンはいった。「この未開人は、地球人だと主張しているのです。名前は、エドワード・ダントンだというんですがね」

教授は、ダントンのパレウ、その日焼けした肌、そして、硬くなった足などに眼をやって、「きみ、ほんとうに地球人なのか？」

「もちろんです」

「海岸をちょっと行ったところに、石像がいくつかあるが、あれを彫ったのは、だれなんだね？」

「ぼくです」と、ダントンはこたえた。「だが、あれはただの治療法にすぎなかったんです。ご存じのように――」

「あれは明らかに、原始人の手になるものだ。様式化した手法、鼻の形――」

「それは、偶然、そうなっただけです。聞いてください。数ヵ月まえ、ぼくは地球をはなれ、宇宙船に乗って――」

「その宇宙船は、どのような推進力をもっていたかね？」

ベイカー教授の質問はつづく。

「GM式空間下回転偶力変換器によるものです」

ベイカー教授がうなずいたので、ダントンはさきをつづけた。

「ぼくにとって、コラニやハイル第五星は興味がありませんでした。ヘドニアは、ぼくの血には、あまりにも強烈すぎました。《鉱業天体区》や《農業天体区》もやめにしました。そして最後に、政府の船に、この惑星に降ろしてくれるようにたのんだのです。この惑星はぼくの名義で、ニュー・タヒチとして登録されています。ですが、ぼくはかなり、孤独を感じるようになっていましたので、あなたがたのおいでを歓迎しているのです」

「どうです、教授？」シメオンがいった。「どう考えます？」

「おどろくべきことだ」とベイカー教授はつぶやいた。

「まことに驚嘆すべきことだ。口語英語に対するこの男の理解力は、相当高度の知的水準を暗示している。未開の社会においてしばしばみられる奇怪な現象、いいかえれば、異常なまでに発達した模倣の能力の存在を、つよく示しているものといえよう。われわれの友人ダンタ――かれが親からもらった、転訛される以前の名前は、こうだったにちがいない――このダンタなる男は、おそらく、かれらの部族に伝わる多くの伝説、神話、民謡、民俗舞踊などのたぐいを、われわれに教えてくれるものと思われる」

「しかし、ぼくはりっぱな地球人です！」

「いや、いや、気のどくなわたしの友よ」と教授は、おだやかに訂正した。「おまえはそうではないのだ。おまえはただ、地球人のだれかに会ったことがあるだけなのだ。おそらくそれは、修理のために立ち寄った商船かなにかの乗組員だろう」

ジェデキアがいった。

「宇宙船が一度、ほんのしばらくのあいだですが、この星に停泊していたことを示す証拠がのこっております」

「は、はあ」晴れやかに笑いながら、ベイカー教授はいった。「では、わたしの仮説はたしかめられたというわけだな」

「それは、中央政府の宇宙船ですよ」ダントンは説明しようとあせった。「それが、ぼくをこの星に降ろしてくれたのです」

「これは、じつに興味津々たるものがある」いぜんとして、ベイカー教授の講義口調はつづいた。「この、いかにもまことしやかな説明が、決定的な箇所にくると、たちまち夢物語に堕してしまうところに注目する必要がある。この男はその宇宙船が、『GM式空間下回転偶力変換器』によって推進されていたと主張している――これこそ、なんの意味ももたぬことばの羅列にすぎない。なぜならば、宇宙探検用の動力装置といえば、ミッケルセンただひとつにきまっておるからだ。かれはまた、地球からの旅行が、およそ数ヵ月のあいだになしとげられたと主張している。つまり、教育を受けておらぬこの男の知性には、何年も、いな、何十年とつづく宇宙の旅行など、想像を絶するものであるからだ。しかし、われわれは知っている。どのような宇宙船動力も、たとえ理論上だけにせよ、そのようなことをやってのけられるはずがないということをな」

ダントンはいった。

「それはきっと、あなたがたが地球をはなれたあとで、発明されたのではないでしょうか。あなたがたが出発されてから、どのくらいたっているのです？」

ベイカー教授はもったいぶった口調で説明した。

「ハッター宇宙船は、いまから百二十年以前に地球を出発した。われわれの大部分は、四世か五世であるのだ。ああ、きみたち――」と、ベイカー教授は、シメオンとジェデキアにむかっていった。「これにも注目してほしいものだ。見られるとおり、この男は、いかにももっともらしい地名を考えだそうとつとめておる。コラニとかハイル、または、ヘドニアなどというのは、かれの擬声語感覚に訴えるものがあるにちがいない。実際には、そのような場所が存在しないことなど、この男はまったく顧慮していないのだ」

「ちゃんとありますよ、そういう場所が！」ダントンは憤然とした表情でいった。

「ある？　どこにあるんだ？」ジェデキアが、いどみかかるようにいった。「あったら、おれに、その座標を教えてくれ」

「そんなことが、どうしてぼくにわかるんです？　ぼくは航行士じゃありませんよ。ぼくはただ、ハイルは、牛飼い座の近くにあったと思うだけです。それとも、カシオペア座だったかな。いや、たしかに牛飼い座だった――」

「お話し中恐縮だがね」ジェデキアは笑いながらいった。「きみにも興味があると思うからいうのだが、おれはこの宇宙船の航行士なんだぜ。きみさえ希望すれば、いつでも天体地図や星座表を見せてあげられるがね。そういった場所は、かつて地図に出ていたことがないのだ」

「あなたの地図といったって、百年も時代おくれのものじゃないですか！」

シメオンが口を出した。

「それでは、そういった星も同様だ。ところでダンタ、おまえの家族はどこにいるんだ？　どうして、われわれの前へ姿を現わさんのかね？　いったい、かれらはなにを企てておるんだ？」

「なんとも、ばかばかしいかぎりですよ」ダントンは抗議した。「どうしたら、あなたがたを納得させられるんでしょう？　ぼくは正真正銘、地球人なんです。あの土地で生まれ、あの土地で育ち――」

「もうたくさんだ」シメオンがさえぎった。「われわれハッター人にとって、がまんならぬことがあるとしたら、それは先住民から口返答をされることだ。さあ、いえ、ダンタ」

「ぼくだけしかいません」

ダントンはいいはった。

「なかなかこいつ、口の堅い男じゃないですか?」ジェデキアが、歯がみをしながらいった。「一度、皮むちの味を知らせてやれば、たぶん——」

「それはあとだ、あとだ」シメオンが抑えて、「そのうち、こいつの仲間は施しものがほしくて顔を出してくるだろう。先住民というのは、いつもそういうものだ。それまでは、ダンタ、あっちへ行って、作業隊を手伝え。食糧の荷おろしをするんだ」

「ごめんこうむります」ダントンはいった。「ぼくは帰りますよ」

ジェデキアのこぶしが、さっと前へ突き出された。それはダントンのあごをとらえた。かれはよろめいて、かろうじて踏みとどまった。

ジェデキアは吼えるようにいった。

「隊長は、口答え無用といったはずだぞ! どうしておまえら先住民は、いつもそう、働くのをいやがるんだ? 骨の髄からなまけものにできているんだな。キャラコの布地や、ビーズ玉の荷おろしがすんだら、おまえにも、駄賃はちゃんとはらってやる。さっさと働け」

それが、この論議に終止符を打つことばのように思われた。まごまごし、そして、不安な気持ちにとらえられたまま、かれ以前の先住民たち、一千ものちがった世界に住んでいた何百万もの先住民が、いつもそうさせられたように、かれもまた、宇宙船から荷物を運び出している移住民たちのながい列にくわわった。

午後もおそくなって、荷おろし作業は終了し、開拓民たちは海浜に休息をとった。ダントンはかれらとははなれた位置に坐り、自分のおかれた立場を考えてみようとした。そうやって、深くものおもいに沈んでいたとき、アニタが水をいっぱいつめた水筒をもって、そばによってきた。

ダントンはきいた。

「きみもやはり、ぼくを土民だと思っているのかい？」

彼女は、そばに腰をおろして、いった。

「それはそうよ。ほかに考えようがないじゃないの。だれだって、宇宙船がどのくらいの速度で飛ぶものか知っているし、それに——」

「きみたちの民族が地球を離れてから、時代はとても進歩しているんだよ。きみたちだって、そのあいだずっと、宇宙空間にいたわけではないだろう？」

「むろん、そうじゃないわ。ハッター宇宙船は、最初、フガストロ第一星へ行ったのよ。でも、そこはあんまり肥沃なところじゃなかったんで、つぎの世代のひとは、クテディへ移ったの。ところが、とうもろこしが突然変異を起こして、食べるものがなくなってね。みんな、死に絶えるところまでいったのよ。そこで、生き残ったひとたちが、ラン第二星へ移住して、こんどこそ、永住の地がみつかったと思ったら——」

「なにか、あったの？」

「先住民よ」アニタは悲しそうにいった。「最初のうちは先住民たちも、友好的にふるまっていたわ。それでみんなは、万事うまくいってるものと思っていた。ところが、ある日のこと、突然、先住民の全部が反乱を起こしちゃったの。あの連中、槍みたいな武器しかもっていなかったけど、とにかく、人数がたくさんいたのよ。そこでわたしたち、またまた、宇宙船に乗って、そこを逃れ出て、ここにたどりついたっていうわけなのよ」

「なるほど」ダントンはいった。「きみたちが、なぜあれほど先住民に神経質になるのか、それがやっと、のみこめたよ」

「当然のことでしょう？　だから、なんであれ、危険なことが起きる可能性のあるあいだは、わたしたちは軍の指揮のもとで行動するのよ。ということは、わたしの父とジェデキアが責任をとるという意味なの。でも、非常事態が過ぎたら、正常なハッター政府が責任を受けつぐことになっているんだわ」

「だれが、それを運営しているんだい？」

「長老会議よ」アニタがいった。「善意のひとたち、暴力を蛇蝎のように憎んでいるひとたちの集まりよ。もし、あんたや、あんたの仲間たちが、ほんとうに平和的な民族なら――」

「ぼくには、家族も仲間もいないんですよ」と、ダントンは、うんざりしたようにいった。

「だったらあんたたち、長老会議の支配のもとに、永遠に栄える好機に恵まれることになるんだわ」

彼女はそういって、ことばをむすんだ。そのあとふたりは、肩をならべて坐ったまま、太陽が海のむこうに沈むのを見まもった。彼女の髪が風にそよぎ、絹糸のようにかるやかに、ひたいぎわにふりかかるさまを、そしてまた、入り日の残照が彼女の頬の線と唇を浮きあがらせ、照らしだしているさまを、ダントンはじっとながめていた。

かれは身ぶるいをして、それは夜の冷気のせいだと、自分自身にいいきかせた。アニタはアニタで、子供のころのことを、生き生きとした口調で語りつづけたが、その語句を最後までいいきること、さらには、思考の糸をそのさきまでたぐりつづけることに、困難になったのを感じていた。

やがて、ふたりの手は、たがいのそれを求めてさぐりあった。指のさきがふれて、しっかりとからみあった。ながいあいだ、かれらはただ、だまったままですわっていた。そして、最後に、そうっと、おずおずと、キスをかわした。

突然、大きな声がした。

「おまえたち、こんなところでなにをしているんだ？」

ダントンが見上げると、がっしりした体軀の男が、かれらの上にのしかかるようにして立っていた。そのたくましい頭は、月明かりにくろぐろと浮かびあがり、腰にあてがったこぶしは、きつくにぎられていた。

「おねがい、ジェデキア」アニタがいった。「さわがないで」

「立ちなさい」そしてジェデキアは、つづいてダントンに、不気味なほどしずかな声で命令した。「立つんだ」

　ダントンもまた、なかばこぶしをにぎりしめ、身がまえをしながら立ちあがった。

「あんたの行動は」とジェデキアは、アニタにいった。「あんたの一族、ひいては、ハッター民族全体の恥辱ですぞ。気でもくるったんですか？　けがらわしい先住民なんかに手を出せば、こんどはもう、自尊心をもつことができませんぞ」

　さらにかれは、ダントンにむきなおって、「それから、おまえもそうだ。これだけは、どんなことがあっても忘れてはいかんぞ。先住民のぶんざいで、ハッター人の女をもてあそぶなど、絶対ゆるされんってことをな。たったいま、この場で、その教訓を、きもに銘じさせてやるぞ」

　みじかい格闘があり、やがてジェデキアは、ぶざまに手足をひろげて、その場にあおむけに倒れた。

「おい、大変だ！」ジェデキアは大声に叫んだ。「先住民たちが反乱を起したんだ！」

　警報ベルが、宇宙船から鳴りひびいた。夜のとばりのなかを、慟哭するようなサイレンの音が伝わってゆく。このような非常事態にそなえて、たえず訓練を受けていたのであろう。女子供は、一団となって、宇宙船のなかに避難した。男たちは、ライフルや機関銃、あるいはまた、手榴弾といったものを渡されて、じりじりと、ダントン目指して近づいてきた。

　ダントンはそれに呼びかけた。

「ちがう、ちがう。男と男の争いにすぎないんだ。ちょっとした意見のくいちがいがあったからだが、ただそれだけのことなのだ。先住民族なんてものはどこにもいはしないのだ。ぼくひとりだけなんだ！」

「アニタ、はやく――はやくもどれ！」

　先頭に立ったハッター人が命令した。

「わたし、先住民なんて、ひとりも見なかったわ」娘はなだめるようにいった。「それに、このけんかはダンタがわるいんじゃないわよ――」

「もどりなさい！」

彼女はたちまち、じゃまにならぬところまで引きずっていかれた。機関銃が火を吐くよりまえに、ダントンは茂みのなかに、身を躍らせていた。

五十ヤードほど、四つんばいになってすすみ、それから立ちあがると、無我夢中で走りだした。

さいわいなことに、ハッター人たちには、追ってくるだけの気はなかったらしい。その宇宙船を守り、上陸拠点と、ごくかぎられたジャングルの一部を確保するだけが、かれらの念頭にあるすべてだったのだ。夜のとばりをついて、銃声が鳴りひびき、声高なさけびや、気ちがいじみた悲鳴が、そこここであがるのを、ダントンは聞くことができた。

「そっちへひとり、走ってったぞ！」

「いそげ、機関銃のむきを変えるんだ！　やつらはうしろへまわったぞ！」

「やった！　やった！　ひとりやっつけたぞ！」

「ちがう、あいつは逃げた。ほら、あそこへ行く……だが、気をつけろよ。木の上にいるかもしれん！」

「撃て、みんな、撃て！」

一晩じゅう、ハッター人たちが想像上の野蛮人の襲撃をはねかえしているのを、ダントンはきいていた。

明けがた近くなって、発砲さわぎはようやくおさまった。ダントンは、一トンもの弾丸が費消され、何百本もの木が、梢のあたりを吹きとばされ、何エーカーもの葉が、泥に踏みにじられたにちがいないと見積もった。無煙火薬の臭気が、ジャングルいっぱいにたちこめていた。

かれはしばらく眠った。

昼近く、眼をさますと、だれかが下生えのなかをうごきまわっているのをきいた。かれはあわてて、ジャングルの、いっそう奥ふかいところへひっこんで、バナナとマンゴーの変種を用いて、食事の仕度をした。

それから今後のことなどを考えてみることにした。

だが、どのような考えも浮かんでこなかった。かれの心は、アニタと、彼女を失った悲しみとで、いっぱいだったのだ。

その日一日じゅう、やるせない心をいだいて、密林のなかをさまよい歩いた。そして、午後もおそくなったころ、ふたたび、だれかが下生えのなかをうごきまわる音を耳にした。

かれはまた、さらに島の奥ふかいほうへ逃げこもうとした。そのとき、かれの名を呼んでいる声をきいた。

「ダンタ！　ダンタ！　待って！」

アニタだった。ダントンはどうしたものか、ちょっとためらった。彼女はその一族を捨て、みどりのジャングルのなかで、かれとともに暮らすことを決心したのであろうか？　しかし、より現実的に考えれば、かれを殺すために、一隊の男たちを先導するおとりとして放たれたとみることもできる。彼女の民族愛がどのようなものであるか、どうしてかれに知ることができよう！

「ダンタ！　どこにいるの？」

ダントンはしかし、その声をきくと、もはやふたりのあいだには、どのような障害物も存在しえないと思い知った。彼女の一族の、先住民についての観念は、きのうの事件が明瞭にしめしていた。どのようなことがあろうと、かれらは信じてくれないであろう。つねにかれを殺そうとはかるにちがいない……

「おねがい、ダンタ！」

ダントンは、ひょいと肩をすくめると、彼女の声のするほうへ走りだした。

ふたりは、とある小さな空き地で出くわした。アニタの髪はみだれて、カーキ色の服は、ジャングルのいばらに、ずたずたに引き裂かれていた。だが、ダントンにとって、彼女以上にうつくしい女性はありえなかった。ほんの一瞬、彼女はかれといっしょになるために、かれの手をとって逃げるためにやってきたと信じた。

だが、そのときかれは、彼女の後方五十ヤードほどのところに、銃を手にした男たちが控えているのに気づいた。

「だいじょうぶよ」アニタがいった。「あなたを殺そうとしているんじゃないの。ただ、わたしを護衛するために来ているだけ」

「きみを護衛する？　ぼくから？」と、ダントンは、うつろな声で笑った。

「あのひとたち、わたしほどには、あんたのことを知っていないのよ」アニタはいった。「きょうの会議のときに、わたしはほんとうのことを話してやったわ」

「ほんとうのこと？」

「ええ、あのけんかは、あんたのせいじゃなかったってことよ。それからわたしは、みんなにそういってやったわ。あんたはただ、自分を守るために戦ったんだって。そして、ジェデキアがうそをついたってことも。先住民の群れなんて、あの男を襲撃しなかった。あそこにいたのは、あんたひとりだったこと。わたし、みんなにほんとうのことを話したのよ」

「よくいってくれた」とダントンは熱をこめていった。「で、きみのことばは信じてもらえたのかい？」

「と思うわ。わたし、先住民が襲撃してきたのは、もっとあとのことだって説明したのよ」

ダントンはまた、うめき声をあげた。

「それも違うよ。先住民なんて、ひとりもいないんだよ。それなのに、先住民の襲撃なんてありうるはずがないじゃないか」

「だって、現にあったじゃないの」アニタはいいはった。「なにかどなっているのを、わたし、この耳できいたわ」

「あれは、きみの仲間の声なんだよ」

ダントンは、なにかこの娘を納得させられるものはないかと考えた。この娘ひとりを納得させられないで、どうしてのこりのハッター人たちを説き伏せることができようか？

そして、考えているうちに、その答えをつかんだ。それは非常に単純な証拠だった。しかし、効果となると、圧倒的なものがあるにちがいなかった。

「きみはほんとに、大規模な先住民の襲撃があったと信じているのかい？」

「もちろんよ」

「何人ぐらいの先住民がいた？」

「少なくとも、十対一ぐらいの割合で、わたしたちを圧倒していたようだわ」

「そして、ぼくたちは武装していたのかい？」

「たしかに、していたわ」

「それではきみは」とダントンは、勝ちほこったようにいった。「ハッター人はただのひとりも、傷を負わなかったという事実を、どうやって説明する気だね？」

彼女は眼をまるくして、かれをみつめた。

「そんなことないわよ、ダンタ。ハッター人は、大勢負傷しているのよ。そのうち何人かは重傷だわ。あの戦争で、戦死したひとが出なかったことが、ふしぎなくらいよ！」

突如ダントンは、足もとがくずれ落ちる気持ちにおそわれた。ちょっとのあいだ——それはおそるべき瞬間だった——かれは、彼女のことばを信じた。ハッター人たちは、なるほど、まちがってはいなかったのだ！　ぼくにはやはり、部族の仲間がいたのか。ぼくとそっくりの、ブロンズ色に日焼けのした何百人もの野蛮人が……ジャングルにかくれ、待ち伏せしている野蛮人の仲間が……

アニタがいった。

「あんたに英語を教えた宇宙商人は、きっと、ひどく不謹慎な人間だったにちがいないわ。星間法違反よ。そうでしょう？　先住民に火器を売るなんてね。いつかそのひとは捕まって——」

「火器だって？」

「そうじゃないの。むろんあんたたちは、正確な使い方を知らないけど、でも、シメオンがいうには、その絶対的な射撃能力は——」

「というと、きみたちの負傷者は、みんな銃弾にあたっているのかい？」

「そうよ。わたしたちハッター人は、蛮力や槍がつかえるほど、あんたたちを近よらせはしなかったわ」

「なるほど」

ダントンはいった。かれの潔白の証拠は、これで完全に破壊されてしまったのだ。だが、それでもかれは、真相を知ると同時に、自分が狂っているのではなかったことを悟って、ほっとしたのであった。混乱したハッターの兵士たちは、うごくものとみれば見さかいなしに——たがいに発砲しあいながら、ジャングルじゅうを駆けまわっていたのだった。かれらがそのような混乱状態に陥ったことは疑いなかった。かれらのうちの何人かが、死なないですんだことだけでも、ふしぎというだけではもの足らない。まさに奇跡というべきだ。

アニタはつづけて、「でも、あのひとたちには、あんたを責めることはできないって、わたし、説明してきたのよ。あんたのほうが最初に襲撃を受けたんだし、あんたの部族のひとは、危機に陥ったあんたを助けようとしたにちがいないってね。長老たちも、それはおおいにありうることだと思ったらしいわ」

「ありがたきしあわせだよ」

ダントンはいった。

「あのひとたちは道理をわきまえた人間でありたいと思っているのよ。そして、いまになって、やっと気がついたようだわ。先住民といっても、わたしたちとおなじ人間だってことをね」

「きみはほんとうに、そう確信しているのかい？」

かすかに皮肉をこめて、ダントンはきいた。

「もちろんよ。そんなわけで、長老たちは先住民政策について、全体的な会議をもつことにしたの。それで決定的な裁断をくだしたわ。わたしたちは、あんたとあんたの民の指定保留地として、一千エーカーをとっておくんですって。それだけあれば、じゅうぶん、暮らしていけるはずね。そうじゃなくて？　それで、あのひとたち、いまから境界線の標柱を立てることにするのよ。あんたたちは、あんたたちの指定保留地で平和に暮らし、わたしたちはわたしたちの土地で、暮らしていこうということになったのよ」

「なんだって？」

ダントンはいった。

「そして、その誓約をかためるために」アニタはことばをつづけた。「長老たちは、これをあんたに受けとってもらいたいんですって」

そして彼女は、羊皮紙の巻物をかれの手にわたした。

「なんだい、これ？」

「平和条約よ。ハッター民族とニュー・タヒチの住民とのあいだで、戦闘の終結を宣言し、わたしたちそれぞれの民族が、恒久的な友好関係を保つことを誓約しているのよ」

麻痺したように、ダントンはその羊皮紙の巻物を受けとった。かれは、アニタといっしょにやってきた男たちが、赤と黒とに塗り分けた杭を、地面に打ちこんでいるのを見まもった。先住民問題が、こんなにも早く、こんなにも簡単に、解決したことに満足してか、かれらは働きながら、歌をうたっていた。

「でもね、きみたちは考えてみなかったのか？」ダントンはきいた。「その――なんといったらよいか――同化させてしまうほうが、もっとよい解決になるんじゃないかということをね？」

「それはわたしも提案してみたわ」と、アニタは、顔を赤らめながらいった。

「ほんとうかい？　きみがいうのは、きみにはそのつもりがあると――」

「もちろん、あるわ」アニタはかれの顔を見ないでこたえた。「ふたつの優秀な人種の融合は、きっと偉大な、すばらしいものになるにちがいないわ。そして、ダンタ、どれほどすてきな物語や伝説を、あんたは子供たちに話してやれることでしょう！」

ダントンはいった。

「ぼくは子供たちに、魚をとったり、猟をしたりすることを教えてやれる。どの植物が食用になるかとか、そういった、いろいろなこともね」

「それに、あんたたちの色あざやかな民族舞踊や歌などもね」アニタはため息をついた。「それはきっと、すばらしいものでしょうね。残念だわ、ダンタ」

「しかし、まだ、方法があるはずだ！　ぼくが直接、長老たちに話せばいいんだが、その方法はないだろうか？」

「方法なんてないわ」アニタはいった。「わたしは、あんたといっしょに逃げることだってできるのよ、ダンタ。でも、あのひとたち、最後まで、わたしを追ってくるにちがいないわ。どんなにながくかかろうと、ほっておくわけがないのよ」

「しかし、ぼくたちはみつけられないようにできる」と、ダントンは、力をこめていった。

「だったらわたし、そのチャンスに賭けてみたいわ」

「ほんとうかい、きみ！」

「でも、だめ。あんたったら、とてもおばかさんね。ハッター人は人質をとっておくことができるのよ。そして、もしわたしが帰らなければ、その人質を殺すでしょう」

「まだ、そんなことをいっている。ぼくには、仲間なんかひとりもいないというのに！　ほんとうなんだぜ。わからないのか！」

「そういってくれるなんて、あんたって、やさしいひとね」アニタはそっといった。「でもね、人間の生命というものは、個人の愛情のために、犠牲にされてはならないものなのよ。あんたはあんたの民に、境界線に近づいてはいけないといわなくてはいけないわ。近づいたら、撃たれるのよ。では、さようなら。そして、これだけは忘れないで。平和の道を踏みはずさないように生きるのが、いちばんいいことだってことをね」

　彼女は急ぎ足に、かれの前から去っていった。ダントンはそのうしろ姿を見送っていた。そうすべき理由もないのに、ふたりをへだててしまった彼女の意見を、腹立たしく思いながら、しかし、また一方では、かれの民と称するものに示したその愛情のふかさのゆえに、いっそう彼女をいとおしく思いながら……このさい、かれの民が想像上のものにすぎないことは問題にならない。大切なのは、その思いやりなのだ。

ようやく、かれは思いなおして、密林の奥ふかく、分けいって行った。

黒い水のよどんだ、しずかな池のほとりで、かれは足をとめた。池には、大きな木の枝がおおいかぶさり、周囲は、花をいっぱいつけた羊歯（しだ）のたぐいがふちどっている。ここで、生涯ののこりを過ごす計画を立てよう、とかれは思った。アニタは行ってしまった。人類との交渉は、すべてなくなってしまったのだ。あんなやつらは、おれには少しも必要でない。かれは自分自身に、そういいきかせた。おれにはちゃんとした指定保留地があるんだ。もう一度、野菜畑を耕し、新しい石像を彫り、べつのソナタを作曲し、また新しく日記をつけだし……

が、かれは森にむかって、さけんだ。「そんなもの、くそくらえだ」もはや、どんな昇華もほしくはなかった。ほしいのはアニタだった。人間といっしょに住みたかった。ひとりでいるには飽きあきした。

だが、そういったからといって、かれになにができたであろうか？

なにひとつ、できそうには思えなかった。かれは手近の木にもたれて、信じられぬほど青く澄んだニュー・タヒチの空をみつめた。ハッター人たちが、あれほど迷信的でさえなければ、あれほど先住民を恐れていなければ、あれほど……

そして、そのとき、ふいとそれが浮かんできたのだ。あまりにもばかげた、あまりにも危険な計画が……

「やってみるだけの価値はあるさ」ダントンは自分にいいきかせた。「たとえ、やつらに殺されることになろうと――」

かれは、ハッター民族との境界線を、足早に駆け抜けた。

宇宙船の附近に近づくと、番兵がひとり、かれの姿を見て、ライフル銃のねらいをつけた。

「撃つな！　おまえたちの指揮官に話があってやってきたんだ！」

「さっさと、きさまたちの指定地へもどれ」見張りの兵は、警告を発した。「帰るんだ。さもないと、撃ち殺すぞ」

「シメオンと話す必要があるんだ」

一歩もしりぞかず、ダントンはいいきった。

「命令は命令だ」

見張り兵はいって、ねらいをさだめた。

そのとき、シメオンが眉間にふかくしわをよせて、宇宙船のなかから現われた。

「ちょっと待て。これはいったい、どうしたことか？」

「例の先住民が、またもどってきました」番兵がいった。「射殺いたしますか？」

「なにが望みなんだ？」

シメオンはダントンにきいた。

「ぼくは」とダントンは、大声でわめいた。「宣戦を布告するために来たんだ！」

そのことばで、ハッター人のキャンプは、蜂の巣をつつくさわぎになった。わずか数分のうちに、すべての男女、そして子供たちが、宇宙船の近くに集まった。長老たち――そのまっ白な長いひげで、一目でそれとわかる長老会議のメンバーたちは、一方のがわにかたまって立っていた。

シメオンが指摘した。

「おまえは平和条約を受けとったのではなかったか？」

「この星に住むほかの頭たちと話しあった」一歩、前へ踏み出して、ダントンはいった。「われわれは、あの条約は不公平だと信じる。ニュー・タヒチはわれわれのものだ。われわれの父に、そして父の父に属していた星だ。ここでわれわれは、われわれの子供を育て、とうもろこしの種子をまき、パンの木の実のとりいれをする権利がある。われわれは指定保留地には住まない！」

「ああ、ダンタ！」アニタが、宇宙船のなかから姿をみせながらさけんだ。「あなたの部族のひとたちに、平和をもたらしてくれるようにって、あれほどわたしがたのんだのに！」

「かれらが耳を貸すわけはない」とダントンはいった。「すべての部族のものが集まってきている。わが部属シノキ族ばかりでなしに、ドロヴァティ、ロログナスティ、レテルスムブロイキ、それに、ヴィテルクなどの各種族が集合を完了した。それにくわえて、当然のことだが、その亜族や属領のものたちも――」

「何人ぐらいいるのかね？」と、シメオンがきいた。

「五万から六万といったところだ。もちろん、みんながみんな、ライフルをもっているわけではない。大部分のものたちは、原始的な武器、たとえば、毒矢とか投げ槍とかにたよらなければならんのだが」

群衆のなかから、神経質なざわめきがあがった。

「おそらく、われわれの多くは、殺されるだろう」ダントンは冷酷にいった。「だが、それでもかまわん。ニュー・タヒチ人は獅子のように奮戦する。しかも、きみたちひとりに、われわれは千人だ。ほかの星にもわれわれに合流できるいとこたちがいる。人間の生命を、どれほど犠牲にしようと、どれほど苦痛を味わおうと、われわれはきみたちを海に追い落とすまでは、戦闘をやめないだろう。いうことはこれだけだ」

かれはむきなおって、威厳をたもった歩きかたで、ジャングルへむかってもどりだした。

「撃ってもよろしいですか？」

さきほどの番兵が、懇願するようにいった。

「ばか！　ライフルをおけ！」シメオンがかみつくようにいった。「待ってくれ、ダンタ！　きっとなんらかの協定に達することができるはずだ。流血の惨事を引き起こしても、なんの意味もない」

「その意見には賛成だが――」

ダントンはしかつめらしい表情でいった。

「きみのほうの希望は？」

「同等の権利！」

長老たちはただちに、会議にはいった。シメオンはそれに耳をかたむけ、やおらダントンにむきなおった。「それは可能なことかもしれない。ほかに、条件は？」

「なにもない」とダントンはいった。「ただし、当然のことだが、ハッター人のおもだった一族とニュー・タヒチ人のおもだった一族とのあいだに、同盟が締結されることは必要だ。誓約をかためるためにも——。それには結婚がいちばん、手っ取り早い方法ではないだろうか？」

ふたたびかれらは、ひたいを集めて相談した結果、長老たちの意向がシメオンに伝えられた。軍指揮官は、あきらかに動揺させられたようすだった。首に青い筋がもりあがった。だが、かれは非常な努力をはらって、自分をおさえつけると、長老たちに一礼して、承諾の意を伝え、ダントンのほうへ歩みよった。

「長老会議はわしに」とかれはいった。「きみに対し、義兄弟の血盟を交わすことを申し出る権限を委託した。きみとわし、すなわち、われわれ民族のうちのおもだった一族を代表するものは、うつくしくもまた象徴的な儀式のうちに、ふたりの血をまぜあわせ、パンを分かちあい、塩を——」

「残念だが」ダントンはいった。「われわれニュー・タヒチ人は、そういったたぐいのことに賛成できない。それは結婚でなくてはならない」

「だが、そんなばかな、おい——」

「これが、最後の提案だ」

「絶対、受け入れはせんぞ！　絶対にな！」

「では、戦争となる！」

ダントンは宣言して、ジャングルへと歩いていった。かれは、ほんとうに、戦争を始める気分になっていた。だが、どうやってと、かれは自分自身にたずねた。たったひとりのおれが、武装した男たちでいっぱいの宇宙船を相手に、どうやって戦ったらよいのだ？

かれがそのことで心をいためていたとき、シメオンとアニタがジャングルへはいりこんで、かれのそばへ近よってきた。

「よろしい」シメオンは腹立たしげにいった。「長老たちは決断をくだした。われわれハッター人は、惑星から惑星へとさまよい歩くのに飽きあきしておる。以前にもおなじ問題にぶつかったことがある。そして、ここからまた、ほかの惑星へ移ったところで、おなじことをくりかえすのがおちであろう。われわれは先住民問題に、いや気がさし、うんざりさせられておる。そこでわしは――」

とかれは、いかにもつらそうに、ごくりとつばをのんだが、それでも男らしく、その語句をしめくくった

――

「われわれは同化するのがよいという意見に賛成だ。少なくとも、長老たちはそう考えておる。わし個人としては、むしろ戦ったほうがましだとも考えるが――

――」

「その場合、そちらが負けることは請け合いだ」

ダントンはいった。そして、その瞬間、これでおれはハッター人たちを片手でひきうけ、しかも勝利をおさめることができたのだと、はっきり感じとった。

「おそらく、そういうことになろうな」とシメオンは、すなおにみとめた。「いずれにしろ、きみは平和を可能にしたことに対し、アニタに感謝しなくてはならん」

「アニタに？　なぜです？」

「なぜだと？　きみ、この娘は、われわれのキャンプのなかで、裸の、いやしい、教養のない未開人と結婚しようという、たったひとりの娘なんだ！」

そして、かれらふたりは結婚した。いまや、《白人の友》として知られるようになったダンタは、ハッター人たちがその新しい土地を開拓するのを助けるために、その土地に腰を落ちつけた。かれらはその返礼として、かれに文明の驚異を紹介した。かれは、《十二人組ブリッジ》や《集団舞踊(マス・ダンシング)》を教わった。そして、その後いくらもたたぬうちに、ハッター人たちは最初

の《地下鉄(サブウェイ)》を建設していた——なぜならば、文明人である以上、闘争本能のはけ口をみつけなければならなかったからである——そして、そのゲームもまた、ダンタに示されることになった。

かれは、地球の古典的遊戯の精神を会得しようと努めた。だがそれは、かれのもつ未開の魂の理解力を超えていた。文明はかれを窒息させた。そこで、ダンタとその妻は、つねに辺境の地をもとめ、文明生活の心地よさから、できるかぎり遠くへと逃れながら、その惑星上を転々とした。

人類学者たちは、しばしばかれを訪れてきた。かれがその子らに語ってきかす物語、ニュー・タヒチの古い、美しい伝説のかずかず——空の神々と海の悪魔の物語、火の妖精と森のニンフ、そして、どのようにしてカタマンドウーラが、なにもないところから、わずか三日のうちに世界を創造せよと命ぜられたか、そして、それにたいする報酬はなんであったか、さらには、地獄で遭遇したとき、ジェヴァシがフートメンラティになんといったか、その会見の奇怪な結果は……等々の物語を、かれら人類学者は克明に記録するのだった。

人類学者は、これらの伝説と地球上の伝説のあいだに少なからぬ相似点があることをみとめて、それについての興味ぶかい理論を打ち出した。さらにかれらは、ニュー・タヒチの最大の島にある、砂岩を刻んだ巨大な石像にも関心をもった。それは、一度見たものに、生涯忘れることのできぬ印象をあたえる、なんとも奇怪な、心を悩ませる作品であった。それが、すでに絶滅しているばかりか、かつてそれらが生存していた痕跡が、いまだに発見されていない、前ニュー・タヒチ民族の手になるものであることは明白だった。

しかし、学究の徒にとって、あらゆることのうちでもっとも魅惑的だったものは、ニュー・タヒチ人そのものについての問題だった。他のいかなる民族よりもすぐれた体格をもち、力もつよく、ハンサムで健康な、この陽気で楽しげなブロンズ色の人種は、白人がこの星を訪れると同時に、かき消すようにいなくなってしまったのだ。年老いたハッター人のうち、わずか数人だけが、たとえどの程度の数であれ、実際にかれらを見たと話すだけで、しかも、かれらの話は、あまりにもとりとめのないところがあると考えられていたのである。

「ぼくの民だって？」質問をうけると、ダンタはこうこたえるのがつねだった。「ああ、かれらにはがまんしきれなかったのさ。白人の病弊、白人の機械的な文明、白人の無慈悲な抑圧的な態度がね。かれらはいま、もっと幸福な土地にいるんだ。空のかなたのヴァルフーラにね。そして、いつの日か、ぼくもまた、そこへ行くことになるだろう」

そして、これをきいた白人たちは、奇妙にうしろめたい感じを味わって、自分たちにもふかい思いやりがあることを、《最後の先住民》ダンタに示そうとして、いっそうの努力をするのだった。

給餌の時間

Feeding Time

　トレッジスはほっとした。新しい客が入ってきて、その応対に、本屋のあるじが店の表へ行ってくれたからである。腰がまがって、眼鏡をかけ、おもねるような態度の老人につきまとわれて、あげくのはてには、見ているページを肩ごしにのぞきこまれたりしては、いいかげん神経をいためつけられるものである。ところが、このおやじときたら、それにくわえて、こちらの見ているページを、節くれだった汚い指であちこち指さしてみせたり、タバコのしみだらけのハンカチで、お世辞たらたら、棚のほこりを拭ったりするのだから、たまったものではないのだった。けたたましく、かん高い調子で、懐旧談をしゃべりまくるのに、耳をかたむけねばならぬわずらわしさをひとまずおくとしてもだ。

　おやじの動作が善意であることに、疑いの余地はなかった。だが、それにも限界がなければならぬ。こちらのできることというと、おだやかな微笑を返して、入口のドアにとりつけた小さな鈴が、はやく鳴ってくれないものかと、希望をいだくだけである――ちょうどいま、それが鳴ったように。

　トレッジスは、胸をむかむかさせる小男が、またしてもまつわりついてくれなければいいがと思いながら、店の奥へ歩いていった。ギリシャ語の表題の本が、五十冊ちかくならんでいるところを通りすぎ、通俗科学の部門にきた。そのさきには、表題と著者名が、奇妙に混乱した状態で並べてあった。エドガー・ライス・バローズ、アンソニー・トロロープ、神智学、そして、ロングフェロー詩集。奥へすすめばすすむほど、ほこりの層は厚くなり、通路の上にぶらさがっている裸電球の数は少なくなり、かびの生えた、ページのすみが折れた本の山が高くなるばかりだった。

そこは、じつにみごとな古びた場所だった。トレッジスは、どうしてこれまで、これを見逃がしていたのか、考えてみても理解できなかった。古書店こそ、この世における、かれの唯一のよろこびだった。かれはその自由な時間を、古本屋の書架のあいだを楽しく歩きまわってすごすのだった。

むろんかれは、ある種の書籍にしか興味をもたなかった。

書物の積み重なりのつきたところに、さらにまた、奇妙な角度に分かれて、三本の路がつづいていた。トレッジスは中央の道をとりながら、この書店が外観では想像もできない広さをもっているのにおどろいた。表通りから見たところは、ふたつの建物のあいだに、なかば隠れるようなかっこうで、古びた手書きの看板をぶらさげた扉がひとつあるだけだった。しかし、また一方では、こうした古い店ほど、みかけによらないものもない。ときには、奥行きがほとんど半ブロックものあいだを占めているものもある。

通路の奥は、さらにまた、二本の書物の小道に分かれていた。トレッジスは左がわの道をとり、書物の表題を読みながらすすんでいった。熟練した眼つきで、いたってさりげなく、上から下へと眼を通す。急いでなどはいなかった。自分さえその気になれば、その日ののこりを、ずっとここで過ごすこともできるのだ——夜までもとはいわぬにしても。

表題に、心を打つものがあった。そのときはすでに、七、八フィートもさきへすすんでいたが、その本のところまでもどってみた。

それは小型の、黒表紙の本で、古びてはいたが、ある種の書物がもつ、いつまでも老いることのない感じをそなえていた。ふちはすり切れ、表紙の印刷など、ほとんど消えかかっていたのだが——

「よし、よし、おまえはなにを教えてくれるね」トレッジスはひとりごとをつぶやいた。

表紙にはこうあった。『グリフォンの管理と飼育』そして、その下に、もう少し小さな活字で、『飼育者への助言』としてある。

グリフォンというのは、かれの知識によれば、神話に出てくる、半分はライオン、半分はワシの姿をした怪物だった。

「なるほど」とトレッジスはまた、ひとりつぶやいた。「では、拝見させていただくかな」

かれはそれをひらいて、目次を読みはじめた。

見出しは、このようにつづいている――一、グリフォンの種類。二、グリフォン学発達史。三、グリフォンの亜種。四、グリフォンの食糧。五、グリフォンの棲息の環境。六、脱皮期におけるグリフォン。七、グリフォンと……

かれは本をとじた。

「これは」と、ひとりごとがつづいた。「たしかに珍本だ」

さらにページをめくっては、あちこちと拾い読みをしてみた。かれは最初、これはエリザベス王朝時代の読書人に親しまれていた〝不自然な〟博物誌のひとつではないかと考えたが、それは明らかにまちがっていた。それほど古びた書物ではなかったし、文辞にも、婉曲ないいまわしや均衡を重んじた文章構造、たくみな対照法などといったものは、まったく見あたらなかった。率直で明確、簡潔そのものの行文だった。トレッジスはさらに数ページをめくって、つぎのような一節にぶつかった――

「グリフォンがとる唯一の食餌は、若い処女（ヴァージン）である。餌をあたえる時期は、一カ月に一回、そしてその管理には訓練が必要であって――」

かれはふたたび、ページをとじた。その一節は、それ自体で一連の思考を形づくっていた。顔を赤らめながらも、かれはその思考を追いはらい、同種の書物がほかにもないかと、あらためて書棚をみまわした。『セイレーン（ギリシャ神話に出てくる半人半鳥の海の精）事件概史』とか、あるいは『ミノタウロス（同じくギリシャ神話に出てくる人身牛頭の怪物）の正しい繁殖法』といったものがあればよいが。しかし、そこには似たものさえなかった。その棚にも、ほかの棚にも、かれが見渡したかぎりでは見あたらなかった。

「なにか見つかりやしたかね？」

肩のあたりで、質問する声があった。トレッジスはつばをのみこみ、微笑して、その黒表紙の古い本を差し出した。

「おお、これですかい」表紙のほこりを拭いながら、老人はいった。「こいつは、めずらしい本ですぜ、こいつは」

「そうかね？」

トレッジスは、つぶやくようにいった。

「グリフォンというのは」ページをくりながら、老人はぼそぼそといった。「じつにめずらしいもので、まったく、めずらしい種類の――動物ですよ」

一瞬、考えたあとで、おやじはようやく、その文句をしめくくった。

「一ドル五十セントいただきやす。へえ、だんな」

トレッジスは代金をはらって、それを痩せた右腕にかかえこむと、店を出て、まっすぐ自分の部屋へ帰った。グリフォンの管理と飼育を説明した本を買うなど、そうめったにある経験ではないからだ。

トレッジスの部屋は、古本屋の店さきと、ほとんど変わりがなかった。足の踏み場もない乱雑さ、あらゆるものの上に、うすい膜を見せている灰色のほこり、表題や著者名やその類型などで、漠然と配列された本がかもし出す混沌たる状態。しかし、トレッジスは足をとめて、それまでに買い集めた宝物を、いまさらのように眺め渡すまねはしなかった。すでに興味を失った『艶笑詩集』など顧みようともせず、『性的精神異常について』を、無造作に肘かけ椅子からはらいのけて、新しく買いもとめた珍本を読みはじめた。

そこには、グリフォンの管理と飼育について、ことこまかな説明が記されていた。半分はライオンの、半分はワシの姿をした生きものが、これほどまでに扱いにくいものとは、おそらくだれもが想像していないであろう。そのほか、グリフォンの食餌の習性について、興味ぶかく説明を展開した箇所もあった。そして、さらに多くの情報があった。純然たる娯楽読みものとしても、従前からの愛読書であるハヴロック・エリスの性に関する講義類にも比肩し得るものであった。

おわり近くに、動物園へ行くには、どうしたらよいかのくわしい説明がのっていた。その説明は、ごく控え目にいっても、きわめてユニークなものだった。

トレッジスがそのページをとじたときは、真夜中をかなり過ぎていた。黒い、表紙と裏表紙のあいだに、なんと多くの奇妙な知識がつまっていることか！　とくに、ひとつの語句が、どうしても頭から抜けなかった――

「グリフォンがとる唯一の食餌は、若いヴァージンである」

それはかれを悩ませた。なにかこう、異常なものが感じられた。

しばらくして、もう一度、それをとりあげて、『動物園に到達する方法』のページをひらいた。

その方法はまったく奇妙なものだった。といっても、むずかしいというわけではない。それほど多くの肉体的努力を必要とするのではなかった。ほんのわずかのことば、ほんのわずかの動作でじゅうぶんだった。トレッジスは、突然、銀行員としての自分の仕事が、いかに重荷を感じさせるものであるかに気づいた。どのような角度から眺めても、それは八時間という貴重な時間を、ばかげたことに浪費しているにすぎなかった。グリフォンの世話をする飼育係となったほうが、どれほど愉快なことであるか！　脱皮期になったら、特別の軟膏を塗ってやり、グリフォン学についての質問があれば、それに答える。餌をやるときの世話を考えただけでも、胸がわくわくしてくるではないか！　「グリフォンの唯一の食餌は……」

「よし、よし。よし、よし」と、トレッジスはせまい部屋の床を歩きまわりながら、せかせかといった。

「冗談かもしれないが——まあ、だまされるつもりで、説明どおりやってみたって損はなかろう。ただのお笑い草としても愉快なことだ」
そしてかれはうつろな笑いを洩らした。

眼のくらむような閃光もなければ、雷鳴のとどろきもなかった。だが、それでいてトレッジスは、即座に——と思われたのだが——ある場所へ運ばれていった。一瞬、よろよろっとしたが、すぐに平衡を取り戻した。眼をあけてみると、陽光がさんさんと降りそそいでいた。あたりを見まわすと、だれが設計したものか知らぬが、グリフォンのための棲息環境として、これ以上のものは考えられぬほど、みごとな出来ばえを示していた。

足首やひざ、胃のあたりまで震えているが、それでもいちおうは平静を保って、トレッジスは足を運んでいった。そしてそこに、グリフォンをみとめた。

まったく同時に、グリフォンもかれを見た。

はじめは、いたってゆっくり、ついで、猛烈にいきおいを増しながら、グリフォンはかれにむかって近づいてきた。巨大なワシのつばさがひろがり、かぎのような爪が伸び、そして、グリフォンは跳びかかってきた。

いきなり、恐怖にたたきのめされて、トレッジスはそこを跳びのこうとした。巨大な陽光にさん然とかがやく金色のグリフォンが、襲いかかってくるのである。トレッジスは、絶望的な悲鳴をあげた。

「ちがう、ちがう！　グリフォンのとる唯一の食餌は、若い——」

そして、もう一度、かれは悲鳴をあげた。爪につかまれた刹那、すべての意味を知って——

パラダイス第2

Paradise II

その衛星ステーションは、なにかを待ちうけるように、惑星の周囲を運行していた。正確にいえば、それは知能をそなえていなかった。知能の必要はないからであるが、しかし、それにも意識はあり、ある種の向性があり、親和力も反応性もあった。

それになにより、なかなか機略に長けていた。その意図は、それ自身の金属にふかくきざみこまれ、回路や真空管にも、つよく印象づけられていた。おそらくこの機械は、かつてその上に到着した人々の感情――無謀な望み、恐怖、時間、相手の気ちがいじみた競争などを、いまだに記憶にとどめているにちがいなかった。

だが、それらの望みも、いまはむなしかった。戦闘に敗れて、すでに久しかったからである。巨大な機械は、未完成のまま、なんの役にもたたず、宇宙空間にその姿をかかげているのだった。

しかし、それは意識をもっていた。そして、ある種の向性も、親和力も、反応性も。しかも、機略に長けていたので、おのれの必要とするものを知っていた。そこでそれは、宇宙をあちこちと探知してまわり、おのれに欠けた構成要素が出現するのを待ちうけているのだった。

牛飼い座の空域で、フレミングの宇宙船は、さくらんぼ色をした小恒星へ近づいた。そして宇宙船が、ぐぐっと切れ込むように、そちらへ向きを変えたとき、恒星のひきつれている惑星のひとつが、たぐいまれにうつくしく、地球とおなじ青緑色をしているのをみとめた。

「あれを見ろ！」

フレミングはさけんで、操縦装置からからだをねじまげた。その声は興奮のために割れていた。

「地球型だぞ。たしかに地球型だ。そう思わないか、ハワード？　あいつの上でなら、おれたちはひともうけできるんだぜ！」

アボカドの一片をほおばりながら、ハワードは船尾の料理場から、のろのろと前方へやってきた。かれは、背が低く、頭がはげて、小さな西瓜ほどもあるほていい腹を、もったいぶった格好につきだしていた。夕食の仕度をじゃまされたので、不機嫌だったのだ。料理はハワードにとって、芸術だった。かれがもし、ビジネス・マンにならなかったら、おそらく料理人になっていたことだろう。かれらふたりとも、航行のあいだ、じつによく食べた。ハワードはフライド・チキンに一家言をもち、ローストにはハワード・ソースを添え、ハワード・サラダにいたっては、名人芸といってもよい腕をそなえていたからであった。

「なるほど地球型かもしれんな」

かれはその青緑色の惑星を、冷い眼つきでながめながらいった。

「もちろん地球型だ」

フレミングはいった。フレミングは若かった。そして、宇宙を旅行してまわる権利をもつ、ほかのだれよりも熱狂的だった。ハワードの料理を食べているのに、かれはひょろりと痩せて、にんじん色の髪を、だらしなく前に垂らしていた。

ハワードはしかし、そうしたかれを大目にみていた。フレミングが、船だのエンジンだのの扱い方を心得ていたばかりでなく、なによりもまず、事務的な態度を身につけていたからであった。事務的な態度というものは船を仕立てるだけでも、ちょっとした財産を必要とする宇宙においては、なによりも大切なものだったのだ。

「ただ、植民されていなければいいんだが」フレミングは、その熱心な事務的な態度で、祈るようにしていった。「そのときは、あれがみんな、おれたちのものになる。おれたちのものにだぞ、ハワード！　地球とおなじタイプの惑星が、おれたちの手にはいるんだ！　すばらしいことじゃないか。土地を売るだけでも、ひと財産つくれるんだ。鉱業権や燃料補給権や、そのほか、いろいろのことをおくにしてもだぜ」

ハワードは、アボカドの最後の一片を呑みこんだ。若いフレミングには、まだまだ学ばなくてはならんことが、いっぱいある。惑星を発見して、売りに出すにしても、それはひとつの事業で、オレンジを栽培して売りに出すのと、まったくおなじことなのだ。しかし、もちろんそこには、違いもある。オレンジ栽培には危険がないが、惑星にはときとしてそれがある。そのかわり、また一方では、オレンジ栽培では考えられぬほどの利益をあげることもできる。

フレミングが熱心な口ぶりできいた。

「そろそろ、あの惑星に着陸してもいいかね？」

「ああ、いいとも」ハワードはいった。「ただ——前のほうに、衛星ステーションが見えるな。あれがおれに、こんなことを思わせるんだ。あの星の住人は、あれをやつらの惑星とみなしているんじゃないかとね」

フレミングは見た。たしかにそのとおりだ。あれは衛星ステーションにちがいない。それまでは惑星の巨体の陰にかくれていたが、いまはぐるっとまわって、その全貌をあらわしてきたのだ。

「ちくしょう」フレミングはつぶやいた。痩せた、そばかすのある顔が、ひどくゆがんで、ふくれっつらに変わった。「となると、植民されているわけだな。あんた、どう思う？　おれたちは、その——」

かれはその文句をおわりまでいわずに、砲撃装置のほうへ眼をやった。

「うむ」

ハワードは衛星ステーションをじっとみつめて、それをつくりあげた技術を評価し、それから、その視線を惑星のほうへ移したうえで、残念そうに首をふった。

「いや、いかん、ここでは、だめだ」

「そうか、まあいいさ」フレミングはいった。「少なくとも、おれたちには最初の通商貿易権があるというものだ」

そしてかれは、もう一度、舷窓から外をのぞいてみたが、急に、ハワードの腕をつかんだ。

「見ろ！　あの衛星ステーションを」

その球体の、灰色の金属の表面に、明るい灯が、整然とならんで、またたいているではないか！

フレミングはきいた。

「あんた、あれがなにを意味すると思う？」

「見当もつかん」ハワードはこたえた。「それに、ここにいたのでは、いつまでたってもわかりはせんよ。あの惑星に着陸してみたらどうだ。それをだれも、制止しようとしなければだがね」

フレミングはうなずいて、操縦装置のスイッチを入れて、手動に切り替えた。しばらくのあいだ、ハワードはかれを見まもっていた。

操縦台の計器盤は、金属、プラスチック、水晶などでできたダイアルやスイッチ、その他、種々さまざまの計器類でおおわれていた。フレミングはもちろん肉と血と骨から成っている。それらのあいだに、なんらかの関係が存在しうるとは、とうてい考えられることではない。しかし、フレミングはその計器盤に没入してしまったかと思われた。その眼は機械的な正確さで、ダイアルをしらべ、指はスイッチの延長となる。金属はかれの手の下で、しなやかにうごき、かれの意志のもとで、従順に作用しているかに見える。水晶の計器が赤くかがやくと、フレミングの眼も、あながち反射とばかりは思えぬきらめきを帯びて、同様、赤くかがやくのだった。

減速螺旋飛行がはじまってしまえば、ハワードはふたたび調理場に落ちつくことができる。そこでかれは、燃料費と食料費を概算し、それに、船の減価償却分をくわえ、さらに大事をとって、その額の三分の一を加算し、それを元帳に記入した。後日、所得税の申告をするさい、これが役に立つようになるからだった。

かれらの宇宙船は、都市のひとつの郊外に着陸して、この地の税関吏がやってくるのを待った。だが、だれもこなかった。ふたりは、標準気圧の測定と微生物検査を行ないながら、なおしばらく待ちつづけたが、それでもだれも現われない。半日待ったあげく、フレミングはハッチのかけ金をはずした。そしてかれらは、市街へむかって歩きはじめた。

爆撃で、あちこちに穴のあいたコンクリートの道路には、骸骨が散在していた。最初にそれを見たとき、かれらはふしぎに思った。あまりにもだらしないことだからだ。文明人ともあろうものが、道路上に骸骨をほうり出しておいてよいものだろうか？　どうして、はやく片づけないのだろうか？

いわばその都会の住民は、骸骨によって構成されているようなものだった。幾千、幾百万もの骸骨が、崩壊した劇場のなかにぎっしりつまり、ほこりだらけの商店の店さきにくずおれ、弾丸のあとのある街路に散乱しているのだった。

「戦争があったらしいな」フレミングが陽気な口ぶりでいった。

市の中央に閲兵場があるのを見出した。そこの草の上には、軍服をつけた骸骨の列、また列が、折り重なるように横たわっていた。観覧席は、骸骨の役人、骸骨の将校、骸骨の妻や両親たちで、ぎっしりだった。そして、観覧席のうしろには、そのおもしろい行事を見ようと集まったものか、子供たちの骸骨がいっぱいだった。

「戦争だよ、これは」フレミングはいって、議論の余地はないといった顔つきでひとりうなずいてみせた。

「この連中、負けたんだよ」

「そうらしいな」ハワードもいった。「しかし、勝ったのはだれだろう？」

「なんだって？」

「勝利者たちは、どこにいるかといってるんだよ」

ちょうどそのとき、例の衛星ステーションが、骸骨たちのしずまりかえった列の上に、あざやかな影を落としながら通りすぎた。ふたりの男は、不安げにそれを見上げた。

「そいつらもまた、死んでしまったんじゃないか」と、フレミングが、期待にみちた口調でいった。「調べてみるべきだと思うね」

かれらは宇宙船にもどった。フレミングはまったくの上機嫌で、口笛を吹きはじめた。そして、通り道にあった、あばたのようなしみのある骨の山を蹴とばした。

「おれたちは、大金鉱を掘り当てたんだぜ」

かれはハワードに、にやりとしてみせながらいった。

「まだ、まだだ」ハワードは用心ぶかくいった。「どこかに生存者がいるかもしれんからな」

そしてかれは、フレミングの視線をとらえて、われにもあらずといった微笑を浮かべた。

「こんどの商用旅行は、たしかに上首尾らしいな」

その惑星をひと回りしてみることは、簡単にすんだ。青緑色の世界は、爆弾があちこちに散乱した大規模の墓場だった。どの大陸へ行ってみても、町には何万という骸骨の住民があふれていたし、市にはそれぞれ、何百万もの骸骨があった。平野にも、山岳にも、骸骨の群れが散らばり、湖には骸骨が沈み、森や密林にも、骸骨が転がっていた。

「なんというひどいざまだ！」惑星の上空を飛びまわりながら、フレミングがようやく口をひらいた。「ここには、どのくらいの人口があったんだろう？」

ハワードがこたえた。

「まず、九十億と見積もるね。多かれ少なかれ、差はせいぜい、十億ぐらいだろう」

「なにごとが起ったと思う？」

ハワードはもったいぶった微笑を浮かべて、「全員殺戮には古典的な方法が三種ある。第一は、毒ガスによる大気の汚染。それに次ぐものは、放射能による汚染だ。そして最後に、突然変異によって生じた細菌。これはもっぱら、全住民に危害をくわえる目的で、実験室でつくりだされたものだ。この細菌の活動を制しきれなくなると、惑星ひとつ全滅するぐらい、造作ないことなんだ」

「そのどれかが、この星で起こったと思うのか？」

いきいきした興味をみせて、フレミングがきいた。

「と、思うね」ハワードはりんごをひとつ、腕で拭いて、かぶりつきながらいった。「おれは病理学者じゃないが、あの骨についたしみからみると――」

「細菌だというわけか」フレミングはいった。そして、無意識に咳ばらいをして、「あんたはまさか――」

「きみだって、とっくに死んでしまっているんだぜ。その細菌が、いまだに生きているとすればな。骸骨の風化の状態からして、こういったことは、数百年もまえに起こったことにちがいない。細菌というものは、人間という宿主がいないことには、簡単に死んでしまうものなんだ」

フレミングは、力をこめてうなずいた。「われわれにとって、おあつらえむきのことじゃないか。ここの人間どもにしてみれば、気のどくなことにちがいない、勝敗の浮沈とか、そういったことを感じさせるがね。しかし、これでいよいよ、この惑星がおれたちのものであることがたしかになった！」そしてかれは、舷窓から足もとにひらけた、ゆたかなみどり色の平原を見下ろしながら、「なんと呼ぶことにしようか、ハワード？」といった。

ハワードは、その平原を眺め、さらに、コンクリートの道路と境を接した、荒れて伸びほうだいの牧草地に眼をやっていたが、「パラダイス第二星と呼んではどうだ？　おそらくこの土地は、農夫たちの楽園になるにちがいないぜ」

「パラダイス第二星！　すごく、いい名前じゃないか」フレミングもいった。「しかし、あの骸骨の山を片づけるために、ごっそり作業員を雇わなくてはならんな。これでは気味がわるすぎるよ」

ハワードはうなずいた。いろいろと心を配らなくてはならぬことがある。

「それをやるまえに、まず――」

またも衛星ステーションが、かれらの頭上を飛んでいった。

ハワードが、突然、さけんだ。

「あのあかりは！」

「あかり？」

フレミングは、遠ざかって行く球体を凝視した。

「おれたちがやってきたときは、どうだった？　おぼえているか？　あのあかりはついていたか？」

「ついていたよ」フレミングはこたえた。「だれか、あのステーションに、隠れているとでも思うのか？」

「いますぐ、調べてみる必要がある」

ハワードは仮借のない口ぶりでいった、そして、フレミングが船のむきを変えるのを見ながら、決然とした顔つきで、りんごを口へもっていった。

衛星ステーションに到着して、最初にかれらの眼に触れたものは、巣にしがみついた蜘蛛のように、ステーションの磨きあげられた金属の床にへばりついている、もう一隻の宇宙船の姿だった。それはかれらの船の三分の一ほどしかない小型のもので、ハッチのひとつが、ほんの少しひらいていた。

宇宙服とヘルメットをつけたかれらは、そのハッチの前で、足をとめた。フレミングが手袋をはめた手で、そのハッチをつかみ、完全にあけた。注意ぶかく、懐中電灯の光で、なかを照らし、のぞきこみ、そして、ぎょっとしたように、身をうしろへひいた。やがて、ハワードはいらだたしいような身振りをし、フレミングが意を決したように、なかへ足を踏み入れた。

なかにはひとつ、男の死体があった。操縦席からなかば身をのりだし、不安定な姿勢のまま、永遠に凍りついていた。顔にはまだ、断末魔の苦しみを表わすに足るだけの肉をのこしていたが、皮膚は病菌のために、ところどころ、ぽつぽつと、骨に達するほどふかく食いこまれていた。

船の後部には、何ダースもの木箱が、うずたかく積みあげてあった。フレミングはそのひとつを破って、懐中電灯でなかを照らした。

「食糧だ」

ハワードがいった。

「きっと、衛星ステーションへ隠そうとしていたんだ」と、フレミングがいった。

「そうらしいな。だが、ついにやりおおせなかったというわけだ」

かれらは少し、胸をむかつかせながら、いそいでその宇宙船を出た。骸骨はまだよかった。それは、かれら自身のうちにもそなわっている実在物だったからだ。しかし、この死骸にいたっては、あまりにも雄弁に、死の恐怖を物語っているのだった。

「では、いったいだれが、あのあかりをつけたんだろう?」

フレミングがきいた。かれらはいま、ステーションの表面に立っていた。

「おそらく、自動継電になっているんだろうな」ハワードはあやふやな言いかたをした。「生存者など、ひとりもいるはずがないからな」

かれらはステーションの表面を歩いて行って、入口をみつけた。

「はいってみるか?」

フレミングがきいた。

「どうしてそんなめんどうなことをする必要がある?」とハワードは、あわてていった。「どうせここの民は死んでいるんだ。はやいところ帰って、おれたちの権利の申し立てでもしたほうがいいんじゃないか?」

「しかし、たったひとりでも生存者がいれば」とフレミングは、相手に思い出させるようにいった、「あの惑星は、法律上その男の所有になるんだぜ」

ハワードはいやいやながらうなずいた。地球にもどるために、費用のかかる長期旅行をして、調査班をつれて出直してきたあげく、衛星ステーションのなかにぬくぬくと居を構えている人間を発見することにでもなったら、それこそ、眼もあてられぬざまである。生存者が惑星上に隠れていたにしても、やはり事情はかわってくる。法的にいって、その連中が、いぜんとして、正当な権利を有していることになるからだ。しかし、かれらが調査を怠った衛星ステーションのなかにだれかがいた場合は――

「調べてみるべきだろうな」ハワードはいって、ハッチをあけた。

なかは鼻をつままれてもわからぬ暗闇だった。ハワードは懐中電灯をつけ、それをフレミングの上にあてた。その黄色の光のなかで、フレミングの顔は、陰影をもたず、原始的な面のように平板なものに見えた。ハワードは、自分の見たものにおどろかされて、思わずまばたきした。一瞬、フレミングの顔が、非人格化されたと思われたからだ。

「空気はまずまず、じゅうぶんだな」

フレミングがいって、すぐにその人間性をとりもどした。

ハワードはヘルメットをうしろへ押しあげ、懐中電灯を上方へむけた。垂直にそそりたつ壁また壁のつらなりが、頭の上にくずれ落ちてくるかと思われた。ポケットをさぐって、はつか大根をひとつ見つけ出すと、元気づけのために、口のなかにほうりこんだ。

かれらは前へすすんだ。

三十分ほどのあいだ、細くまがりくねった通路を歩きつづけた。懐中電灯は眼前に横たわる暗闇を、一歩一歩前方へ押しやった。それまでは、かなり堅固なものに思われていた金属の床が、眼に見えない圧力のために、きしみ、うめき声をあげはじめたので、ハワードの神経はいらだったが、フレミングには、なんの影響もあたえないようだった。

「ここはきっと、爆撃用のステーションだったんだ」

しばらくすると、かれはそういった。

「なるほど、そうかもしれない」

「それもけっきょく、何トンかの金属があるというだけのことだ」フレミングは壁のひとつをかるくたたきながら、ふだんと変わらぬ調子でいった。「どうやらこいつは、屑鉄として処分することになるらしいな。

機械類のうち、いくつか救い出せるものがあればいいが」

「屑鉄の値段は――」

ハワードがしゃべりだした瞬間、床の一部が、フレミングの足の真下で大きく口をあけた。フレミングは、声を立てるまもなく、まっさかさまに落ちこんでいった。そして、その床はまた、もとのとおりの姿にもどっていた。

ハワードは、まるでからだを張りつけられたように、よろよろっとうしろへさがった。懐中電灯が狂ったように光ってみえたが、あっというまに消えていった。ハワードは両手をあげて、凍りついたように立ちすくんだ。その心は、いつ終わるとも知れぬショックにとらえられたままだった。

しかし、ショックの波は、徐々に去って行って、あとには、ずきんずきんする鈍痛が、頭に残った。

「――いまのところ、とりたてて高値というほどでもないぜ」と、かれは、なにごとも起こらなかったことを望みながら、そうことばをむすんだが、なんともそれは、空虚にひびくばかりだった。

かれは、床のその部分まで近よって、「フレミング」と呼びかけてみた。

答えはなかった。全身を戦慄が走りすぎた。ぴったりしまった床の上にかがみこんで、せいいっぱいの声を張りあげて、フレミング！　とさけんだ。やがて、身を起こし、ふかく息を吸いこみ、向きを変えて、入口にむかって小走りに走りだした。頭はずきずきと痛んだ。なにも考えまい、なにも考えまいと、自分自身にいいきかせていた。

しかし、入口もまたぴったり、しまっていた。扉のふちは溶接されたとみえて、いまだに熱く感じられた。ハワードは夢中になって、それに触れ、それをたたき、それを蹴った。やがてかれは、闇が周囲から、ひしひしと押しよせてくるのを感じだして、ぐるっと、うしろをふりむいた。汗が顔を流れ落ちた。

「だれだ、そこにいるのは？」かれは通路のむこうへどなった。「フレミング！　聞こえるか？」

なんの答えもなかった。

かれはわめいた。

「だれがこんなことをした？　なぜきさまたちは、ステーションにあかりをつけたんだ？　フレミングをどうしたんだ？」

口をつぐんで、耳を澄ましてみたが、すぐにまた、すすり泣くように息をつぎながら、ことばをつづけた。

「入口をあけてくれ！　おれを出してくれ。だれにも、なにも、しゃべらないから！」

懐中電灯で通路のむこうを照らし、暗黒の背後に、なにが横たわっているかと思いながら、かれは待った。しかし、最後にはまた、こうさけんだ。

「きさまたち、おれの足の下にも、落とし穴をあけてみたらどうだ！」

はげしくあえぎながら、かれは壁によりかかった。が、どこにも落とし戸はひらかなかった。おそらく、とかれは思った、いまはもう、落とし戸はひらかないのであろう。そう思うと、一時的な勇気が湧いてきた。ほかに、出口があるにちがいない、かれはきびしく、自分自身にいいきかせ、ふたたび通路を、奥へむけて歩きだした。

一時間たっても、いぜんとして、歩きつづけた。懐中電灯で突き刺すように前方を照らすと、闇は背後で、こそこそとうごいた。いまのかれは、自分自身の抑制ができるようになり、頭痛もかなりおさまったので、ふたたび推理を働かせることができた。

あのあかりは、自動回線につながっているにちがいない。あの落とし戸も、たぶん、自動的な装置なのであろう。入口もまた、ひとりでに密閉されるようなしかけなのだ。それは戦時に、敵のスパイが忍びこまぬように設けられた予防手段だったと思われる。

むろんその推理が、完璧なものでないことはわかっていたが、それでもそれが、かれにできる最上のことだった。全体の状況は不可解そのものである。宇宙船のなかにあった死体、うつくしいが、住民の死に絶えた惑星――どこかに関連性があるにちがいない。どこにそれがあるか、発見することさえできれば。……

「ハワード」どこかで、声が呼んだ。

　ハワードは、高圧線にでも触れたように、ぴくっと、痙攣的にふりむいた。とたんに、またしても、頭が痛みだした。

「おれだよ」声はいった。「フレミングだ」

　ハワードは懐中電灯で四方八方を照らしまわして、

「どこだ？　どこにいるんだ？」

「約二百フィート下だ、おれの判断できるかぎりではね」フレミングはいった。その声は、耳ざわりな音を立てながら、通路をただよってきた。「無線送信機のぐあいがよくないんだが、これでも最善をつくしているんだぜ」

　ハワードは通路にすわりこんだ。脚がかれを支えるのを拒んだからだ。とはいうものの、かれはほっとしていた。フレミングが、二百フィート下にいるということには、どこか健全なものが感じられたし、あまりぐあいのよくない無線送信機にしても、どことなく人間的な、納得できるものが感じられたからだ。

「上へあがってこられるか？　どうやったら、助けられる？」

「それが、助けられないんだよ」フレミングはいった。それにつづいて、静電気のパチパチという音が聞こえてきた。ハワードはそれをクスクス笑いだと受けとった。「どうやら、おれのからだは、いくらも残っていないらしいんだよ」

「な、なんだ？　からだがなくなった？」

　ハワードはおおまじめに質問した。

「なくなってしまったんだ。落下するとき、こなごなになってしまったのさ。回路の一部として接合するだけしか、残っていないのだ。いまはね」

「なるほど」奇妙にうわついた気分を感じながら、ハワードはいった。「するときみは、いまや脳髄だけ、知的存在だけになってしまったのか？」

「いや、もう少し、なにかあるらしいぜ」フレミングはこたえた。「機械が必要とするだけのものはあるらしい」

ハワードは神経質な忍び笑いをはじめた。透明な水をたたえたプールのなかを、フレミングの灰色の脳髄が泳いでいるさまを思い浮かべたからである。しかし、かれはそうした自分を抑えて、いった。

「機械だと？　どんな機械だ？」

「この衛星ステーションさ。こいつはいままでに建造されたうちで、もっとも複雑な機械と思われる。あかりをつけたり、扉をあけたりするからな」

「だが、なぜだ？」

「それを発見しようとしているのさ」フレミングはいった。「おれはいま、これの一部になってしまった。それとも、これがおれの一部分なのかもしれんが、なんにしろ、こいつはおれを必要としたんだ。なぜかというに、こいつは実際には、知能をもっていないからだ。おれがそいつを供給することになるのさ」

「きみが？　だが、この機械には、きみがやってくることはわからなかったはずじゃないか！」

「それはなにも、とくにこのおれのことを指していっているわけではない。外にいたあの男、宇宙船のなかの男、あいつがたぶん、ほんものの運転技師(オペレーター)だったんだろう。だが、おれにだってこれくらいのことはできる。おれたちは、こいつを建造したやつらの計画を完成させなきゃならんのさ」

ハワードは気を落ちつけようと努力した。が、いまはこれ以上、なにも考えられなかった。かれの唯一の関心事は、このステーションから脱出すること、自分の船にもどることだった。そうするためには、協力者であるフレミングが必要だった。だが、それは新しい、正体もはっきりしないフレミングだ。けっこう人間らしい口をきいてはいるが、はたして実在しているのだろうか？

「フレミング！」

ハワードはためしに呼びかけてみた。

「なんだい、相棒？」

これはまた、なかなかたのもしく聞こえることばだった。

「きみはおれを、ここから出せるか?」

「出せると思うよ」フレミングの声はいった。「とにかく、やってみよう」

「脱出できたら、神経外科医をつれてもどってくるよ」ハワードは請け合った。「そうすれば、きみもきっと、もとのからだにもどれるだろう」

「おれのことは心配するなってことよ」と、フレミングはいった。「いまだって、けっこううまくやっているのさ」


ハワードは、どれくらい歩きまわったのか、時間の観念をなくしてしまったので、はっきりとはしなかった。ほそい通路が、さらにべつの通路につながっているが、それもけっきょく、またべつの通路となって終わるのだった。かれはしだいに、疲労をおぼえてきた。脚もいつか、こわばってしまった。歩きながら、喰った。ナップザックのなかに、サンドイッチがあったので、元気づけのために、つぎからつぎと、機械的にむさぼり喰った。

「フレミング」

とうとう最後に、一息入れるために足をとめて、ハワードは呼びかけた。

しばらく待たされたあげくに、金属を金属でこするような、かろうじて聞き分けられる音を耳にした。

「あと、どれぐらいかかる?」

「それほど、ながくはないと思うが」きしるような金属性の声がいった。「疲れたのか?」

「ああ」

「できるだけのことはやってみるぜ」

フレミングの声は恐ろしかったが、静寂のほうが、それよりもいっそう恐ろしかった。ハワードが耳を澄ましていると、ステーションのずっと奥の中心部で、エンジンが息を吹き返したように、うごいているのが聞こえてきた。

「フレミング？」

「なんだ？」

「ここはいったい、なんなのだ？　爆撃用のステーションか？」

「ちがう。しかし、おれにはまだ、この機械の目的がわからない。おれはまだ、完全にひとつのものにまとめられていないんだ」

「だが、こいつはほんとうに、目的をもっているのか？」

「もっているとも！」金属性の声が、あまりにも大きな、耳ざわりな音を立てたので、ハワードは思わずたじろいだ。「おれは、とても優秀な機能をもった連動機械装置を所有しているんだ。温度調節器ひとつをとっても、一万分の一秒のうちに、何百度もの範囲を昇降できるものだ。化学合成用の貯蔵品や動力源、そのほか、もろもろのことはいうまでもない。それに、もちろん、おれの目的のこともな」

ハワードはこの答弁が気に入らなかった。これではまるで、フレミング自身が、機械と同一のものになろうと願っているように聞こえる。かれは自分の人格を、衛星ステーションのそれに没入させようとしているのだろうか？　かれは勇をふるって、質問した。

「どうしてきみには、これが造られた目的がわからないんだ？」

「重要な構成要素が欠けているからだ」と、しばらく間をおいてから、フレミングはこたえた。「欠くべからざる母体がないのだ。そのうえ、おれにはまだ、操縦装置全体を把握することができないんだよ」

やがて、さらに多くのエンジンが蘇生して、ぶるぶるとうごきはじめた。そのひびきで、壁が揺れた。そしてハワードは、足の下で、床が振動しているのを感じることができた。ステーション全体が眼を覚まし、伸びをして、知力を回復しはじめたかと思われた。それが、かれに、巨大な海の怪物の胃袋のなかにでもいる気持ちを起こさせるのだった。

ハワードは、さらに数時間、歩きつづけた。そして、かれが通ったあとには、りんごの芯、オレンジの皮、肉の脂身、空罐、ろう紙の切れっぱしなどが残されていた。かたときの休みもなく、むりやりに食べつづけていたからである。それでいて空腹感は、いつまでもかれを責めさいなんだ。というのは、ものを食べるということができた。ということは、宇宙船、さらには地球につながることだったからである。

突然、壁の一部が、するするとあがった。ハワードはそこから、身を遠ざけた。

「はいれよ」と、ひとつの声――それをかれは、仮にフレミングのものとみとめることにした――がいった。

「なぜだ？　これはなんだ？」

そしてかれは、懐中電灯をその穴へむけた。帯のような床が、絶えまなくうごいて、その闇のなかに、消えて行くのが見えた。

「疲れたろう」フレミングのらしい声がいった。「こっちの道のほうが早いぞ」

ハワードは逃げ出したかった。だが、どこにも行き場がなかった。いまのかれは、フレミングを信用する以外に方法もなかったのだ。さもなくば、懐中電灯の光の両側にせまっている暗黒を、ものともせずに行動するか、そのいずれかしか道がない。

「はいれよ」

いわれるままに、ハワードはそこをまたいで、なかにはいった。うごいている通路に坐りこんだが、前方に見えるのは、闇ばかりだった。かれはあおむけに横たわった。

「このステーションが、何のために造られているのか、もうそろそろ、わかってもよいころじゃないのか？」と、かれは闇にむかって、問いかけた。

「もう、じきだ」声がこたえた。「どちらにしろ、おれたちは、かれらを失望させるようなまねはしないつもりさ」

フレミングが失望させまいとしているのは、いったいだれのことなのか？　しかし、ハワードはしいてきこうとも思わなかった。ただ、眼をとじて、暗闇が周囲に押しよせてくるままにさせた。

うごく通路に乗っている時間は、ながいながいあいだつづいた。ハワードの懐中電灯は、腕の下に、しっかりと押しつけられ、その光線はまっすぐ上を照らし、磨きあげられた金属の天井に反射した。ビスケットの一片を、ろくに味わいもせず、口のなかにあることさえ意識していないように、機械的に食べつづけた。

周囲では、機械がなにかつぶやいていた、そしてそれは、かれの理解しえない言語だった。それぞれにうごく部分品が、たがいにこすり合わされるのに抗議して、苦しげな悲鳴をあげるのを聞いた。やがて、どこからともなく、噴き出すように油が流れ出て、そのめぐみを受けた各所の部分品は、しずかに、しかし、申し分なくうごくようになった。エンジンはその後も、きいきいと軋んで、抗議の声をあげていた。ときには咳こみながら、回転するのをためらったりしたが、やがて、生き返ったように、うれしそうな鼻歌をうたいだした。そして、それらの音のあいだを縫って、たくさんの回路が、切り替わったり、配列しなおしたり、調子をととのえたりしているらしく、かちっ、かちっと、間断ない音がつづいていた。

だが、それが意味しているのは、なんであったろうか？　眼をとじて、あおむけに横たわり、ハワードはその答えをえられぬままでいた。かれと現実との唯一の接点は、噛んでいるビスケットひとつ。だが、それもやがてはなくなって、残ったものは悪夢だけになった。

かれは骸骨の夢をみていたのだ。何十億もの骸骨が、厳粛に列をつくって、廃墟と化した都市を通り、肥沃な黒土の畑を横切り、その惑星の上を、くまなく行進しつづけたあげく、宇宙へと出ていく。かれらが、小宇宙船のなかに横たわる、死んだパイロットのそばを通りすぎると、パイロットの死骸は、うらやましそうにかれらをみつめる。おれを仲間に入れてくれてもいいじゃないか。パイロットはそういう。だが、骸骨たちは、気のどくだがといわんばかりに、首を横にふる、なぜならば、パイロットの死骸は、いまだに肉というよけいな重荷をしょいこんでいるからだ。いつこの肉ははげ落ちるのだろう。いつおれは、この重荷から解放されるのだろう？　死骸はそのような質問をする。だが、骸骨たちは、ただ首を横にふるだけだった。いつ？　いつになったら、この機械の準備は、整うのだろうか？　いつになったら、その目的がはっきりするのだろう？　そのときこそ何十億もの骸骨が、永劫の苦悩から救われ、死骸はその肉から解放されるのだ。腐れ朽ちた唇のあいだから、いますぐつれていってくれと嘆願する、死骸の声が洩れてくる。だが、骸骨はその肉のために、かれを仲間へ入れることをゆるさない。そしてかれの肉は、宇宙船のなかにうずたかく積まれた食物を見捨てることができずにいるのだ。悲しげにかれらは行進をつづけて行く。そして、パイロットひとりが、宇宙船にとどまり、その肉が溶けてなくなる日を待ちつづけているのだ。

「そうだ！」

ハワードはびくっとして、眼をさまして、あたりを見回した。そこには、骸骨も死骸もなかった。ただ、機械の壁だけが、周囲に迫っていた。かれはポケットをさぐってみたが、食べものはみんななくなっていた。指でパンくずを少しかきあつめ、舌のうえにのせた。

「そうだとも！」

たしかに、声をきいた。

「なんだって？」と、かれはききかえした。

「わかったぞ！」

声は、勝ちほこったようにいった。

「わかった？　なにがわかったんだ？」

「おれの目的がだ！」

ハワードは跳ね起きて、懐中電灯で、やたらと周囲を照らしてみた。その金属性の声のひびきがこだまして、いい知れぬ恐怖感でいっぱいになった。機械がその目的を知るということが、ひどく恐ろしいことのように思われたのだ。

「きみの目的、いったいなんだった?」そっときいてみた。

答えのかわりに、ぎらぎらする光が、明るくついた。かれの懐中電灯のかすかな光など、そのなかに呑みこまれてしまった。ハワードは眼をつぶり、ほとんど倒れそうになりながら、うしろへさがった。

帯のようにうごいていた床が静止した。ハワードは眼をひらいて、煌々と燈火のかがやく、ひろい部屋にいるのを知った。見回すと、この部屋の羽目板は、どこもかしこも、鏡でできているのだった。

百人ものハワードが、かれを見つめていた、かれもかれらをにらみかえした。そのあと、かれはぐるぐる、まわってみた。

そのどこにも、出口はなかった。だが、鏡に映ったハワードたちは、かれといっしょにまわらなかった。ただ黙って、突っ立っているだけだった。

右手をあげてみたが、ほかのハワードたちは、だらんと両手を、わきに垂れたままだった。どこにも鏡などはないのだ。

百人ほどのハワードが、室の中央にむかって歩きだした。その足もとは、いたっておぼつかないものだった。かれらのどんよりした眼には、なんの知性も表われていない。原型（オリジナル）のハワードは、苦しそうにうめき声をあげて、かれらめがけて、懐中電灯を投げつけた。それは、音を立てて、床の上に転がった。

一瞬のうちに、完全な考えが、心のなかに形成されていた。これこそ、この機械の目的だったのだ。この建造者たちは、自分たちの種族の絶滅を予見していたのだ。そこでかれらは、この機械を宇宙空間のなかに造りあげた。目的は人間をつくり出すこと、この小惑星を、人間でいっぱいにすることにあった。機械には、操縦技師が必要であるが、ほんものの操縦技師は、機械まで到達することなくして終わったのだ。そしてまた、それは母体を必要ともしていた……

だが、これら最初につくり出されたハワードたちは、明らかに知性をそなえていなかった。その手足を意のままにうごかすことさえできないように、ぎくしゃくした機械的な動作で、部屋じゅうをぐるぐるまわっているのだ。そして、オリジナルのハワードは、その考えが生まれると同時に、恐るべきあやまりをおかしていることを知った。

天井が口をあけた。巨大な鉤が下りてきた、水蒸気でぎらぎら光るナイフが、するするっとさがってきた。壁がひらいて、その奥に、大きな輪転機や歯車、燃えさかる炉、白く冷たい機械の表面などが見えた。あとからあとから、大勢のハワードたちが、部屋のなかにはいってきた。そして、あの巨大なナイフと鉤がハワードの兄弟たちのまっただなかに割りこんでは、かれらを四方のひらいた壁へと引きずっていくのだった。

ひとりとして、悲鳴をあげるものはいない。ただ、オリジナルのハワードをのぞいては——

「フレミング！」かれは金切り声でわめいた。「おれはいやだ。おれだけは、やめてくれ、フレミング！」

そして、いまやすべてが明らかになった——この衛星ステーションは、戦争が、津波のように惑星をおそい、すべての人類を斃しつつあったとき、建造されたものなのだ。あの操縦技師は、せっかくこの機械までたどりつきながら、なかにはいる以前に死ぬ運命に見舞われた。だから、かれの積荷、あの食物は……操縦技師の食糧としての役を果たさなかったのだ。

そうだったのか！　この惑星の人口は、九十億から百億はあった！　かれらをこの究極戦争にまで追いやったものは、飢餓だったに相違ない。そして、この機械の建造者たちは、その解決のためにこれを造りながらも、時と疫病を相手に戦いつづけねばならなかった。かれらの民を救おうとして、必死の努力をはらいながらも……

しかし、フレミングには、これがかれにとって、ふさわしい母体でないことがわからなかったのだろうか？

そうだ！　フレミング機械にはわからなかったのだ。

ハワードこそ、あらゆる条件をみたしている者だということを。ハワードが最後に見たものは、ひらめきながら、おそいかかってくるナイフの、殺菌されたなめらかな刃だった。

そして、フレミング機械は、特殊加工をすすめていった。ハワードたちを粉に挽き、切りきざみ、薄くそぎ、冷凍して包装し、積み重ねて山にした。フライド・ハワード、ロースト・ハワード、ハワードのクリーム・ソース、ハワードのブラウン・ソース、三分ゆでのハワード、ハワードの貝殻焼き、ハワードを炊きこんだピラフ、なかでもハワード・サラダは逸品だった。

食料複製工法は成功した！　これで戦争がやめられる。なぜならば、すべての者に行き渡って、なおかつありあまるほどの食料ができあがったからだ。食糧だ！　食べものだ！　パラダイス第二星の飢えたる百億の民への食べものだ！

倍額保険

Double Indemnity

エヴァレット・バースオールドが生命保険契約をむすんだのは、かるがるしい思いつきではなかったのだ。まず最初に、かれはその問題についてじゅうぶんな研究をした。ことに《契約違反》、《悪意による詐欺行為》、《時空詐欺》、《保険金の支払》などの条項には、特別な注意をはらった。そしてまた、保険会社は請求された保険金を支払うにあたって、いかに精密な調査をおこなうものであるかも調べあげた。さらに、《倍額補償》（特別な事故のあった場合には保険金を倍額支払うという契約）については、かなり専門的な知識まで習得した。この項目が、とくにつよい興味を呼びおこしたからであった。

これらの予備的な作業がおわると、かれは自分の目的に適した保険会社を物色しはじめた。その結果、《現在》のハートフォードに本社をもつ『時空間（インター・テンポラル）保険株式会社』に白羽の矢を立てた。インター・テンポラル保険は、一九五九年のニューヨーク、一五三〇年のローマ、一一二六年のコンスタンチノープルに、それぞれ支店を設けていた。このようにしてこの会社は、各年代を、あまねくその補償範囲下におさめていることに、誇りをもっていたのである。これこそ、バースオールドの計画にとって、なににもまして重要なことであった。

保険契約を申しこむまえに、バースオールドはその計画を細君に語り、ふたりして検討しあった。メイヴィス・バースオールドはほっそりした容姿の、うつくしくはあったが、落ちつきを欠いた女で、用心ぶかい、どちらかといえば、意固地ともいえる陰険な性質の持ち主だった。

「そんなこと、うまくいきっこないわ」

かれの話をきき終わるか終わらぬうちに、彼女はいってのけた。

「なあに、ばかだってできる仕事さ」バースオールドはきっぱりといった。

「あの連中、あなたを牢屋にとじこめて、その鍵を、遠くへほうり投げるわよ」

「万が一にも、そんなことはありえない」バースオールドは請け合った。「ぜったい失敗する理由がないんだ――もしおまえが、協力してくれさえすればね」

「というと、わたしに従犯者になれとおっしゃるの」と細君はいった。「いやよ、そんなこと」

「しかし、ぼくにはおまえが、ほんものの火星ミンクのコートをほしいというのをきいた記憶があるんだがね。あの種のやつは、いまでは、ごく小数しか棲息していないことも知っているが」

バースオールド夫人は、眼をかがやかせた。彼女の夫は、抜け目のない的確さをもって、彼女の弱点を見とおしていたのである。

「それに、ぼくの思うに」とバースオールドは、無造作にことばをつづけた。「おまえはたぶん、新しいダイムラーの超速ジェット車を手に入れたがっていたんじゃなかったかな。それから、レティ・デットの衣裳とか、それにマッチしたルームストーンの首飾り、金星避暑地の別荘、それに――」

「もうけっこうよ、あなた!」

バースオールド夫人は、企業精神に富んだ夫を、好ましげな眼でみつめた。彼女はその点について、ながいあいだ疑いをいだきつづけてきたのであった。かれの人好きのしない外貌の下に、勇敢な心が脈々たる鼓動をつづけているなんて、なんというられしいことであろうか。

バースオールドはずんぐりした小男だった。ひたいがそろそろ禿げあがりだし、顔つきは平凡そのもの、眼はつのぶちの眼鏡のおくで、内気な光をたたえている。しかし、その魂として、海賊の筋骨隆々たるからだのなかでこそ、はじめて完全な安らぎを見いだすものをもっているのだった。

彼女はきいた。

「ではあなた、確実にうまくいくと思っていらっしゃるのね？」

「ぜったい確実だよ。もしおまえが、ぼくのいうとおりにして、しかも、おまえのすばらしい才能をすこし手びかえて、やりすぎないようにおさえてくれればね」

「わかったわ、あなた」

バースオールド夫人はいった。彼女の心はルームストーンのかがやきや、毛皮の肉感的な感触などに、すっかりとらえられてしまっていたのである。

バースオールドは、最終的な準備段階にはいった。かれは、とある小さな店へはいった。そこで、いくつかのニュースを聴き、また、いくつかのものを買いとった。かれは財産を数千ドルばかり減じて、その店を出た。腕の下には、茶色の小さなスーツケースが、しっかりかかえこまれていた。支払った金の出所がつきとめられることは、まずありえるとは思えなかった。かれはそれを、何年もかかって、全部小額紙幣で貯めこんでいたのである。そして、その茶色のスーツケースの中身の跡をたどることも、おなじように困難な仕事といえるにちがいない。

かれはスーツケースを公立の保管金庫に預け、一息ふかく息を吸いこんでから、『時空（インター・テンポラル）間保険株式会社』の事務所へ足をむけた。

半日ものあいだ、会社の医師たちはかれをつつきまわし、あれこれとこまかくしらべあげた。そのあと、いろいろな書類に書き入れをさせられ、それからようやく、地区部長のグリンズ氏の部屋へつれていかれた。

グリンズ氏は大柄で、いたって愛想のよい人物だった。バースオールドの申込書に、すばやく眼を通すと、ひとりうなずいて、「けっこう、けっこう」といった。

「すべてととのっているようですな。ただ、ひとつの点をのぞいてはね」

「ほう、それはなんです？」

バースオールドはきいた。心臓が急にどきどきしはじめた。

「追加補償範囲の問題ですよ。あなたは火災保険や盗難保険に関心をおもちですか？　自賠責保険は？　傷害保険や医療保険についてはどうです？　わたしどもは、小銃弾による創傷から、ありふれた感冒のような、ささいなわりにやっかいな病苦にいたるまで、あらゆるものを保険いたしております」

「なるほど」バースオールドはいった。心臓の鼓動は、正常の状態におさまった。「いや、けっこうです。現在のところ、ぼくは生命保険にだけしか関心がないのです。ぼくの仕事は、時間を通じて旅行することを要求するのです。そこでぼくは、妻のために、適当な保護をほしいと思っているわけです」

「なるほど、なるほど。わかりますよ、バースオールドさん」グリンズ氏はいった。「では、これですべての書類はととのったと思います。あなたはこの保険契約に適用される各種の条件をご了解になっておいでですね？」

「と、思います」

インター・テンポラル社の標準書式を研究することで、数カ月は費やしているバースオールドは答えた。

「この証券は、被保険者の生命が続くかぎり有効です」と、グリンズ氏は説明した。「そしてこの、生命の存続期間というものは、各個人の生理学上の寿命の範囲内でのみ測られます。またこの契約は、《現在》を基点として、過去と未来、それぞれ一千年ずつの期間にわたってあなたを保護します。しかし、それ以上はゆるされておりません。それ以上になりますと、あまりにも危険が大きすぎるからなのです」

「しかし、ぼくにしましても、それ以上遠くへ行こうとは、夢にも考えていませんよ」と、バースオールドはいった。

「それから、この証券には、例の倍額補償の条項も含まれております。あなたはその機能と付帯条件がおわかりになっておいでですか？」

「わかっているつもりですが――」

それについては、一語一語まで、逐語的に知りつくしているバースオールドはこたえた。

「それでは、これで万事ととのいました。ここにサインをおねがいします。それと、ここにも。いや、それでけっこう、ありがとうございました」

「こちらこそ、どうもありがとう」

バースオールドはいった。そして、かれとしては、心の底から、そういったのであった。

バースオールドは自分の事務所へもどった。かれは『アルプロ製造株式会社（全年齢層向き玩具各種）』の販売部長だった。さっそく、《過去》への販売旅行に、出発するつもりであることをあきらかにした。

「時間におけるわが社の最近の販売成績は、はっきりいって、感心した状態とはいえませんよ」と、バースオールドはいった。「そこでぼくは、自分自身、過去へ出かけていって、みずから販売活動に手を染めてみようと考えているのです」

アルプロ社の社長であるカーリッスル氏は、よろこんでさけんだ。

「それはすばらしい！　わしはもうながいあいだ、それを望んでおったのじゃよ、エヴァレット」

「あなたが、そう考えておいでのことは、ぼくもとうから気がついていました、カーリッスルさん。とにかく、社長、ぼくはごく最近になって、やっと決心を固めたのです。自分自身で販売にあたってみるべきだと考えました。どんな状態であるのか、自分自身の眼でたしかめてみるべきだとね。そこでぼくは、準備をととのえました。いまや、いつでも出発できる態勢にあります」

カーリッスル氏は、かれの肩を、ぽんとたたいて、

「きみは、アルプロ社のもった、もっとも有能なセールスマンだよ、エヴァレット。きみが出かける決心をしてくれたことを、わしはじつに、うれしく思う」

「ぼくもですよ、カーリッスルさん」

「やつらを、あっといわせてほしい！　それから、これは余談だが――」カーリッスル氏は、いたずらっぽく、にやりと笑って――「わしのところには、一八九五年のカンザス・シティの所書が控えてあるんだ。おそらく、きみもそれに、興味があるのではないかな。おどうやら、ああいった商売は、あまりながくはないように思われるよ。それから、一八四〇年のサン・フランシスコには、わしの知っておる、ある――」

「いや、けっこうです、社長」

バースオールドはいった。

「厳密に、ビジネスだけというわけか、え、エヴァレット？」

「そうです、社長」と、バースオールドは、すましこんで微笑を浮かべながらいった。「厳密に、ビジネスだけです」

これで、諸事万端ととのったわけだ。バースオールドは家へ帰って、荷づくりをすますと、細君に最後の指令をあたえた。


「忘れてはいけないよ」かれは、彼女にいいきかせた。「そのときがきたら、おどろいたふりをするんだぜ。ただし、神経的に打ちのめされたかっこうを見せてはいけないよ。まごついたようすをする必要はあるが、気ちがいじみたふるまいをしてもらっては困るんだ」

「わかってるわ」彼女はいった。「わたしだって、そんなばかじゃありませんから」

「いや、そういうわけじゃないよ。ただ、おまえには、たいしたことでもないのに、大げさにさわぎたてる傾向があるというだけさ。あまりものに動じないのも、そうした場合、困りものだが、演技過剰も同様だぜ」

「ねえ、あなた」

バースオールド夫人は、小声で、ささやくようにいった。

「うん？」

「あまり大きくないのだったら、ルームストーンを買ってもいいでしょう？　あなたがお帰りになるまでの淋しさをまぎらすためですわ」

「とんでもない！　おまえ、この計画全体をめちゃめちゃにする気なのか？　そんなばかげた考えは、はやく捨ててしまうことだぜ、メイヴィス――」

「わかったわよ。ただ、きいてみただけ。じゃ、行ってらっしゃい、あなた。お気をつけてね」

「ありがとう」

かれらはキスをした。

そして、バースオールドは家を出た。

まず、公共保管金庫へ行って、茶色いスーツ・ケースをとりもどした。それから、空中（ヘリ）タクシーに乗って、テンポラル・モータース社の最大のショウ・ルームへ行って、しかるべき考慮ののち、A級の無限時空飛行機（フリッパ）を買いこみ、代金は現金で支払った。

「これだったら、まちがいありませんよ」と、そのぴかぴか光った機械から、正札をはずしながら、店員がいった。「このかわいらしい姿に、じつに多くの力が備わっております。三重推進方式。どんな年代にも、自由自在に到着できる完全な操縦装置。このフリッパーに乗っているかぎり、万が一にも、体液流が停止するなんてことはございません」

「けっこうだね」バースオールドはいった。「すぐに乗ってみたいよ。そして――」

「このスーツ・ケース、お積み込みになるのですな。お手伝いいたしましょう。それから、あなたさまは、飛行された時空マイル数によって、連邦税がかかることをご存じでしょうね？」

「知っているとも」バースオールドはいって、茶色のスーツ・ケースを、フリッパーの後部席に、注意ぶかくしまいこんだ。「いろいろ、世話をかけた。とにかく、乗ってみて、それから――」

「けっこうです、お客さま。タイム時刻計はゼロに合わせてあります。それで、あなたの飛行記録がのこされることになっているのです。ここに、政府の命令で禁止されている時域の一覧表があります。もう一枚おなじものが、計器盤にも貼りつけてあります。禁止時域には、大戦争や災害区域のすべてが含まれています。

《パラドックス時点》も同様です。禁止時域に立ち入りますと、連邦政府から処罰されます。そして、このような不法侵入は、すべてタイム・クロックの上に表われますから、お気をつけねがいます」

「そういったことは、みんな承知しているよ」

そうはいったものの、バースオールドは不安にとらえられた。しかし、この店員に、なにを疑うことができるのだ。そんなことは、考えるまでもないことだ。それにしても、もし疑っていないのなら、どうしてこいつは、法律違反の行為を、こうまでやかましくしゃべりまくらなくてはならないのか?

「お買いあげになったお客さまには、こうして法規をご説明しておきますのが、わたくしの義務でございまして」販売係は陽気な口調でいった。「それから、もうひとつ、つけくわえさせていただきますと、タイム飛行には、一千年にかぎるという制限があります。それ以上遠くへ行きますには、書面による国務省の許可がないかぎり、どなたにもゆるされておりません」

「適切このうえない予防措置だな」とバースオールドはいった。「そして、おなじことを、保険会社も教えてくれたよ」

「それではこれで、ご注意をねがうことは、ぜんぶ申しあげました。では、楽しいご旅行をなさいますように！　あなたさまのフリッパーが、商用にも娯楽用にも、完璧な乗りものであることが、きっとおわかりになっていただけるにちがいありません。あなたの目的とされているところが、一九三二年におけるメキシコの、ごつごつした山中道であろうと、あるいはまた、二三〇八年のカナダの熱帯性湿原であろうと、このフリッパーは、最後まであなたさまのご旅行のお世話をするでありましょう」

バースオールドはぎごちない微笑を浮かべると、販売係の手をにぎり、やおらフリッパーに乗りこんだ。そして、ドアをしめ、安全ベルトを調節すると、モーターをスタートさせた。歯を食いしばり、からだを前へのり出し、飛行距離の目盛を合わせた。

それから、発進スイッチを押した。

灰色の虚空が、周囲をつつんだ。

バースオールドは、一瞬、純粋な恐怖にとらわれた。かれはその恐怖感と闘って、やがてはそれを圧倒し、われながら、意気軒昂としてくるのが感じられた。

ついにかれは、巨富への道を踏み出すことができたのだ！

奥知れぬ灰色の無が、うすいが、行けどもつきぬ霧のように、フリッパーの周囲をとりまいていた。バースオールドは、形もなく、いつ果てるとも知れず、かたわらを飛びすぎてゆく、年々のことを思った。灰色の世界、灰色の宇宙……

しかし、哲学的瞑想にふけっているひまなどなかった。バースオールドは、例の小さな茶色のスーツ・ケースの鍵をあけ、タイプした書類の一束をとり出した。その書類は、かれの依頼によって、ある秘密時間探偵社がかき集めたもので、バースオールド家の歴史を、そのもっとも遠い起源にまでさかのぼって、完全に調べあげた資料だった。

かれはそれまでに、家系の研究にながい時間を費やしていた。その計画はひとりのバースオールドを必要とした。それも、どんなバースオールドでもよいというわけではなかった。かれが必要としていたのは男性で、三十八歳、未婚、家族と交渉がなく、親しい友人ももたず、仕事上重要な地位にもついていないバースオールドだった。できれば、なんの仕事ももっていないほうが好ましかった。かりに、突如として、姿をくらますことになっても、その身の上を案じられたり、捜索されたりすることのない男、そういったバースオールドを、かれはもとめているのだった。

こういった条件にしたがって、バースオールドは、何千人ものバースオールドたちを、そのリストから除外することができた。男性のバースオールドたちは、三十八にもなれば、ほとんど結婚していた。何人かは、その年令まで生きてさえいなかった。三十八歳で、なおかつ独身、婚約もとりかわしていないものもないことはなかったが、かれらにしても、あるいは親しい友人をもち、あるいは、家族のつよいきずなにしばられていた。さいわい、家族にも友人にも接触のない何人かを見出したが、これはまた、その失踪の場合は、かならずや大規模な調査が行なわれるにきまっている男たちだった。

いやというほど選定をくりかえしたあげく、最後にバースオールドは、ほんの片手の指で数えられるほどのものをのこした。これらの男たちについて、実地検分をしてみようというのがその目的だった。そのうちからひとり、あらゆる点で、かれの要求をかなえてくれるバースオールドをみつけだしたいという望みをいだいて……

もしそういった男が実在していたらと思ったが、かれはあわてて、その考えを心から追い払った。

しばらくして、周囲の灰色は晴れあがった。あたりを見回すと、丸石を敷きつめた舗道の上に立っていた。おかしなかっこうをした、たけの高い自動車が、ごとごと音を立てて走りすぎていった。運転しているのは、ムギワラ帽子をかぶった男である。

かれは、一九一二年当時のニューヨークにいるのだった。

リストに載っている最初の男は、友人たちに牡牛のジャックという名で知られたジャック・バースオールドで、そわそわと落着きのない眼と、かたときもじっとしていない足をもった、年季のはいった印刷工だった。ジャックは一九〇二年に、妻と三人の子供をおき去りにして、シャイアンから出てきたのだ。かれには、二度とそこへ帰る気がなかった。この事実はバースオールドにとって、その男が独身であるのとおなじくらい目的にかなっているといえた。ジャックはパーシング将軍（ジョン・ジョセフ・パーシング、第一次大戦時のアメリカ遠征軍の最高司令官。一八六〇〜一九四八）直属の部下として兵役をおえ、その後、また、以前の職業にもどった。それからは、印刷屋から印刷屋へとわたり歩き、けっして一カ所にながく、とどまらなかった。そして現在、三十八になったかれは、ニューヨークのどこかで働いているはずなのだ。

　バースオールドはバッテリー公園（マンハッタンの南端、ニューヨーク湾頭にある）から出発して、ニューヨークじゅうの印刷屋を探索する仕事にとりかかった。十一番目の店、ウォーター街にある印刷屋で、やっとめざす男をみつけることができた。

「ジャック・バースオールドにご用ですか？」年寄りの印刷屋の主人はいった。「ええ、おりますとも。裏にいますよ。おーい、ジャック！　お客さんだぞ！」

　バースオールドは、動悸が速くなるのをおぼえた。店のおくの暗がりのなかから、仏頂づらをしながら近づいてくる男があった。

「ジャック・バースオールドはあっしだが」とかれはいった。「なんの用かね？」

　バースオールドは祖先のひとり、親類すじにあたる男をながめ、悲しげに、首をふった。このバースオールドでは、役に立たないことが、一目で明らかだった。

「いや、べつに」とかれはこたえた。「べつに、なんでもないんですよ」

　かれはすばやくむきなおり、足ばやに店を出てしまった。

　牡牛のジャック、五フィート八インチの身長に、二百九十ポンドの体重のジャックは、がりがりと頭をかいた。

「なんだい、あれは。どうしたというんだろう？」

　年をとった印刷屋の主人も肩をすくめた。

　エヴァレット・バースオールドはフリッパーに戻り、ふたたび操縦装置を調節した。残念ながら、とかれは自分自身にいってきかせた。あんなに太っていたのではおれの計画に適合しない。

　つぎのかれの着陸地は、テネシー州メンフィス、時は一八六九年だった。時代相応の衣裳をまとったバースオールドは、ディクシー・ベル・ホテルへ行って、デスクの男に、ベン・バースオールダーへ取り次ぎをたのんだ。

「さようでございますな」デスクのむこうに腰かけている、いやにいんぎんな白髪のクラークがこたえた。「あのおかたでしたら、鍵がございますから、お出かけになっていると思います。角の酒場へ行ってごらんになればな、ほかの屑みたいな渡り政治屋（南北戦争直後、北部からカバンひとつを財産に、南部まで流れこんできて、政界で一旗あげようとした山師）といっしょに、気炎を上げておいでなのが、みつかるはずでございますがね」

　バースオールドはこの侮辱をきき流して、酒場まで出むいてみた。

　まだ宵の口だったが、そこにはガス燈が、あかあかとともっていた。だれかがかき鳴らすバンジョーの音がひびき、マホガニーづくりの奥ふかいバーは混みあっていた。

「ベン・バースオールダーに会いたいんだが、どこにいるかね？」と、バースオールドは、バーテンにたずねた。

「あっちでさあ」バーテンはこたえた。「ほかの北部野郎（ヤンキー）の、旅まわりセールスマンの連中といっしょですよ」

　バースオールドは、酒場の片隅にある、ながいテーブルに近づいていった。そこは、けばけばしい服装の男たちと、紅おしろいをつけた女たちでいっぱいだった。たしかに男たちは、北部から来たセールスマンたちで、いかにも思いあがって、うぬぼれのつよそうな、押しつけがましい態度を露骨に見せていた。相手をしている女たちは、すべて南部の人ばかりだが、これもまた、商売でやっていることだろうから、おれのとやかくいう筋合いではないんだ——とバースオールドは、判断をくだした。

　そのテーブルに近づくとともに、かれはめざす男を発見した。このベン・バースオールダーをとりちがえるということは、まず、ぜったいにないといえるのだった。

なんとなれば、その男はエヴァレット・バースオールド自身にそっくりだったからだ。

そして、これこそ、バースオールドのさがしもとめていたところの、必要欠くべからざる特性だといえるのである。

「バースオールダー君だね？」と、かれは声をかけた。「ふたりきりで、話したいことがあるんだが――」

「ああ、いいとも。ききますぜ」

ベン・バースオールダーがこたえたので、バースオールドはかれを、空いたテーブルへ導いた。かれの血族のひとりは、まじまじとかれの顔を見つめながら、そのむかいがわに腰をおろした。

「こいつはおどろいたな」とベンはいった。「あんたとおれとは、気味がわるいみたいに似てるじゃないか」

「それは似てるさ」バースオールドはこたえた。「ぼくがここまで出むいてきたのも、理由のひとつは、そこにあるんだ」

「で、もうひとつの理由というのは？」

「これから話すが、急くことはない。まず、一ぱい飲むとしようよ」

バースオールドは酒を注文したが、そのあいだにも、めざとく見つけたことだが、ベンは右手をたえず人の眼に触れぬようにしているのだった。ひょっとすると、その手には、デリンジャーがにぎられているのではあるまいか？　これら再建法時代（リコンストラクション）（脱退した南部諸州を、南北戦争後、ふたたび合衆国に再編入した時代）にあっては、北部人たちは、つねづね警戒怠りない身がまえでいなければならなかったからだ。

飲みものが運ばれてきたあと、バースオールドはようやく口を切った。

「ずばり、要点に触れることにしよう。きみは、ひと財産、手に入れることができるときいたら、興味が湧かないかね？」

「そういう話に、興味を湧かさないものがいるだろうか？」

「そのかわり、ながくて骨の折れる旅行をしなければならんのだが」

　ベンはこたえた。

「おれははるばる、シカゴからやってきたんだぜ。もっと遠くまで、出かけて行ったっていいんだ」

「それにまた、いくつか法律を破ることにもなるんだ」

「金にさえなれば、このベン・バースオールダーさんはどんなことでもやってのけるよ。しかし、あんたはいったい、何者だね？　そして、あんたの考えてることは、どんな話だね？」

「ここではいえんな」バースオールドはいった。「ぜったい秘密のたもてる場所が、どこかないだろうか？」

「ホテルの、おれの部屋ではどうだろう？」

「よかろう。では、そこへ行くとしよう」

　ふたりの男は立ちあがった。バースオールドは、ベンの右手に、ちらっと一瞥をくれたが、とたんに、はっと息をのんだ。

　ベンジャミン・バースオールダーには、右手がなかったのだ。

「ヴィックスバーグ（ミシシッピ河畔の南軍の要地で、グラント将軍によって包囲攻略された）の戦いで、なくしたんだ」バースオールドのびっくりしたような凝視に気づいて、ベンは説明した。「だが、右手なんかなくたって、なんでもないぜ。どんな野郎が出てこようと、おれは片手片足で、相手になってやれるんだ――そして、やっつけてやることができるんだ！」

「そうだろうとも」バースオールドは熱心すぎるくらいの口調でいった。「ぼくはきみの勇気を賞賛するよ。ところで、ちょっとここで待っていてくれないか。すぐもどってくるから」

　バースオールドは、酒場のひらき戸から、いそぎ足に出て、フリッパーへ直行した。なんとも残念なことだがと、操縦装置を調節しながら、かれは考えた。ベンジャミン・バースオールダーこそ、完璧なあれになるところだったのに――

といって、からだに障害のある男では自分の計画には適当でない。

つぎの飛行は、一六七六年のプロシアまで飛んだ。催眠暗示で得たドイツ語の知識をひっさげて、しかるべき形と色彩の服装で身をつつむと、かれはハンス・ベールタールラーをさがして、ケーニヒスベルクの人影もない通りを歩いていった。

それは真昼だった。だが、街路は異様なほど、ひっそりしずまりかえっていた。バースオールドは人影をもとめて歩きまわり、ようやくひとりの修行僧をつかまえることができた。

「ベールタールラーだと？」僧はじっと考えこんだ。「おお、そなたのいわれるのは、仕立屋のオットー老人のことだな！　あの男、いまはレーヴェンスブルクに住んでおるとの話だが、そなた、おききおよびでないのか？」

「それは父親のほうでしょう」とバースオールドはいった。「ぼくのさがしているのは、ハンス・ベールタールラー、息子のほうですが」

「ハンス……おお、そうだったか！」修道僧は、いきおいよくうなずいた、それから、急におかしな眼つきになって、バースオールドの顔をみつめると、「したがそなた、それがたずねておいでの男だという確信がおありかな？」

「ありますとも」バースオールドはこたえた。「その男のところへ、つれていっていただけますか？」

「大伽藍へ行けば、みつかるはずだが」と僧はいった。「おいでなされ、拙僧もそこへ参るところだ。案内して進ぜよう」

バースオールドは、自分の説明がまちがっていたのではないかといぶかりながら、僧のあとについていった。かれのさがしているベールタールラーは、僧侶ではなかったはずだ。ヨーロッパじゅうを転戦した傭兵のひとりのそのようなタイプの男が、寺院のなかで見つかるとは、おかしなことである。それとも、例の報告書には載っていなかったが、そうした信仰心を身につけているのであろうか？

そんなことのないようにと、かれは心から祈った。もしそうだとしたら、これもまた、失敗に終わることになるのだから。

「さ、ここですぞ」修道僧は、とある壮大な、たかだかとそびえ立つ建物の前に足をとめていった。「そして、それ、あれがハンス・ベールターラーだ」

バースオールドは見た。寺院の石段の上に坐っているひとりの男、からだじゅう、ぼろにうずまったひとりの男を見た。男の前には、形のくずれた帽子がひとつ、そのなかには、二個の銅銭と、かちかちになったパンのかけらがはいっていた。

「乞食か」

バースオールドはがっかりしたように鼻を鳴らした。だが、それでもたぶん……

いっそうひとみを凝らして、かれは乞食を見つめたが、すぐに、その眼のなかにある空虚な色、だらんと垂れさがった顎、ねじれて曲がった唇などに気がついた。

「まことにむざんなことだが」と僧侶は説明した。「ハンス・ベールターラーはな、フェールベルリンで、スウェーデン軍と戦ったさい、頭部に重傷を負うたんですよ。そしてその後、二度と正気をとりもどさなんだ。じつに気のどくなことですな」

バースオールドはうなずいて、人気(ひとけ)のない寺院の広庭や、見捨てられた町並みなどをみまわした。

「だれの姿も見えませんが、ほかの人たちはどこにいるのです？」

「なんといわれる。おききおよびではなかったのか！　みんなは、このケーニヒスベルクの町から逃げ出したのだ。拙僧と、あの男とをのぞいてはな。黒死病を恐れてですぞ」

ぞっと身ぶるいして、バースオールドは走りだした。かれのフリッパーへ、かれの抗生物質へ。そして、どこでもよい、どこか、ほかの年、ほかの土地へと、人(ひと)

気のない町並みを、いっさんに駆けていった。

重い心をいだいて、敗北感をひしひしと味わいながら、またしてもバースオールドは、さらに時代をさかのぼり、一五九五年のロンドンへと旅していった。グレート・ハートフォード・クロスにある『小いのしし亭』で、かれはトマス・バーサルという男について問い合わせていた。

「そいでよ、おぬしはいってえ、バーサルになんの用があるんだ？」

居酒屋の主人の英語は、あまりにも野蛮すぎた。バースオールドには、ほとんど理解できないくらいだった。

「ちょっとした取引があるんだ」

バースオールドは、これまた、催眠暗示で習得した古代英語を駆使してこたえた。

「おぬしがか？」

居酒屋の主人は、バースオールドのひだ襟のついた華美な服装を、じろじろと見上げ見おろしながら、いった。

「ほんとうにあるのか、ええ？」

その居酒屋は、いやな臭気のたちこめる下品な場所にあって、蠟の垂れた獣脂ろうそくが、たった二本灯っているだけだった。バースオールドのまわりに群がり、いまや、その環をちぢめつつある店の客たちは、一見したところ、最下層の人間の屑と思われた。しろめ製のコップを、後生だいじにかかえこんで、かれの周囲にひしめいていた。そしてまた、バースオールドの眼は、かれらのぼろ服のかげに、もっと鋭利な金属が、キラリ光るのをみとめることができた。

「密偵かよ、え？」

「いってえぜんてえ、密偵なんかが、こんなところでなにをしてやがんだ？」

「まったく、とんま野郎だな」

「ちげえねえ。たったひとりで、のこのこやってきやがるとは」

「しかもおれっちに、あのかわいそうなトム・バーサルの居どころを教えろとぬかしやがる！」

「望みどおり、あの野郎に、ちょっとしたことを教えてやろうじゃねえかよ、みなの衆！」

「いいだろう。おれたちで、教えてやるとしようぜ！」

ぼろをまとった群衆が、しろめのコップを、鎚鉾（中世の棍棒状の武器）のようにふりかざして、じりじりとバースオールドに迫ってくる。主人はそれを、にやにや笑いながら見守っていた。群衆はかれを、鉛のわくのついた窓を通り越して、壁に背中がくっつくまで追いつめていった。そして、そのときはじめてバースオールドは、自分が危機に直面していること、この無頼のごろつきたちの群れのなかに、おそろしい危険がひそんでいることを悟ったのだ。

かれはさけんだ。

「おれは密偵なんかじゃない！」

「ふざけたことをぬかしゃあがる！」

群衆はいよいよいきりたって、いっそうはげしく押しよせてきた。そして、重い柄のついたコップがひとつ、宙を切って飛んできて、かれの頭のそば、カシ材の壁にがしゃんとあたった。

突然、インスピレイションがひらめいた。時を移さず、バースオールドは羽毛飾りのついた大きな帽子を脱ぎ捨てた。

「おれの顔を見ろ！」

かれらは、はたと足をとめ、口をぽかんとあけて、かれをみつめた。

「なるほど。トム・バーサルに、生き写しじゃねえか！」

そのうちのひとりが、息を切らせていった。

「だけど、トムに兄弟があるなんて、きいたことはねえぞ」と、べつのひとりが指摘した。

「おれたちは双子の兄弟なんだ」バースオールドは、すばやく口をはさんだ。「生まれてすぐ、はなればなれになったのだが、おれはノルマンディ、アクィテーヌ、そして、コーンウォールで育てられた。双子の兄弟があることを知ったのは、つい先月のことだ。そこで、わざわざ会いにやってきたんだ」

それは、十六世紀のイングランドでは、信用してしかるべき物語であり、しかも、顔が酷似していることが、うごかすことのできぬ証拠だった。バースオールドは、テーブルのひとつへ導かれ、ビールをなみなみとついだコップが、前に据えられた。

「おぬしはちっとばかり、来るのが遅かったよ」年老いた片眼の乞食が、まっさきに話しかけた。「あいつはえらく働きのあるやつだった。それに、威勢のいい四つ脚をくすねることにかけても、おそろしく抜けめがなくってよ――」

その古風ないいまわしをきいて、バースオールドは、馬どろぼうのことだろうと見当をつけた。

「――だが、あいつらはトムを、エイルズベリーで捕まえやがった。そいから、こぎたねえ小舟だの、海へ出したら、ひとたまりもねえようなおんぼろ船にのっけてよ、さんざこき使いやがって、あげくの果てが、有罪だとよ。え、ついてねえじゃねえか」

「罰金はどのくらいかね？」

バースオールドはたずねた。

「てんで重い罰よ」ずんぐりしたからだつきのならずものがいった。「あいつら、きょう、やつを『じゃじゃ馬市』で、しばり首にしやがるんだ！」

バースオールドは、一瞬、死んだようにひっそりと坐っていた。ややあって、おもむろにきいた。

「おれの兄弟は、ほんとうにおれに似ているのか？」

「まったくの生き写しだ！」店の主人が叫んだ。「気味がわりいほど、そっくりだぜ。よう、じっさいまあ、そのよく似てることといったら、だれだっておどろくよ。おんなじ顔つき、おんなじ背の高さ、おんなじ重さ――なにからなにまで、おんなじずくめだからな！」

ほかの連中も、同意の意を表してうなずいてみせた。そして、これまでにないほど成功へ近づいたバースオールドは、いちかばちか、やってみようと決心した。なにがなんでも、このトム・バーサルを手に入れなくてはならん！

「そうか。では、おれのいうことをきいてくれ」と、かれはいった。「おまえたちは、密偵だとか、ロンドンの法律だとかに、これっぱかりも好意をもっていないはずだ。そうだったな？　ところで、おれはこれで、フランスきっての財産家なんだ。きわめつきの大金持ちなんだ。おまえたちは、おれといっしょに、おれの領地へ来て、大名みたいな暮らしをしてみたいと思わんか？　おい、おい、まあ、そうあわてるな——おまえたちがそうしてみたいと思うことは、おれには先刻、わかっている。よし、それでは話がきまったな。だが、それには、おれのトムも、いっしょにつれていかなくてはならん」

「だが、どうやってつれていくんだね？」屈強ながらだつきをした鋳掛け職人がいった。「役人どもに、しばり首にされるんだぜ！」

バースオールドはつよい口調でいった。

「おまえたちも男じゃないか？　その手に、武器をもっていないわけでもなかろう？　富のため、安楽な暮らしのため、あえて運命を切り拓いてみようと思わないのか？」

かれらは口々に、いや、思うともと、さけんだ。

バースオールドはつづけていった。

「そうこなくてはいかん。おまえたちにはできるんだ。おまえたちのやらなくてはならんことは、ただ、おれの命令にしたがうだけだ」

『じゃじゃ馬市』には、ほんの少数の群衆が集まっているだけだった。その日、首をくくられるのが、取るに足らぬ、きわめて身分いやしい男だったからである。それでもやはり、しばり首には多少の興味があるとみえて、馬に曳かれた囚人馬車が、丸石を敷きつめた道をごろごろと進んできて、絞首台の前にとまったと見ると、人びとは熱狂的な喝采を送っていた。

「あれが、トムだ」鋳掛け職人がささやいた。かれらはその時、群衆にまじりこもうとしているのだった。

「いよいよあそこで、やっと会うつもりかね？」

「そうしたほうが、いいらしいな」バースオールドはいった。「なかにはいっていってみるとしよう」

　かれとかれの十五人の仲間は、絞首台をとりまく群衆へ割りこんでいった。絞首刑執行人は、すでに台上に立って、黒い覆面にあいたほそいのぞき穴から、ひとわたり群衆をねめつけたあと、絞首索のテストをしているところだった。ふたりの小役人が、トム・バーサルをみちびいて階段をのぼり、囚人の位置をさだめると、絞首索のほうへ手を伸ばした……

「用意はいいかね、だんな？」居酒屋のおやじがバースオールドにきいた。「え？　用意はいいかってんだよ」

　バースオールドは、口をあけたまま、台上の男を見つめていた。血族の相似は疑うべくもなかった。トム・バーサルはかれに生き写しだった――ただひとつの点をのぞいては。

　バーサルの顔には、頬といわずひたいといわず、天然痘のあとが、ふかいあばたを一面にのこしていた。

「いまですぜ、躍り込むのは」居酒屋のおやじがいった。「用意はいいんですか、大将？　大将？　おい！」

　そしてかれは、あわててふりかえって、羽根飾りのついた帽子が、近くの路地へ駆けこんでいくのを、眼をまるくして見守った。

　おやじは一度、そのあとを追おうとしたが、すぐ、立ちどまった。絞首台のほうから、しゅっという音、息づまるような悲鳴、どさっと、にぶい、重たげな音と、たてつづけにきこえてきたからである。ふたたびうしろをむいたとき、羽根飾りのついた帽子は、すでに視界から消えていた。

　エヴァレット・バースオールドは、ふかい失望をいだいて、かれのフリッパーへもどっていった。あんな醜いあばたづらでは、かれの計画に適するわけがなかった。

フリッパーに乗りこんでからも、バースオールドはながいあいだ、深刻に考えこんだ。事態はわるいほうへむかって進行している。まったく、これ以上はないというほど、まずい事態だ。時をさかのぼって、捜索を続け、ついに中世のロンドンまでやってきた。そのあげくが、ひとりとして、使用できるバースオールドは存在しないことがわかっただけだ。そして、いまや、一千年という限界点が、刻々近づきつつあるのだ。

これ以上、さかのぼることはできない――

合法的には。

だが、合法的かどうかは、けっきょく、証拠の問題にすぎない。いまさら、引き返すなんてことができようか――そんなまねはしようとも思わない。

時空のどこかには、かならず目的にかなったバースオールドが存在するはずだ！

かれは、茶色の小型スーツ・ケースの鍵をあけ、小さいが質量のある機械をとり出した。この機械のために、《現在》において、数千ドルという大金を支払ったのだ。そして、それは、かれにとって、数千ドルにも代えられぬ価値をもったものになっているのだ。

注意ぶかく、その機械を調節し、プラグをタイム時刻計にさしこんだ。

かくしてかれは、どのような時代にも――もし、望むなら、人類発生の時代にまで――自由自在に飛来できるようになったのだ。タイム時刻計は、もはやその飛行時間を記録してはいないのである。

かれは急に、はげしい孤独感におそわれながらも、操縦装置を調節しなおした。一千年のわくを飛び越えることは、このうえもなく恐ろしい冒険だった。ほんの一瞬、バースオールドは、このおぼつかない冒険を放りだして、より安全な場所、かれ自身の時域、かれ自身の妻、かれ本来の仕事へ立ちもどろうかと考えた。

だが、つぎの瞬間、心をとりなおしたかれは、発進ボタンを押していた。

かれがつぎに姿を現わしたのは、西紀六六二年のイングランド、『乙女の館』と呼ばれる古い城砦の近くだった。フリッパーを木立のなかにかくし、目のあらい麻布で作った質素な衣類を身にまとって、かれはその地へ足を踏み出した。『乙女の館』への道をとったのだが、その城砦は、はるかかなた、こんもりと青いものの生い茂った丘陵の上に見えた。

手押し車を押して、兵士の一群が通りかかった。手押し車のなかに、バースオールドがちらっと見かけたのは、バルト産の琥珀が放つ黄色のかがやき、赤いうわぐすりをかけたゴール地方の陶器、さらには、イタリア製とも思われる華麗な枝付き大燭台などだった。戦利品だな。どこかの町を略奪して、手に入れてきたものであろう。

兵士たちに尋ねたいことがあったが、残忍な眼つきでねめつけられたので、疑われないうちに逃げだしたほうが得策だと考えてやめにした。

つぎにかれは、ふたりの男とすれちがった。ふたりともに、上半身裸になって、ラテン語でなにか、詠誦しながら歩いていた。うしろの男は前の男を、いくつも房のついた皮のむちで、冷酷にぴしぴしとむち打っている。が、バースオールドの見ているまえで、一回打つだけの時間ももったいないといったふうに、かれらはすばやく、加害者と被害者の位置を入れ替わった。

「ちょっとききたいことがあるんですが――」

だが、ふたりは、かれのほうなど見ようともしなかった。

バースオールドは、ひたいの汗を拭いながら、なおも歩きつづけた。しばらく行くと、マントをはおった男に追いついた。その男は、一方の肩に、ハープを背負い、もう一方の肩に、大刀をかついでいた。

「もし、もし」とバースオールドは声をかけた。「もしやあんたは、アイオーナからこの地まで旅してきたという、わたしの身内のものの居場所をご存じではありますまいか？　名前はコナー・ラク・マック・ベアサーというのですが」

「存じておるとも」

男はこたえた。

「どこにおりましょうか?」

バースオールドは、重ねて問いかけた。

「おのれの眼の前だ」

男はいうがはやいか、ぱっとうしろへ跳びすさって、刀の鞘をはらい、ハープを草の上へ投げ出した。

魅せられたように、バースオールドは、ベアサーを見つめた。ながい髪を、内巻きにした下に、かれ自身と寸分たがわぬ顔があった。まごうかたない類似点をそなえているのを、かれは一目で、見てとっていた。

ついに、さがしもとめていた男を、ここに見出すことができたのだ!

しかし、めざす相手は、これ以上はないほど非協力的な態度をとった。いつでも斬りつけ、斬りおろせるように、大刀を高々とふりかぶり、じりっじりっとつめよってくるのだった。そのあいだにもベアサーは、命令的な口調でさけんだ。

「消えて失せろ、悪魔め! さもないと、去勢雄鶏のように、おのれが五体を、斬り刻んでくれようぞ」

「わたしは悪魔ではない!」バースオールドは叫んだ。

「あんたの身内なんです!」

「いつわりをいうな」ベアサーはきっぱりといった。

「このおれは、流浪の身だ。故郷を捨てて、いくとせ経ったことか。したが、わが一門のものの顔かたち、いまだに忘れ去ってはおらぬわ。おのれのつらは、そのいずれでもないぞ。だからこそ、そちは悪魔に相違ないというのだ。わが面貌を写しておるのは、おれをたぶらかさんための謀(はかりごと)とおぼえた」

「まあ、まあ、待ってください!」

ベアサーの前腕が、いまにも刀をふりおろそうと、いちだんとひきしまるのを見て、バースオールドは嘆願した。

「あんたは未来というものについて、考えたことはないのですか?」

「なに、未来?」

「そうです、未来です! いまから何世紀かあとのことです！」

「奇怪しごくな時については、聞きおよんでおらんこともない。かくいうおれは、今日のために生きておる男ではあるが」

　そしてベアサーは、ふりかぶった大刀を、徐々におろしながらいった。

「かつてアイオーナーのわが在所に、客人を迎えたことがある。しらふの折には、コーンウォール人と名乗り、酒をくらえば、《ライフ》の写真家と名乗りおった。玩具のような箱をもち歩き、見るもののすべてにそれをむけては、パチパチと音を立て、そのあいだにも、たえず口をうごかしては、なにごとかひとりごとをつぶやいておった。はちみつと酒をもてなすと、未来とかいう、きたるべき時を語って、とどまるところを知らんのだ。いやたしかに、奇矯のふるまい多き客人だったわ」

「きたるべき時、それこそわたしのやってきたところなんです」とバースオールドはいった。「わたしは未来から来た、あんたの身内です。そしてわたしは、あんたに巨額の富を提供するために、やってきたのです！」

　それをきくと、ベアサーは即座に、大刀を鞘におさめて、「まことにかたじけない。なんともありがたいお申し出だ」と、礼儀正しい態度になっていった。

「しかし、それにはいうまでもなく、あんたの側からも、相当の協力が得られなくてはならんのですがね」

「どうせ、そんなことと覚悟しておったが」とベアサーは、ため息まじりにいった。「せっかくの話だ、いちおう、おきかせねがうとしようか、いとこどの」

「では、こちらへ来てもらいましょう」

　バースオールドはいって、さきに立つと、フリッパーをかくしておいた場所へと歩きだした。

　すべての道具は茶色のスーツ・ケースに用意してあった。まず、ベアサーのてのひらに注射をして眠らせた。そのアイルランド人が、急にそわそわと、落ちつかぬそぶりをみせはじめたからだ。ついで、おのれのひたいの電極を、ベアサーのひたいに接続して、催眠暗示によって、相手の頭脳に世界史の概略と、英語の変遷のあらまし、アメリカの風俗習慣などをたたきこんだ。

これには、まるまる二日を要した。そのあいだにバースオールドは、あらかじめ購入しておいた即席植皮器をつかって、自分の指からベアサーの指へ、皮膚を移植した。これでふたりは、同一の指紋をもつことになったわけである。正常な細胞脱落作用によって、新しい指紋は数カ月のうちにはげ落ちる。下からまた、元来の指紋があらわれることになるが、それはこのさい、重要なことではなかったのだ、永久的なものである必要はないからだった。

それからバースオールドは、一覧表と照らし合わせて、身もと確認の証拠となるもののうち、ベアサーに欠けているいくつかをつけくわえ、同時に、かれらふたりに共通していないものをとりのぞいた。また、バースオールドのひたいは、そろそろ禿げあがろうとしているのに、かれの血族の男のそれには、まったくその徴候がみえていないので、電流による毛根分解器による処理をくわえた。

それらの作業が完了すると、バースオールドはベアサーの静脈に蘇生薬を注射し、効果があらわれるのを待ちうけた。

いくらもたたぬうちに、ベアサーはうめき声をあげ、催眠暗示による知識をつめこまれた頭をなでながら、現代英語でいった。

「おお、きみか！　きみはいったい、なんでもって、おれを参らせたのかね？」

「そんなことは心配しなくてよろしい」バースオールドはいった。「早いところ、ビジネスの話にはいるとしようじゃないか」

そしてかれは、『時空(インター・テンポラル)間保険株式会社』の出資にもとづいて資産家になる計画を、簡明に説明した。

「それではたして、保険金を支払ってくれるものかね

?」と、ベアサーはきいた。

「払うとも、払わんわけにいかんのさ。反証が挙げられないかぎりはね」

「それにしても、ほんとうにそれほど多額の現金を支払うだろうか?」

「その点は、あらかじめ調べあげてある。倍額補償の場合、保険金額が天文学的な数字になるのは当然のことなんだ」

「それだよ。おれのいまだによくわからんのは」とベアサーはいった。「倍額補償というのは、どういうものなんだね?」

「こういう場合に起こることで」とバースオールドは、説明に移った。「かりにひとりの男が、過去へむけて旅行したとする。不幸にして、時空構造の鏡の割れ目を通り抜ける。そして、こういったことは、めったに起こらないのだが、ひとたびそれが起こると、それはまさに悲劇的だ。ひとりの男が過去へ行ったんだ。いいかね? ところが、もどってくるのは、ふたりの完全におなじ男なんだよ」

「ほう!」とベアサーはいった。「それで倍額補償が必要となるんだな!」

「そのとおり。おたがい同士でも見分けのつかぬふたりの男が、過去からもどってくる。それぞれが、自分こそほんもの、以前とおなじ人間と考えている。そして、自分こそかれの財産、かれの事業、かれの細君、その他、あらゆるものに請求権をもつところの、唯一にして無二の人間だと考えているんだ。どのような手段による共存も、かれらふたりのあいだにはあり得ない。ふたりのうちのどちらかが、あらゆる権利を喪失し、かれの現在、かれの家庭、妻、事業をはなれて、過去へ行って生きなければならなくなるのだ。残るひとりは、かれ自身の時域にとどまる。しかし、つねに心配と憂慮と、そして、うしろめたい感じにつきまとわれながら、生きつづけなくてはならんのさ」

　バースオールドはひと息いれて、「だから、きみにもわかるだろうが」と、ことばをつづけた。「こういった状態を考えあわせると、倍額補償というものが、第一級の災難に対するものを意味していることがね。それぞれの人間は、しかるべき賠償を受け取るわけなんだ」

「なるほど」ベアサーは、熱心に考えこみながら、「こういったことは、これまでにもしばしば起きていたのかね？　この倍額補償というやつはだよ」

「タイム旅行の歴史が始まってから、まだ、一ダースまでは起こっていない。しかし、そのための予防手段は、ちゃんと講じてあるんだ。たとえば、《パラドックス時点》には、ぜったい立ち入らないこと。旅行期間一千年という制限を守ることとかね」

「しかし、きみは一千年を超えてやってきたんだね」と、ベアサーは指摘した。

「ぼくはあえてその危険をおかした。そして、みごとに成功したんだよ」

「しかし、この倍額補償とやらで、それほどの大金が手にはいるのなら、どうしてほかのやつらも、この手を使わないのかね？」

　バースオールドは口をゆがめて笑った。

「この仕事は、きいて考えるほど、簡単なものではないんだ。いつかきみにも、そのことを話してあげよう。だが、いまはビジネスのほうがさきだ。どうだ、きみはこの計画にくわわる気があるのか？」

「おれはその金で、男爵(バロン)になれるかもしれんのだな」とベアサーは夢みるような口調でいった。「いや、王(キング)だ。アイルランドの王にだってなれるにちがいない。おれはもちろん、くわわるよ」

「よし、では、これに署名してくれ」

「なんだい、これは？」

　バースオールドから眼前につきつけられた、一見法律上の書類と思われるものを、眉をひそめてみつめながら、ベアサーはきいた。

「いや、ただ、こういったことが、簡単に記されているだけさ。『時空(インター・テンポラル)間保険株式会社』によって評価された相応額の補償金を受けとったのちは、きみは、この《現在》に対するすべての権利を放棄して、ただちに、きみ自身のえらぶ過去の一時点へ出発して、終生そこにとどまることになる。これに、エヴァレット・バースオールドと署名してくれ。日付はあとで、ぼくが入れる」

「しかし、署名というと――」ベアサーはなにごとか反論しかけて、すぐに口をつぐみ、にやりと笑った。「催眠学習によって、おれは催眠学習のなんたるかを知ったよ。それがどんな働きをするかを知っているんだ。おれの質問に、きみがいちいち答弁する必要はなかった。おれは質問をすると同時に、その答えを知っていたのさ。鏡の割れ目のこともそうだ。ついでだが、きみが催眠暗示で、おれを左ききに仕立ててあげたのも、理由はそこにあったんだな。そして、移植された指紋も、裏返しにしてあるのは、ちょうど鏡に映るときとおなじにしてあるんだろう」

「そのとおりだ」バースオールドはこたえた。「ほかに質問はあるかね？」

「いまのところ、とくに思いつくこともないな。われわれの署名は、比較してみる必要もないはずだ。おれにはそれが、まったく同一のものであることが分かっている。ただ――」

そこでかれは、もう一度、ことばを切って、むっとした顔つきをみせてつけくわえた。

「しかし、こいつは厄介なトリックだぞ！　おれは裏返しの文字を書かなくてはならんじゃないか！」

バースオールドは微笑して、「あたりまえだよ。そのくらいの手間を払わなくて、どうして、鏡に映った映像になれるんだ？　それに、万が一、きみ自身の時域よりも、ぼくの時域のほうが気に入ったなどと思った場合とか、このぼくのほうを過去に送り返してやろうという気持ちなど起こしたときには、あらかじめぼくが講じておいた予防策のことを思い出せよ。その予防策というのは、もしこちらさえその気になれば、きみを終身、《小惑星監獄》にとじこめておくことができるってことだぜ」

かれは書類を、ベアサーの手に渡した。ベアサーはそれに署名しながらいった。

「きみはどんな場合にも、あぶない勝負はやらん主義らしいな」

「そうだとも。あらゆる可能性を考えてみるんだ。これからわれわれが行こうとしているさきは、ぼくの家、ぼくの現在なんだから、そのつもりでいてくれよ。現在にせよ未来にせよ、ぼくにはそれを失う気なんか毛頭ないんだ。さあ、出かけよう。きみに必要なのは、散髪と、全般にわたっての徹底的調査だ」

肩をならべて、まったくの同一人といえるふたりの男は、フリッパーへと歩いていった。


メイヴィス・バースオールドは、演出過剰の心配をする必要はなかった。ふたりのエヴァレット・バースオールドは、まったくおなじ服装で、おなじように神経質な表情を浮かべて、玄関へと歩いてきた。そして、ふたりのエヴァレット・バースオールドはいった。

「ええと、メイヴィス、これには多少、説明の必要が……」

しかし、これはあまりにもひどすぎた。予備知識もなんの役にも立たなかった。彼女はするどい悲鳴をあげ、腕を空に投げ出し、そして、気絶してしまった。

しばらくして、ふたりの夫が彼女の息を吹きかえさせると、彼女はいくぶん、落ちつきをとりもどした。

「とうとうやったのね、エヴァレット！」と彼女はいった。「エヴァレットは？」

「こっちが、ぼくだ」とバースオールドはいった。「ぼくの親類を紹介しよう。コナー・ラク・ベアサーだよ」

「とても信じられないわ！」

バースオールド夫人はさけんだ。

「そんなに、似ているか？」

彼女の夫はたずねた。

「そっくり、そのままよ。生き写しだわ！」

「これからは」とバースオールドはつづけた。「われわれふたりとも、エヴァレット・バースオールドだと思いなさい。保険調査員は、おまえの一挙手一投足を見張るだろうからね。これを憶えておおき――われわれはどちらも、あるいはふたりとも、おまえの夫でありうるのだということをね。まったくおなじ態度で、われわれに接することだ」

「おっしゃるとおりにするわ、あなた」

メイヴィスはまじめくさった顔でいった。

「ただし、いうまでもないことだが、例のあの問題――あのときだけは、べつだぜ。わかるだろう？　つまりその――くどくどいわせるな。わからんわけがあるまい！　ところで、メイヴィス、おまえはほんとに、われわれのうちのどちらがほんとうのぼくか、わからないのか？」

「いいえ、もちろん、わかるわよ、あなた」とメイヴィスはいった。「妻というものは、いつだって、夫を見分けられるものよ」

そういって彼女は、ベアサーにすばやい一瞥をくれた。かれは興味ありげに、その視線を受けとめた。

「それをきいて、安心したよ」バースオールドはいった。「すぐに保険会社へ連絡することにしよう」

かれはいそぎ足で、となりの部屋へはいっていった。

そのあと、メイヴィスはベアサーにいった。

「するとあなたが、わたしの夫の親戚なのね。それにしても、じつによく似ているわね」

「しかし、これでわたしは、実際には、まったくちがった人間なんですよ」

ベアサーは彼女を安心させるようにいった。

「あら、そうなの？　でも、かれそっくりに見えるわ。これでも、あのひととちがった人間なのかしら」

「証明してみせられますよ」

「あら、どうやって？」

「古代アイルランドの歌をうたってきかせてあげることができるんです」

ベアサーはいって、すぐにきれいな高いテノールで、それを実行してみせるのだった。

メイヴィスの気持ちとしては、これはあまり感心した方法とは思われなかった。しかし、彼女はまた、これほど夫に似ている人物なら、どこかしら鈍感なところがあるのも当然だと考えもした。

　そのとき、となりの部屋から、バースオールドの声がきこえてきた。

「もし、もし、『時空間（インター・テンポラル）保険株式会社』ですか？　グリンズさんをおねがいします。グリンズさんですか？　こちらはエヴァレット・バースオールドです。じつは、いささか不幸な出来事が起こったらしいのですがね……」

『時空間（インター・テンポラル）保険株式会社』では、驚天動地の騒ぎがもちあがっていた。ふたりのエヴァレット・バースオールドが、まったくおなじ神経質なうすら笑いを頬にして、肩をならべてはいってきたときは、混乱にさらに拍車がかかり、周章狼狽はその極に達した。幹部連中のあいだでは、せわしく電話のやりとりが行なわれた。

「こういった種類のものでは、十五年来はじめてのケースですよ」とグリンズ氏はいった。「しかし、おどろくべきことですな。ところで、あなたがたはもちろん、完全な検査を受けてくださることでしょうな」

「もちろんですとも」

バースオールドがこたえた。

「もちろんですとも」

もうひとりと、バースオールドもいった。

医師たちは、かれらふたりを、あれこれとつつきまわし、いじくりまわした。その結果、いくつかの相違点を発見し、ながいラテン語の学名で、慎重にそれを、表に記していった。だが、それらの相違点は、時空から生まれた双生児としては、きわめて正常な範囲内での変化といえるもので、紙上でいくらいじくりまわしたところで、その事実を変更することは不可能だった。そこでつぎに、会社おかかえの精神病理学者たちが、あとを引き継ぐことになった。

ふたりのエヴァレット・バースオールドは、あらゆる質問に、慎重な口調で答えていった。ベアサーは抜けめなくふるまい、そわそわするようすは一度も見せなかった。催眠暗示によって、バースオールドから得た知識を縦横に駆使して、バースオールドとまったくおなじに、どのような質問にたいしても、ゆっくりと、そして正しく、答弁を行なった。

インター・テンポラル社の技術者たちは、フリッパーのタイム時刻計を調べた。フリッパーをとりこわし、それからまた、組み立てた。かれらはまた、操縦装置も検査した。機械は、《現在》、一九一二年、一八六九年、一六七六年、そして一五九五年に調節されていた。六六二年のところにも——非合法ながら——パンチの穴があいていた。だが、タイム時刻計を見ると、六六二年への飛行が実際に行なわれたあとは示されていなかった。バースオールドはそれを、つぎのように説明した。あやまって、機械装置になにかぶつけてしまったのだが、へたにいじるよりはと思い、そのままにしておいたというのだった。

たしかに、うさんくさいとは思われたが、訴訟にもちこむまでの証拠とはいえなかった。

多量の動力が使用されていることを、技術者たちは指摘した。だが、タイム時刻計は、一五九五年までの着地点しか表わしていなかった。技術者たちは、もっと精密な検査をするために、タイム時刻計を研究室にもち帰ることにした。

つぎに技術者たちは、フリッパーの内部構造を、それこそ一インチずつ、舐めるようにして調べあげた。しかし、そこにもまた、ひとつとして罪になるような証拠は発見されなかった。バースオールドはぬかりなく、茶色のスーツ・ケースとその中身を、六六二年の時点をはなれるにさいして、イギリス海峡へ投じていたのだ。

グリンズ氏はひとつの和解策を提案したが、ふたりのバースオールドたちによって、即座に却下されてしまった。氏はさらに、ふたつの妥協案を提出したが、それらも同様に、拒絶の運命に出あった。そして、ついに氏は完全な敗北をみとめざるをえなかった。

最後の話し合いは、グリンズ氏の部屋で行なわれた。ふたりのバースオールドが、グリンズ氏のデスクの両側に座をしめ、こうしたビジネスそのものに、すでに飽き飽きしたといったようすを表わしていた。グリンズ氏はグリンズ氏で、その属している秩序立った世界、万事理論どおり進行している世界が、一挙にしてくつがえり、回復不能の状態に陥ったのを、どうしたものかと悩みぬいている男の姿だった。

「どう考えてみても理解しかねますな」と氏はいった。「あなたが旅行された時域に関するかぎり、こうしたことが起こる可能性は、百万にひとつ、あるかないかですからな！」

「では、われわれがそのひとつなんでしょうよ」

バースオールドがいうと、ベアサーもうなずいた。

「なにか腑に落ちんところもあるが、しかし、現にこうして起きた以上はしかたがありませんな。ところで、あなたがたのあいだに、共存の問題についての協定はできましたか？」

バースオールドは、西紀六六二年にベアサーが署名した書類を、グリンズ氏の手に渡した。

「かれがここから出て行くことになっています。かれの分の補償金を受けとりしだい——」

「それであなたは、このとりきめに満足しているのですか？」

グリンズ氏はベアサーにむかってきいた。

「満足してますとも」とベアサーはこたえた。「ぼくはこれ以上、ここにいたいとは思いませんから」

「ほ、ほう？」

「いや、いや」ベアサーはあわてて、「ぼくのいうのはこういう意味です。ぼくは以前から、この世界を逃避したかったんです。ひそかな欲望というところですな。どこか静かな場所で暮らしたい。自然、素朴な人人、そういったものに囲まれて……」

「なるほど」グリンズ氏はなおも、疑わしそうな顔つきで、バースオールドのほうへむきなおるときいた。

「あなたもそんなふうに、お感じなんですか？」

　バースオールドはきっぱりといった。

「もちろんです。ぼく自身も、かれのいだいているのとまったくおなじ欲望をもっています。しかし、われわれのうち、どちらかはここへ残らなくてはならない――これは義務感なんです。おわかりでしょうか。そこで、ぼくのほうがとどまることに同意したわけです」

「よくわかりました」

　グリンズ氏はいったが、その声音からいって、かれが完全に了承しているわけでないことは、はっきりと見てとれるのだった。

「まあ、いいでしょう。あなたがたの小切手は、目下、作成中です。純粋に機械的な手続きでして、明朝にはお渡しできると考えます――それ以前に、わたしどもの前に、これが詐欺であるという証拠が提出されなければのことですがね」

　あたりの空気が、突然凍りついたように感じられた。ふたりのバースオールドは、グリンズ氏に別れを告げ、早々にそこを立ち去った。

　かれらは押しだまったまま、エレベーターで階下へ降りた。建物の外へ出ると、ベアサーがいった。

「ここにいたくないなんて、ついうっかり、口をすべらした。すまなかったな」

「だまれ！」

「え？」

　バースオールドはベアサーの腕をつかむと、ぐいぐいと引っぱっては、どれこれ選り好みする手間も惜しんで、最初に眼についた、空の自動操縦ヘリのなかへはいりこんだ。

　ウエストチェスター行きにパンチを入れた。それから、尾行されてはいまいかと、うしろをふりかえり、それらしい者もついていないことをたしかめると、こんどは、カメラや録音器がしかけられてはいないかと、そのヘリコプターの内部を調べた。そのうえで、はじめてベアサーのほうへむきなおった。

「あきれたとんま野郎だ！　あのばかげたミスのおかげで、すんでのところで、福の神に逃げられるところだったぞ！」

「おれはこれでも、せいいっぱいにやっているんだぜ」ベアサーは、むっとしたようにいった。「しかし、なにをいまさら、心配することがあるんだ？　ああそうか。やつらはきみを疑っているというんだな」

「それを心配しなくて、なにを恐れることがあるんだ！　グリンズはわれわれを尾行させているにちがいない。もしあいつらが、多少ともわれわれの請求をくつがえすことのできる事実をみつけたら、それは、われわれにとって、《小惑星監獄》を意味するんだぞ」

「おおいに気をつけなくてはいかんというわけだな」

ベアサーがしかつめらしくいった。

「きみがそれに気がついてくれて、やれやれと思うよ」いくらか落ちついて、バースオールドはこたえた。

かれらは、ウエストチェスターの、とあるレストランで、ひっそりと食事をとり、何杯かの飲みものをとった。これは多少、ふたりの気分を引き立てるのに役立った。バースオールドの家に到着して、ヘリコプターを市へ帰してしまったときは、ふたりはともに、しあわせなとでもいってよい感じを味わっていた。

「今夜はうちにいて、カードでもすることにしよう」とバースオールドはいった。「そして、いろいろと話しあい、コーヒーを飲み、ふたりともバースオールドであるようにふるまうんだ。朝になったら、おれが小切手をとりにいく」

「よかろう」ベアサーは同意した。「いよいよ帰れるときがきたら、どんなにかうれしいことだろうな。こんなに鉄だの石だのにとりまかれて、よくまあおれが、平気でいられるものだと、われながらふしぎに思っているくらいだ。はやくアイルランドに帰りたい！　おれはまだ、アイルランドの王になれるんだ！」

「そのことを、いまここで話してはいかんというに」

バースオールドが玄関のドアをあけて、ふたりして、なかへ通った。

「おかえりなさい」

メイヴィスはちょうどふたりのまんなかのあたりに眼をやっていった。

「どうした、メイヴィス。おまえはたしか、いつでもぼくを見分けられるといったはずだが」と、バースオールドは、にがい顔で注意した。

「もちろん、見分けられますわ、あなた」

晴れやかな微笑を浮かべた顔を、かれのほうへむけながら、メイヴィスはいった。

「わたしはただ、お気のどくなベアサーさんのお気持ちを傷つけたくなかっただけなのよ」

「ありがとう、あなたは親切なご婦人だ」とベアサーがいった。「あとで、またひとつ、古代アイルランドの歌をきかせてあげますよ」

「まあ、すばらしいでしょうね」メイヴィスはいった。

「ああ、それから、さっき男のひとから電話がありましてよ。あとで来ますって。ねえ、あなた、わたしね、毛皮の広告を見ていたところなのよ。《極地産の火星ミンク》は、ふつうの《運河産の火星ミンク》より、すこしばかりお値段が高いんですって。でも――」

「男が電話してきた?」バースオールドはきいた。

「だれだい?」

「名前はいわなかったわ。でも、高いかわりに、ずっともちがよくて、しかも、玉虫色の光沢があるそうよ。そして、その光沢は、ただ――」

「メイヴィス! その男は、どんな用だといったんだ?」

「倍額補償請求についてのなんかだったわ」彼女はこたえた。「でも、そんなこと、もう片づいているんでしょう。そうじゃなくって?」

「おれがこの手に、小切手をにぎるまでは、片づいたとはいえないんだ」とバースオールドはいった。「さあ、その男のしゃべったことば、正確に話してごらん」

「こんなことをいっていたわ。『時空（インター・テンポラル）間保険株式会社』に対する、あなたのいわゆる請求権なるものについて――」

「〝いわゆる〟だって？　その男は、〝いわゆる〟といったんだね？」

「わたしは、かれのいったことばをくりかえしているだけよ。『時空間保険株式会社』に対するいわゆる請求権について、あなたと即刻話したい。朝にならぬうちに、どうしても話しあっておかなくてはならない――そんなことをいってたわ」

バースオールドの顔が土気色になった。

「また、電話するといったか？」

「直接、訪ねてくるといってたわ」

ベアサーが横から口を出して、「これはどういうことかね？　なにを意味するのかい、それは？　ああ、そうか。わかった。そいつ、保険調査員だな」

「そのとおりだ」バースオールドはいった。「なにかを発見したにちがいない」

「だが、なんだろう？」

「そんなことがわかるものか？　ちょっと考えさせてくれ！」

ちょうどそのとき、玄関のベルが鳴った。三人のバースオールドたちは、押し黙ったまま、顔を見合わせた。

ベルがまた鳴った。

「あけてくれ、バースオールド！」声がした。「わたしを避けようとしても、むだだぞ！」

「殺すか？」

ベアサーがいった。

「それもかえって、事態を紛糾させるばかりだ」と、バースオールドは、しばらく考えてから答えた。「さあ、みんな、来いよ！　裏口から、逃げ出すんだ！」

「でも、なぜ逃げなけりゃならんのだ？」

「フリッパーは裏庭にとめてある。われわれは過去へ逃げるんだ！　わからないか？　もしかれが証拠をにぎっているとしたら、とっくに、保険会社へ渡しているにちがいない。だから、いまのところ、かれはただ、疑っているだけだ。おそらくかれは、いろいろな質問をしかけて、われわれをわなに落とそうと考えているんだ。だから、もしあの男を、あすの朝まで遠ざけておくことができれば、われわれは安心だということになる！」

「わたしはいったい、どうなるの？」

メイヴィスがふるえ声でいった。

「なんとかかれを防ぎとめておけ」

ベアサーを裏口から、フリッパーのおいてあるところへ引っぱっていきながら、バースオールドは妻に叫んだ。フリッパーの扉をしめ、操縦装置のほうへむきなおったときも、入口のベルはしつこく鳴りつづけていた。

それからバースオールドは、インター・テンポラル社の技師たちが、まだタイム時刻計を返してくれていないことに気づいた。

かれは度を失い、途方に暮れた。タイム時刻計をなくしては、どこへもフリッパーを飛ばせないのだ。ほんの一瞬、かれはまったくの恐慌状態に陥った。だが、すぐにかれは、自制心をとりもどすと、解決の糸口はないかと考えてみた。

かれの機械装置は、いまだに、《現在》、一九一二年、一八六九年、一六七六年、一五九五年、そして六六二年に合わされたままだった。したがって、タイム時刻計がなくとも、かれは手動で、これらの時点を、どれでも再現することができるのだ。タイム時刻計なしに飛ぶことは国法に違反するが、いまはそんなことを気にしてはいられない。

すばやくかれは、一九一二年のところを押し、操縦装置をうごかした。外でかれの妻が、なにごとか、するどい声で叫んでいるのがきこえた。重い足音が、どたどたと、家を通りぬけてきた。

「待て！　おうい、待て！」

その男は叫んでいた。

だが、そのときバースオールドは、もうろうとかすんだ、いつ果てるともしれぬ灰色の膜につつまれていた。そして、フリッパーは、過去にむかって、スピードを増しつつあった。

バースオールドはニューヨーク、マンハッタンのバワリー街にフリッパーをとめた。かれとベアサーは手近の食堂にはいり、五セントの安ビールを一杯ずつ注文し、ランチを食べた。

「いまいましいおせっかいな調査員め」バースオールドはつぶやいた。「しかし、まあ、いいや。とにかく、おっぱらってしまったんだからな。おれはタイム時刻計なしに、フリッパーを無謀運転したかどで、とほうもない罰金をとられるだろう。だが、あの金さえはいれば、そんな罰金ぐらい、なんでもないことだ」

「どうもおれには、あんまり事態の進展が速すぎるようだ」と、ベアサーは、ビールをひとくち、がぶりと飲み込んでからいった。そのあと、頭をふって、肩をひょいとすくめると、「おれはいま、過去へ行くことが、あすの朝、きみの時点で、おれたちの小切手をとってくることに、どのように役立つのか、そいつをきこうとしていたところだ。だが、いまおれには、その答えがわかったよ」

「そうだとも。ここで肝心なのは経過する時間なんだ。もしわれわれが、十二時間かそこら、過去に身をかくしていたとする。われわれがもとの時点にもどるのは、出発してから十二時間あとということになる。出発したときとおなじ時間に舞いもどったり、あるいは、それよりさらに以前にもどってしまったり、そういった種類の事故は、すべて予防されているわけだ。きまりきった交通予防措置さ」

ベアサーはサラミ・サンドイッチをむしゃむしゃたいらげていた。

「例の催眠学習は、ことタイム旅行に関するかぎり、いささかおおざっぱすぎたように思えるな。ここはどこだ?」

「ニューヨーク、一九一二年さ。じつにおもしろい時代なんだ」

「おれはただ、少しも早く、うちにもどりたいだけだ。あの青服を着たでかい男たちはなんだね？」

「警官だよ」バースオールドはいった。「だれかをさがしているらしいな」

　ひげを生やしたふたりの警官が、インクのしみのついた服を着た、とてつもなく太った男といっしょに、食堂にはいってきた。

「あっ、あそこにいやがる！」牡牛のジャック・バースオールドがさけんだ。「あの双子をふんじばっておくんなさい、お巡りさん！」

「いったい、これはどうしたことです？」

　エヴァレット・バースオールドはきいた。

「おもてにおいてある。あの旧式な自動車は、あんたのものかね？」

　警官のひとりがききかえしてきた。

「ええ、そうです、しかし――」

「では、これではっきりしたわけだ。あんたたちふたりの逮捕状をもってきた男があるんだ。ぴかぴか光る、新しい乗りものでやってくるだろうといってね。すばらしい報奨金まで約束していったよ」

「この野郎が、あっしの名をいって訪ねてきたんでさ」と牡牛のジャックが、口をはさんだ。「あっしはいったんだ。お役に立つことなら、なんだろうと、よろこんでやらしてもらいますぜって。腹の底は、こづいてやりてえぐらい、むかむかしていたけどね。ところが、このいやみったらしい、ねこなで声の野郎ときたら――」

「お巡りさん」バースオールドは、哀願するようにいった。「ぼくたちは、なにもわるいことはしていませんよ！」

「それなら、なにもびくびくすることはないだろう。さあ、おとなしくきたらどうだ」

　突然、バースオールドは警官たちのあいだをすり抜けると、牡牛のジャックの顔をつきとばして、通りのほうへ駆けだした。おなじことを同時に考えていたべアサーは、警官のひとりの足を、いやというほど踏みつけ、もうひとりの胃の腑のあたりにジャブをお見舞いして、牡牛のジャックをわきへ押しのけると、バースオールドのあとを追った。

ふたりはフリッパーに跳び込み、バースオールドが、一八六九年のボタンを押した。

かれらふたりは、裏通りの貸し馬車屋の小屋に、できるかぎりうまくフリッパーをかくして、近くの公園へと歩いていった。暖かなメンフィスの日光を浴びて、かれらはシャツのボタンをはずし、草の上にあおむけにころがった。

バースオールドはいった。

「あの調査員は、過給機（スーパーチャージャー）のついたタイム飛行機をもっているにちがいないな。だからこそ、われわれの着地点に、先回りすることができたんだ」

「おれたちがどこへ行くのか、どうしてやつにわかるんだね？」と、ベアサーがきいた。

「われわれの着地点は、会社の記録に載っているんだ。それにあの男は、われわれがタイム時刻計をもっていないことも知っている。その点から、これらの時点が、われわれの行くことのできる唯一の時点だとわかるわけだ」

「じゃ、おれたちは、ここでも安全でないってことになるじゃないか」とベアサーはいった。「きっと、いまごろおれたちをさがしていることだろうぜ」

「たぶんね」バースオールドは滅入ったような気持でいった。「だが、いまのところ、まだわれわれをつかまえてはいない。あとわずか数時間だ。そうすれば、われわれは安全になれる！　あと数時間で、《現在》には、朝が来る。そして、小切手はわれわれの懐中におさまるというわけだ」

「そりゃほんとうかね、紳士がた」

いんぎんな声で、たずねるのがきこえた。

バースオールドが見あげると、眼の前に、ベン・バースオールダーが立っていた。小型のデリンジャーが、かれの残っている左手ににぎられていた。

「それでは、やつはきみにも、報奨金を約束したんだな!」と、バースオールドはいった。

「たしかにね。しかも、もっとも誘惑的な申し出だったといえよう。だが、おれはそんなものに興味はない」

「興味がないって?」

ベアサーがおどろいていった。

「ないとも。おれはただ、ひとつのことに興味があるだけだ。おれが知りたいのは、このあいだの晩、おれを酒場におきざりにして出て行ったのは、あんたたちのうちのどっちかということだ」

バースオールドとベアサーは、たがいに顔を見合わせたが、その視線を、ベン・バースオールダーへもどした。

「おれは、その男に用がある」バースオールダーはいった。「ベン・バースオールダーは、だれからも侮辱を受けたことのない人間なんだ。たとえ片手しかなくとも、そんじょそこらのやつにはぜったいに負けないおれだ! だからおれは、その男に用がある。あとのひとりは、このまま立ち去ってもいいんだ」

バースオールドとベアサーは立ちあがった。そしてバースオールダーは、かれらふたりにねらいをつけるために、一歩うしろへさがった。

「どっちがあのときの男だ? おれはあんまり、辛抱づよくないほうだぞ」

かれはふたりの前に立ちはだかっていた。からだを左右に、かすかに揺すりながら、ガラガラ蛇のように、すばしっこくみえた。おそいかかって奪いとるには、デリンジャーまでの距離が、あまりにも遠すぎる。それに、どっちにしろ、あれには触発引金(ヘア・トリガー)がついていることだろう。

「いえといったら、いわないか!」バースオールダーはするどくいった。「どっちがあの男だ?」

必死で対策を講じながらも、バースオールドは不審に思った。なぜこのベン・バースオールダーは、さっさとピストルを発射しないのか? ふたりとも殺してしまえば、話は簡単にすむのにと、それをふしぎに考えた。

が、やがてはかれに、その謎がわかった。そして、それと同時に、唯一の逃げ道を悟ることができた。

「エヴァレット」と、かれはベアサーに声をかけた。

「なんだ、エヴァレット？」と、ベアサーがこたえた。

「われわれはこれからいっしょにまわれ右をする。そして、フリッパーへもどるんだ」

「しかし、あの銃は――？」

「だいじょうぶ。かれは撃ちはしないよ。さあ、いっしょに来るか？」

「ああ、行くとも」

ベアサーは、食いしばった歯のあいだから、いった。

ふたりは行進中の兵隊のように、ぐるりと、まわれ右をすると、例の貸し馬車屋へむかって、ゆっくり進みはじめた。

「とまれ！」ベン・バースオールダーが叫んだ。「とまらないか！　さもないと、ふたりとも撃ち殺すぞ！」

「いいや、きみは撃ちはしないさ！」

バースオールドはどなりかえした。そのときのふたりは、すでに表通りへ出て、貸し馬車屋へ近づきつつあった。

「撃たないって？　おれに勇気がないとでも思っているのか？」

「そういう意味じゃない」とバースオールドは、フリッパーへ向かって歩きながらいった。「きみという男は、罪のない男を撃ち殺すようなタイプじゃない。とにかく、われわれのうち、ひとりは潔白なんだからな！」

徐々に、そして慎重に、ベアサーはフリッパーの扉をあけた。

「かまうもんか！」バースオールダーがわめいた。「どっちだ？　はやくいえ、腰抜けどもめ！　どっちだ？　正々堂々と、相手になってやるぞ。いえ！　さもないと、たったいま、この場でふたりとも撃ち殺してくれるぞ！」

「よかろう、だが、その場合、世間ではなんというだろうね？」バースオールドは嘲弄するようにいった。「片手の男が逆上したあげく、見も知らぬ、しかも、武器ひとつもっていない男を、ふたりまでも殺してしまったというだろうよ！」

ピストルをにぎったベン・バースオールダーの手が、一瞬、ゆるんだ。

「いまだ、早く乗りこめ」バースオールドが小声でさけんだ。

ふたりは、もがくようにして、機によじのぼり、扉をぴしゃっとしめた。バースオールダーはデリンジャーをほうり出して、「よかろう。おれの負けだ。だが、おまえたちは、二度ここへやってきた。だから、きっともう一度、やってくるにちがいない。おれはそのときを待っているぞ。そのときこそ、ぜったいに逃がさんからな」

そしてかれは、くるっとむきなおると、大股に歩み去った。

ふたりはメンフィスから出て行かねばならなかった。だが、どこへ行けるだろうか？　一六七六年のケーニヒスベルク、そして黒死病のことなど、考えたいとも思わなかった。ロンドン、一五九五年は？　トム・バーサルの犯罪者仲間でいっぱいだ。そして、そのどのひとりをとってみたところで、かれらを裏切ったバースオールドを見れば、よろこんで喉をかっ切りにかかる連中ばかりなのだ。

ベアサーがいった。

「こうなったら、いちばん昔へ行くより方法はないな。『乙女の館』へだよ」

「だが、もしかれが、そこまで追ってきたとしたら？」

「あいつは、やってきやせんよ。一千年の制限を超えるのは、法律に違反する行為なんだろう？　保険調査員ともあろうものが、法律を破るようなまねをするものかね」

「それもそうだな」バースオールドは考えぶかげにいった。「まず、そんなことはしないだろう。やってみるだけの価値はあるようだ」

そしてふたたび、かれは、フリッパーに動力をあたえた。

ふたりはその夜、『乙女の館』のとりでから、一マイルほど隔たった、ひろびろとした野原で寝ることになった。フリッパーのすぐわきに陣取って、交代で不寝番をつとめた。そして、いつかあたたかな太陽が昇り、みどりの野を照らす朝になった。

ベアサーがいった。

「とうとう現われなかったな」

「なんだって?」

はっと眼を覚ましながら、バースオールドがきいた。

「ぼやぼやせずと、早いところ、眼を覚ませよ! おれたちは助かったんだ。きみの時点でも、いまはやはり朝だろう」

「そうだ。朝だとも」

眼をこすりながら、バースオールドはこたえた。

「では、おれたちはついに、成功したんじゃないか。おれはアイルランドの王になれたんだ!」

「そうだ。われわれはついに成功したんだ」バースオールドはいった。「ついに手に入れた勝利というやつは——ちきしょう!」

「え? どうしたんだ?」

「見ろ、調査員だ! あそこを見ろ!」

ベアサーは野原のかなたを、じっと透かしみて、

「なにも見えやせんぞ。たしかなのか? どこに——」

バースオールドは、いきなりベアサーの後頭部を、いやというほど、石でなぐりつけた。かれはその石を、夜のうちに拾って、この目的のためにかくしておいたのだ。

そのあと、かがみこんで、ベアサーの脈を調べた。アイルランド男は死んだわけではないが、数時間は意識を失ったままでいるにちがいない。そして、息を吹

き返したとき、たったひとりで、王国ももたずにいる自分を発見することだろう。

かわいそうに、とバースオールドは思った。だが、現在の状況では、ベアサーをいっしょにつれもどるのは、あまりにも冒険すぎるようである。まず、かれひとりでインター・テンポラル社へ出向いて、エヴァレット・バースオールド宛の小切手をとってくる。そのあと、三十分かそこらしたら、もう一度出かけていって、エヴァレット・バースオールド宛の、べつの小切手を受けとる。このような手続きをとったほうが、どれほど容易で安全なことか。

そしてまた、どれほど利益が大きくなることか！

かれはフリッパーによじのぼり、いま一度、意識を失って倒れている血族の男をながめやった。なんというかわいそうなことだ、とかれは思った。この男が、アイルランドの王になる日は、けっして訪れることはないのである。

だが、もしあの男が、それに成功していたら、どういうことになったか？　歴史はおそらく、混乱をまぬがれなかったであろう。

かれは操縦装置をうごかし、まっすぐに《現在》へ引き返した。

家の裏庭に、ふたたび姿を現わして、足ばやに階段を駆けあがり、ドアをたたいた。

「どなた？」

メイヴィスの声がきこえた。

「ぼくだ！」バースオールドはどなった。「うまくいったよ。メイヴィス――すべて上首尾にはこんだ！」

「どなた？」

メイヴィスはドアをあけて、まじまじとかれを見つめていたが、それから、悲鳴をあげた。

「しずかにおし」バースオールドはいった。「緊張の連続だったことはよくわかる。だが、いまはもう、すべて片づいたんだ。ぼくはこれから、小切手をとりに行く。それでわれわれは――」

かれは、急に、口をつぐんだ。男がひとり、戸口に現われて、メイヴィスと肩をならべたからだ。ずんぐりした小男で、ひたいがそろそろ禿げあがりかけていた。顔つきはいたって平凡で、その眼は、かれ自身のものだった。

「おお、これは！」

バースオールドは、思わずうめいた。

かれの片割れがいった。

「冒険にも限度があって、一千年という制限を超えると、しょせん無事ではすまなくなるんだ。禁令なんてものにも、ときには、正当な理由のあることがある。ところで、わたしはあんたの時空性双生児なのさ」

バースオールドは、入口に立っているバースオールドをまじまじと見つめた。それから、かれはいった。

「では、ぼくを追いかけていたのは――？」

「それもわたしだ」かれの片割れがいった。「変装してだよ、もちろん。というのも、あんたは時空に、何人か敵をもっているからね。あんたは頭がわるいな。なんのために逃げ出したんだ？」

「きみのことを保険会社の調査員だと思ったからだ。しかし、きみはなんのために、ぼくを追っかけていたんだ？」

「ある理由のため、そして、ただその理由のためだけにさ」

「それは、なんだ？」

「われわれは、われわれが描くもっとも奔放な夢以上に、大金持ちになれるところだった」とかれの片割れは説明した。「あんたがあれほど、やましい気持ちをもっていなかったらな。そして、あれほどびくびくしていなかったらだよ。われわれ三人――あんたと、ベアサーと、そしてわたし――この三人は、インター・テンポラル社へ行って、三倍の補償金額を要求することもできたんだぜ！」

「三倍の補償額！」バースオールドは息を切らせていった。「ぼくはそんなこと、考えてもみなかった」

「その金額をきけば、おそらく、頭をなぐられたように感じたことだろう。倍額補償の場合にくらべて、無限大にも近い、大きな金額になっていただろうよ。あんたはわたしを、がっかりさせたんだぜ」

「なるほど」バースオールドはいった。「だが、すんだことはすんだことだ。少なくともわれわれは、倍額補償の金額までは手に入れることができる。そのあとで――」

「わたしはもう、二枚とも小切手をとりたててきた。そして、あんたのかわりに、棄権承諾書にも署名してきてやったよ。あんたはここにいなかった。知ってのとおりね」

「それなら、はやいところ、ぼくの分を渡してくれ」

「ばかをいってはいけないよ」と、かれの片割れがいった。

「なにをいう。それはぼくのものだ！　よし、それならぼくは、インター・テンポラル社へ行って、事情を説明して――」

「そんなことを、きいてくれると思うのか、わたしは あんたの権利すべてを放棄してきた。あんたはいまや、この《現在》にとどまることさえできないんだぜ、エヴァレット」

「な、なんだって？　そんなひどい仕打ちがあるか！」

バースオールドは泣き声を出した。

「どうして、いけないのかね？　あんた自身、ベアサーに対してしたことを考えてみるがよい」

「それはまた、話がべつだ。きみにはぼくを裁くことはできない！」バースオールドは叫んだ。「きみはぼくなんだから！」

「あんた自身のほかに、あんたを裁くことのできるものがいるだろうかね？」

かれの片割れは切り返してきた。

バースオールドには、これに太刀打ちすることはできなかった。彼はメイヴィスにむきなおった。

「ねえ、おまえ」と、かれはいった。「おまえはいつでも、いってたね。おまえ自身の夫なら、一目で区別ができるって。いまはどうなんだ。おまえはぼくを見分けられないのか？」

　メイヴィスはいきなり背をむけて、家のなかにはいってしまった。そのうしろ姿、首のまわりには、ルームストーンがきらめいていた。バースオールドには、それ以上なにもいうことはなかった。

　バースオールドとバースオールドは、顔をつきあわせたまま、立っていた。片割れが腕をあげた。低空を舞っていた警察のヘリコプターが、地面めざして降下してきた。なかから、三人の警官が、さきを争うようにして現われた。

「これが、わたしの恐れていたことなんですよ、お巡りさん」と片割れがいった。「わたしの片割れは、ご承知のように、けさ、かれの分の小切手を受けとりました。そのさい、いっさいの権利を放棄して、過去へ去っていったのです。しかし、わたしは怖れていました。もう一度、もどってきて、もっと多くのものを要求するのではないかとね。その心配が、あんのじょう事実となって、このようにまた現われました」

　警官のひとりが、すぐにいった。

「いや、この男は、二度とあなたに、ごめんどうはかけませんよ」

　そして、バースオールドのほうへむきなおって、

「おい、きみ！　さっさとフリッパーへ乗りこんで、《現在》から出て行くんだ。こんどまた、姿を見かけたら、射殺するから、そのつもりでいろよ！」

　バースオールドは敗北をみとめた。そして、急におとなしくなっていった。

「よろこんで、立ち去りますよ、お巡りさん。しかし、ぼくのフリッパーは、修繕が必要なんです。あれには、タイム時刻計がついていないんです」

「そんなことは、棄権承諾証に署名するまえに、考えておかなけりゃならんのだ」と警官がいった。「さあ、早く出かけんか！」

「おねがいです！」

　バースオールドは哀願した。

「だめだ」

もうひとりのバースオールドがこたえた。

なんともそれは、無慈悲なことばだった。だが、バースオールドは知っていた。もしかれが、この片割れの立場だったら、やはり、それとおなじことばを洩らしたにちがいないのだ。

かれはフリッパーによじのぼって、扉をしめた。感覚を失ったように、ながいあいだ、わずかに選択をゆるされた場所について考えた。もっとも、それらの場所が、そう呼べるものと仮定してのことだが……

一九一二年のニューヨーク、それはいまだに、かれ自身の時代のいらだたしいなごりをとどめるところ。そして、牡牛のジャックことジャック・バースオールドのいる場所。これはまずい。一八六九年のメンフィス。ベン・バースオールダーが、かれの三度目の来訪を待ちうけている場所か？　一六七六年のケーニヒスベルク。これは、ハンス・ベールターラーのうすら笑いを浮かべたうつろな顔と、黒死病！　あるいはまた、一五九五年のロンドンか？　そこには、トム・バーサルの喉切り専門の仲間連中が、かれの姿を求めて、うろついているのではないか？　では、六六二年の『乙女の館』は？　腹を立てたコナー・ラク・マック・ベアサーが、貸しを清算しようと、かれを待ちうけているにちがいない。

なるようになれ！　とかれは考えた。こんどは、場所のほうに、選ばせるとしよう。

かれは眼をつぶり、やみくもに、ボタンを押した。

乗船拒否

Holdout

宇宙船の乗員のあいだには、友情がかよっていなければならない。そこではしばしば、一秒を争う作業をおこなう必要が起こるが、そのさい、全乗組員の気持ちが一致していることが、なにより大切である。宇宙空間では、ひとつの失策でも、じゅうぶん命取りになるおそれがあるのだ。

最優秀の宇宙船でも、原則として事故の発生を予想していなければならず、ましてそれが、中級以下の船に起きた場合、まず助からぬものと考えてよろしい。

こうした事情を知っていれば、出発にあと四時間というときになって、あの新任の補充員では、いっしょに働く気がしないと、無線士フォーブズにいいだされたスヴェン船長の気持ちは、容易に察しがつくことであろう。

フォーブズはその新任補充員に会ったわけではなく、また、会おうとも思っていなかったのだが、話をきいただけで、たくさんだというのだ。かれの説明によれば、それは個人的な問題ではなかった。かれの苦情は、純粋に、人種的な理由にもとづくものだった。

「それ、まちがいない話かね？」

スヴェン船長は、一等機関士がそのニュースをもって船橋にあらわれたとき、そのように質問した。

「ぜったい、まちがいありません」

機関士ハオはこたえた。かれは広東生まれの、平板な顔と黄色の皮膚をした小男だった。

「最初はわれわれのあいだで処理してしまうつもりでしたが、フォーブズはがんとして、承知しないのです」

スヴェン船長は、どっしりとした椅子に腰を落とした。あまりにもショックが大きすぎたのだ。人種的憎悪など遠い過去の話だと考えていただけに、いまでも現実に、こうして生きている実例にぶつかると、まるでドードー鳥とか恐鳥（モア）（前者はインド洋マスカリン諸島、後者はニュージーランドにいた動物で、二十世紀には絶滅していた）、ないしは蚊といった、現実生活からの見本に出っくわしたように、驚愕を感じないではいられなかった。

　スヴェンはいった。

「現在のような時代に、人種的偏見なんてものがのこっているのかね？　実際、ばかばかしくさえ思えるよ。まるで、村の広場で、異端者を火刑にしているとか、戦争で、コバルト爆弾を落下させると脅しているようなものだ」

「はじめは、そんな気配もなかったんです」とハオは説明した。「突然、それがあらわれて、じつにおどろきいったというわけです」

　スヴェンはいった。

「きみはこの宇宙船で、最古参の人間だ。そんな態度はとるべきでないと、いってきかせてやる立場じゃないのか？」

「何時間と、話しあってみたんです」と、ハオはこたえた。「数世紀にわたって、中国人は日本人を憎悪し、日本人は中国人を憎んできたという事実を指摘してやりました。そのようなわれわれでさえ、大共同体を形成するためには、たがいの敵がい心を克服してしまっている。それをきみに、できないわけがあるかといってやったものです」

「効果がなかったのか？」

「まるっきりありませんでした。かれいわく、それとはぜんぜん、問題がちがうんだそうで」

　スヴェンは不機嫌なジェスチュアで、葉巻のはしを嚙みきった。そして、火をつけて、すこしのあいだふかしていたが、

「この船内に、そのような不和をゆるしておくわけにはいかん。新しい無線士をさがしてみよう」

「なかなかみつかるものじゃないんです」と、ハオは

いった。「とにかく、ここにはいませんよ」

　かれらはディスカヤ第二星にいたのだ。そこは、南星領域に属し、前進基地の役をつとめる小惑星である。かれらはそこで、機械部品の荷卸しをし、会社との契約による補充員をひとり乗りこませた。この男が、当人はそれと知らぬままに、トラブルの種となったのであった。

　ディスカヤ星には、訓練をつんだ男たちが大勢いた。しかし、これらはみな、水力学か採鉱学、ないしはそれと関連のある分野の専門家ばかりだった。この惑星に居住する唯一の無線技師は、住み心地のよい郊外の家に、妻子といっしょに楽しい生活を送っていて、このディスカヤ星をはなれるなど、夢にも考えることのない人物だった。

　スヴェンはいった。

「ばかな話だ。なんとも、ばかげた話だ。フォーブズを手放すわけにはいかんし、といって、新補充員をのこして出発することもできない。それでは、やり方があくどくなるし、へたにこじれると、会社はわしを馘にしかねないんだ。そうなんだ。そうなるのが、むしろ当然といえるんだよ。船内のトラブルは、すべて船長に処理する責任があるからだ」

　ハオはむっつりした顔でうなずいた。

「フォーブズはどこの出身だね？」

「アメリカ南部、山岳地帯の奥にあるさびしい村に近い農場ですよ。ジョージアというところですが、おききになったことがおありでしょうな」

「きいているよ」スヴェンはいった。かれは船長の職を完全にはたせるように、アプサラで、『地域特性学』の課程を修了していた。「ジョージアはピーナッツと豚肉を産する土地だ」

「それから人間もです」とハオがつけくわえていった。「強靭で、有能な人間をです。どんな辺境へ行っても、そこの出身者の働いていないところはありません。かれらの実人口を考えると、おどろくほどの数になります。その評判は、他のどこの土地の出身者にも負けておりません」

「それもみな、わしは知っておる」スヴェンは愚痴のようにいった。「フォーブズはたしかに、優秀な人間だ。しかし、この人種的偏見というやつは――」

「その件でしたら、フォーブズを通常人なみに考えるわけにいかないのです」とハオが説明した。「かれはアメリカ生活の本流から遠く隔たった、小さく独立した地域社会で成長しました。おなじような独立社会が、地球各地に散在していますが、これはどれも、それぞれ特殊な風習を発達させ、それに固執しております。いまだに憶えておりますが、中国の河南に、小さな村がありまして、そこでは――」

「それにしても、わしには信じられんよ」スヴェンは相手の話をさえぎっていった。中国の農村生活についての長談議が始まりそうに思えたからだ。「いずれにしろ、成長した生活環境は、この問題の弁明理由にはならん。独立社会が、それぞれ特殊の人種的偏見を受けついでおることはわかるが、そこの出身者が、ひとたび地球生活の本流に加入したうえは、自己の責任で、これら偏見をふり棄てねばならんはずだ。ほかの連中は、それを実行しておる。なぜフォーブズだけが怠っておるんだ？　なぜフォーブズだけが、その問題でわれわれを苦しめるんだ？　かれは全地球共同体の仕事について、教えられておらぬというのか？」

ハオは肩をゆすって、「船長、かれにお会いになってみますか？」

「会おう。いや、ちょっと待った。まず、アンカと話しあってみる」

一等機関士は船橋をはなれた。スヴェンはそのまま考えこんでいたが、そこに、ドアをたたく音がきこえた。

「はいりたまえ」

アンカがはいってきた。かれは積荷係の班長で、背が高く、みごとに均斉のとれた体軀の所有者だ。皮膚の色は、熟したプラムを思わせる、ガーナ出身の純粋の黒人で、第一流のギター奏者でもあった。

スヴェンはいった。

「たぶんきみも、こんどのトラブルのことは、承知しておるのだろうな」

「不幸な事件です、船長」と、アンカはこたえた。

「不幸？　これはきみ、破局的というべきだぜ。このような情勢のもとに出発することが、いかに危険なものであるか、きみにもよくわかることと思う。あと三時間のうちには、船を出さねばならん。まさか、無線士なしで航行もできんし、そうかといって、補充員を乗船させせんわけにもいかん」

アンカは無感動な顔つきで、つぎのことばを待っていた。

スヴェンは葉巻のさきから、白い灰を一インチもはらい落して、「いいかね、アンカ。きみに来てもらった理由はわかるだろう？」

アンカは白い歯を見せて、こたえた。

「わかると思います」

「きみはフォーブズと、もっとも仲のよい友人だ。なんとか、いいきかすことができるのではないか」

「すでにやってみました。うそでなく、努力してみたのですが、船長もご存じのように、ジョージア出身の人間といいますと――」

「どうなのかね？」

「性質はいいのですが、頑固なことは、ラバそこのけなんです。一度、こうと思いこんだとなると、テコでも動きません。こんどの問題だって、わたしは二日にわたって、かれと話しあってみたもんです。ゆうべなんかは、ふたりとも、ぐでんぐでんに酔っぱらって――いや、むろん、仕事のためにやったことなんで――」と、あわててつけくわえた。

「わかっておる。それで？」

「それで、かれがまるで、自分の息子であるかのようにいってきかせてやったのです。これまで全乗組員が、どんなに仲よく、共同作業をつづけてきたか、あちこちの港で、どんなに楽しい思いをしたか、共同体の作業が、どんなに楽しいものであるか、それを思い出させてやったのです。いいか、ジミー。わたしはそういってやりました。きみがそんな態度をつづけていると、こういったものを、のこらず台なしにしてしまうんだぞ。まさか、そんなことをのぞんでいるわけではあるまい。するとかれは、とたんにおいおい、赤ん坊みたいに泣きだすのでした」

「それでも、考えを変えようとはしないんだな?」

「変えることはできないというのです。わたしにも、よけいなお説教はむだだからやめろといいました。この銀河宇宙のなかで、ひとつだけ、いっしょにやっていけない人種がある。それはもう理屈じゃないんで、そんなまねをしたら、親父が墓のなかで、目をまわすだろうといってました」

「それでどうだね?　考えを変えさせる見込みは?」

と、スヴェン船長はきいた。

「もう一度、やってはみますが、成功の可能性はまずないといっていいでしょうね」

アンカが立ち去ったあと、スヴェン船長は、あごを大きな手の上にのせて、考えこんだ。そしてもう一度、クロノメーターへ眼をやった。発射まで、あと三時間ものこっていないのだ!

かれはインターフォーンにむかって、空港司令塔へ直通電話を命じた。担当の管制官と連絡がつくと、かれはいった。

「二、三日、出発を延期したいんですが、許可をねがいます」

管制官はいった。

「ご希望に添いたいのですが、スヴェン船長、あなたの船の位置が必要になっているのです。ここでは、一時に一隻の宇宙船しか入港できません。五時間後には、カラヨからの鉱石船が到着する予定です。これはさっそく、燃料を補給しなければならぬ状態のはずでして——」

「宇宙船はみんなそうしたものでしょう」

「われわれにできることをいいますと、機械に重大な故障が生じているのでしたら、クレーンを二台手配して、あなたの船を水平位置にひき下げ、航路をはずすことにします。もとの位置にまでもどすには、かなりの時間がかかりますが、しかし——」

「やあ、わかった。いまの話はとり消します。スケジュールどおり、出発することにします」

かれはそれで、通話を打ち切った。自分の船が、そのような位置に横たえられるのを、だまって見ているわけにいかなかった。

共同体がかれを懲罰処分に付することは疑いなかったからだ。

だが、かれとしては、一連の行動が必要だった。不愉快ではあったが、避けることはできなかった。立ちあがって、火の消えた葉巻を投げ棄てると、船橋の外へ出ていった。

かれは船内の医務室に向かった。白衣をつけた船医が、両脚をデスクの上にのっけて、三月以前のドイツの医学雑誌を読んでいた。

「やあ、船長。純医療用のブランディでもあがりますか？」

「けっこうだな」

若い船医は、《マラリヤ培養菌》と書いた罎から、二杯分たっぷり、コップへそそぎこんだ。

「なんというラベルだ！」

「探しまわる連中をおどかすためですよ。この船では、コックのレモン・エキスでも盗もうという状態ですからね」

船医の名はイツハーク・ヴィルキンといい、イスラエル人で、ビーアシェーバに新しくできた医学校の出身だった。

「フォーブズの問題をきいているだろうな？」と、スヴェンがきいた。

「だれでも知っていますよ」

「そこできみにききたいんだ。この宇宙船の船医としての意見をだよ。きみはいままでに、ああまでつよい人種的偏見がフォーブズにあるのを知っていたかね？」

えた。

「知りませんでした」と、ヴィルキンは、即座にこたえた。

「たしかかね？」

「イスラエル人は、そういったことを嗅ぎつけるには、妙を得てるんです。そのイスラエル人のぼくが、この問題をきいておどろきました。そこで、フォーブズとは、ずいぶん長い時間をかけて、話しあってみたんですが――」

「結論は出たかね？」

「正直で有能、竹を割ったような気性だが、それだけに、ちょっと単純すぎる男だと知りましたよ。むかしからのしきたりについては、古風なくらい保守的な考えをもっています。ご承知のように、山地ジョージア人は、こういった習慣をかなりの程度維持しているんです。サモアとフィジー出身の人類学者が研究発表をしていますよ。《ジョージアにおける成年式》とか、《山地ジョージア人の風習》といったものをお読みになったことはありませんか？」

スヴェンはいった。

「わしには、そんな書物を読んでいるひまはなかったんだ。この宇宙船を航行させるためには、全時間を割いても足りないくらいだからな。書物を漁って、乗組員各人の心理を研究するなんて、考えてもみなかったよ」

「それはそうでしょうが」と、船医はいった。「とにかく、その種の書籍は、この船の図書室にそろっていますから、なんでしたらのぞいてみることですな。しかし、どうやってお手伝いしたらよいのか、ぼくには見当もつきません。

再教育するにしても時間がかかります。まあ、なんにしても、ぼくは医務員で心理学者ではないんです。ここで明らかな事実は、フォーブズには、いっしょに働けない人種がひとつある。この種族は、かれの祖先以来の民族的な憎悪をかきたてる。そして、不幸なことに、新しくくわわった乗組員が、たまたまこの種族のひとりだったというわけです」

スヴェンは急にいいだした。

「フォーブズはのこしておくことにしたよ。無電の操作ぐらい、通信員におぼえさせることができよう。フォーブズはつぎの船で、ジョージアに帰せばよかろう」

「それはおすすめできませんね」

「なぜ?」

「フォーブズは乗組員のあいだに、非常に人気があるんです。みんな、あの男のいうことが無茶なのは知っていますが、しかし、かれなしでの航海は、退屈だといってよろこびますまい」

「いっそう調和を欠くわけか」船長は考えこみながらいった。「危険だな。じつに危険だ。といって、新乗務員をのこしていくわけにもいかん。そんなまねはしたくない。第一、けしからんじゃないか! この船をうごかすのは、だれだというんだ。わしではなくて、フォーブズだとでもいうのか?」

「それも興味のある問題ですよ」


ヴィルキンはいったが、すぐに首をすくめた。腹を立てた船長の手から、グラスがとんできたからである。

スヴェン船長は図書室へ行って、《ジョージアにおける成年式》と《山地ジョージア人の風習》をのぞいてみたが、大して参考になりそうもなかった。すこし考えていたが、腕の時計を見ると、発射まで、あと二時間しかない。かれはいそいで、操縦室へむかった。

その部屋には、クスラットがいた。金星人であるクスラットは高椅子にかけて、補助操縦装置の点検を行なっていた。三本の手に、六分儀をにぎり、一本の足で、鏡面を磨いていた。足はかれの場合、もっとも器用な動作をする部分である。

スヴェンがはいっていくと、金星人は皮膚の色を、オレンジがかった茶色に変えて、上官に対しての敬意を示した。それからまた、もとのみどり色にもどったので、スヴェンはきいた。

「順調にいっておるかね?」

「申し分ありません。もちろん、フォーブズの問題はべつにしてですが――」

かれは手動のサウンド・ボックスを使っていた。それというのも、金星人は生まれついて、声帯をそなえていなかったからだ。最初のうち、こうしたサウンド・ボックスは、耳ざわりな金属音を立てていたが、しだいに改良がくわえられて、現在金星人が使っているものは、ビロードのようにやわらかなささやき声を出すことができた。

「わしが出向いてきたのは、そのフォーブズの件で、きみの意見がききたかったからだ」とスヴェンはいった。「きみはいうまでもなく、非地球人だ。より適切にいえば、非人類なんだ。そこでわしは、きみだったら、なにかこの問題に、新しい光を投げかけることができるのじゃないかと考えたのさ。わしが見逃している点を教えてくれると思ったんだよ」

クスラットは考えこんだ。そして、不安な気持ちを感じたとみえて、皮膚を灰色に変えた。

「お役に立ちそうもないんです、スヴェン船長。金星には、人種問題など、起こったことがありませんので ね。例のスクラルダ事件を、類似のものとお考えかもしれませんが――」

「考えはせんよ」スヴェンがいった。「あれはむしろ、宗教問題だったからな」

「としたら、わたしにはそれ以上のことは考えられません。しかし、船長はあの男に、いっておきかせになったのですか?」

「わし以外の者は、みなやってくれたんだが――」

「あなたでしたら、説得できるんじゃないんですか。船長は権威の象徴ですから、あの男のうちにある父親というシンボルが利用できるはずです。あの男の、どんな感情が反発を示しているのか、その真の根拠を、かれ自身に気づかせておやりになるんですな」

「人種的嫌悪に根拠なんてものはないんだよ」

「抽象論理からすれば、ないといえるでしょうが、人間的見地からすると、わけなく答えがみつかるかもしれません。それで解決の鍵がつかめるはずです。フォーブズのおそれているものがなんなのか、自分でつきとめさせることです。船長の力で、かれ自身を、真の動機に直接触れさせれば、かれもおそらく考えなおすことでしょう」

「きみの意見は、肝に銘じて、忘れずにおくよ」

スヴェンは皮肉な調子でいったが、金星人には通じないものだった。

インターフォーンが船長を呼び出した。一等操縦士の声で、「船長！　本船が予定どおり発射するか、司令塔から応答を要求してきました」

「もちろん、発射する」スヴェンはいった。「船内各部を点検してくれ」

クスラットは、明るい赤色に変わった。それは、地球人が眉をあげるのと、まったくおなじ意味の、金星人的表現だった。

「発射もできんし、発射しないわけにもいかん」スヴェンはいった。「とにかく、きみの助言は参考になった。これから、フォーブズと話しあってみることにする」

「ところで」と、クスラットがいった。「その男は、どんな人種なんです？」

「その男とは？」

「フォーブズがいっしょにやっていけないという新乗務員です」

「わしがそんなことを、知っておるわけがないじゃないか？」スヴェンは突然、腹を立てたように叫んだ。「船橋にいるこのわしが、乗組員それぞれの人種まで調べておるひまがあると思うのか？」

「でも、それによって、事情が変わってくるかもしれませんが」

「さあ、どうかな。フォーブズがいっしょにやっていけない相手は、モンゴール人かもしれない。あるいは、パキスタン人、ニューヨーク人。あるいはまた、火星人かもしれんのだ。かれの病的なあわれな頭が、どんな人種をえりごのみしようと、そこまでわしの知ったことか」

「ご成功を祈ります、スヴェン船長」

いそぎ足に去って行くスヴェン船長を見送りながら、クスラットはいった。

ジェイムズ・フォーブズは船橋へはいってくると、敬礼した。スヴェンの宇宙船では、通常行なわないことだった。無線士は直立不動の姿勢で立っていた。スラリとした、背の高い青年で、髪は亜麻色、色白の顔には、そばかすが多かった。どう見ても、すなおで、人づきあいのよい、明るい感じの男である。ただひとつ例外はその眼である。青みの濃いそのひとみは、きつすぎるほどの意志を示していた。

スヴェン船長は、どう切り出したものか考えていた。が、フォーブズのほうから、さきに口を切った。

「船長」と、かれはいった。「あらかじめ申しあげておきますが、わたしはわたしの行動を、じつに恥ずかしく感じているのです。あなたはりっぱな船長です。もっとも優秀な船長といえましょう。そしてこの宇宙船の乗務員は、最上の幸福を味わわせていただいているのです。その乗務員のひとりが、このようなまねをするのですから、これ以上のばか者はないといってよいでしょう」

「ではきみ、考えなおしてくれるのか？」

スヴェン船長は、かすかに希望のひらめきを感じていった。

「できれば、そうしたいと考えております。わたしはよろこんで、この右腕をさしあげます。わたしのもっておりますものは、なんなりとさしあげます」

「きみの腕はほしくない。わしの希望は、きみがあの男といっしょに働いてくれることだ」

「それだけが、わたしにできかねることです」と、フォーブズは悲しそうにいった。

「どうして、できんのだね？」

スヴェンは思わず、大声を出した。心理学を有効に利用しようという考えも、いつか忘れているのだった。

「あなたには、われわれ山地ジョージアの青年が理解できないのです。わたしの父は、それによってわたしを育てあげました。いまわたしが、父の死にぎわの希望にそむく行動をすれば、おそらく父は、墓のなかで眼をまわすにちがいありません」

スヴェンはうめき声を噛み殺して、「きみは、わしがおかれている窮境を承知しているだろう。これをどう打開したものか、きみの意見をきこうじゃないか」

「方法はひとつしかありません。アンカとわたしは船を降ります。非共同体的な乗務員を乗せて航行するより、手不足のまま出発なさるほうが賢明でありましょう」

「アンカがきみといっしょに残る？　待ってくれ！　あの男は、だれをいやがっているんだ？」

「かれはなんでもないんです。ただ、わたしたちふたりは、おなじ船員仲間で、ながい年月を、いっしょになって生活してきました。輸送船ステラでいっしょに親友としてからですから、かれこれ五年になります。ひとりが行くところへ、あとのひとりもいっしょに行くのです」

船長の指令盤に、赤い光が明滅して、発射準備が完了したことをしめしたが、スヴェンはそれを無視していった。

「きみたちふたりを下船させることはできない。しかし、フォーブズ、きみはなにが理由で、あの新乗務員といっしょに作業ができんのかね？」

「人種的な理由からです」と、フォーブズはいいきった。

「よく、きいてくれよ、フォーブズ。きみはわしの下でりっぱに働いてくれた。そのわしは、スウェーデン人だよ。それが、きみの気に障らなかったのか？」

「考えたこともありません」

「医務員はイスラエル人だ。操縦士は金星人、機関士は中国人だ。ロシヤ人もおるし、ニューヨーク人もいる。メラネシア人、アフリカ人、その他、うちの乗組員はあらゆる人種をそろえている。宗教、皮膚の色、各種さまざまだ。きみはかれらといっしょに、りっぱにやってきたではないか」

「もちろん、そうです。われわれ山地ジョージア人は、子供のときから、あらゆる人種と協調して働くように育てられております。それがわれわれの信条です。わたしの父が、それを教えてくれました。しかし、あのブレイクとだけは、いっしょに働くことができませんん」

「だれだね、ブレイクというのは?」

「新しい乗務員です、船長」

「どこの出身なんだ?」と、スヴェンは、疲れたようにいった。

「山地ジョージア人です」

一瞬、スヴェンは、ききちがえたかと思った。フォーブズの顔を見たが、かれもまた、神経質に見返していた。

「ジョージアの山岳地帯から来たのか?」

「そうです、船長。たしか、わたしの生まれた村から、さして遠くないところです」

「このブレイクという男は白人か?」

「もちろん、そうです。わたしとおなじ、スコットランド系の白人です」

スヴェンは新しい世界、文明人の行き合わせたことのない新しい世界を発見したような気持ちに見舞われた。銀河系宇宙のどの場所にも見られぬような奇怪な風習が、こともあろうに、地球上に存在することを知って、スヴェンはいたくおどろかされた。

かれはフォーブズにいった。

「その風習について、話してくれないか」

「わたしはこれまで、われわれ山地ジョージア人のことは、だれでも知っているとばかり思っていました。わたしの一家は、わたしが十六のとき、その村をはなれて、その後一度も、帰ったことがありません。われわれの風習は、どんな人種とも協調して働き、どんな人種ともいっしょに住むように教えてくれました……ただ、われわれとおなじ種族をのぞいて」

「え?」と、スヴェンはいった。

「この新乗務員ブレイクは山地ジョージアの白人です。

かれとしては、船員名簿を一覧して、この宇宙船に登録することを拒否すべきだったのです。すべてはかれの手抜かりから生じました。しかし、かれがわれわれの風習を無視して、このまま勤務につくとしたら、わたしはこうした行動をとらぬわけにいかなくなるのです」

「だが、なんでまた、おなじ種族といっしょに働かんのだね？」

「理由はわかりません。しかし、それは水爆戦争以来、何百年ものあいだ、父から子へと、伝えられてきた風習なんです」

　スヴェンは相手の顔を、じっと見つめた。考えが、頭のうちに形をとってきた。

「フォーブズ、きみはこれまで、黒人に対して、特別な感情をもったことがあるかね？」

「あります、船長」

「どんなものか、いってみてくれ」

「われわれ山地ジョージア人は、黒人は白人の友人であるという考えをもっています。つまり白人は中国人、火星人、その他、こういった人種と、りっぱに共同生活を送ることができるのですが、ただ、黒人と白人とのあいだには、なにかそこに、特殊のものがあって――」

「つづけたまえ」と、スヴェンはうながした。

「説明はむずかしいのですが、それはちょうど――なんといったらよいか、そうです、いわばこのふたつの人種の特質は、よくできた歯車のように、ぴたっと嚙みあっているのです。黒人と白人のあいだには、特殊な理解が成立しているのです」

　スヴェンはしずかにいった。

「きみも知っていると思うのだが、ずっとむかし、きみたちの祖先は、黒人を人間のうちで、いちだん劣る種族と考えておった。そこで、法規をつくって、かれらが白人と交流するのを禁じた。世界のほかの種族にも、それと似た偏見がなかったわけではないが、それは文明の進歩とともに克服された。ところが、きみたちのあいだのそれは、その後もずっと、消滅もせずにつづいておった。じつに、おどろいた話じゃないか。水爆戦争のときまで、つづいていたんだからな」

「それはうそです！」フォーブズはさけんだ。「いや、失礼しました。船長をうそつき呼ばわりするつもりはなかったんですが、とにかく、それはほんとうではありません。われわれジョージア人は、いつでも——」

「わしにはそれが証明できるんだよ。歴史の本とか、人類学の研究書に載っていることなのさ。この船の図書室にも、何冊かあるはずだ。なんなら、読んでくるがいい」

「それ、北部(ヤンキー)のやつらの書いたもんです！」

「南部の人間の書いたものだってあるよ。フォーブズ、それは事実なんだ。しかし、きみはそれを恥じるにはあたらない。すべて教育には、長い時間がかかるのだ。効果は、きわめてゆっくり発生する。むしろきみは、きみの祖先たちを尊敬してしかるべきなのさ」

フォーブズは、ひどくためらいがちに、「かりにそれが事実としたら、どういうことになったのです？」

「これは人類学の書物に出ていることだが、ジョージアは戦争中、水爆を見舞われた。むろん、きみも知っておるだろうな。ノーフォークをねらったところ、まちがってあの土地へ落下したんだった」

「そうでした、船長」

「しかし、きみは知らんだろう。その水爆は、ブラック・ベルトと呼ばれていた、黒人たちの集落へ落下したんだ。白人も大勢死んだが、ジョージア地方における黒人の人口は、それでほとんど、絶滅してしまったのさ」

「それは知りませんでした」

「さて、これからのわしの話、よく、きいてくれよ。水爆戦争の直前、あの地方に、人種問題からのさわぎが発生していた。リンチ事件がひんぱんに起こり、白人黒人間の感情は、非常に悪化しておった。ところが、水爆の結果、急に黒人たちは消滅してしまった——死亡してしまったんだがね。これが白人たちのあいだに、つよい罪悪感を植えつけた。ああいった山間地帯に隔絶して存在している社会では、そうした傾向がとくにいちじるしいものなんだ。白人のうちにも、迷信ぶかいものは大勢いるので、この連中は、黒人の全部が消滅したことに、精神的な責任を感じていたのだ。これは宗教にとりつかれているかれらの気持ちを、徹底的に打ちのめした」

「かれらが黒人を憎んでいたとしたら、そんなことは問題でないでしょう」

「ところが、かれらは黒人を憎んでいなかったのだ。そこにこの問題の根本があるんだ！　きみの祖先たちは、黒人との血の交流、経済上の競争、支配階級の地位の転換などを恐れていた。しかし、憎んではいなかったのだ。いや、むしろその正反対で、かれらはつねに、黒人に愛情をもっていることを言明していたが、それはけっして、うそではなかった。北部の連中なんかより、はるかに黒人を愛していたのだ。だからこそ、心の葛藤が生じたわけだ」

フォーブズはうなずいてみせて、ふかく考えこんだ。

「そこで、きみが育った隔絶した集落では、土地をはなれて、出稼ぎに出る風習が生じた。自分たち以外の種族にまじって立ち働くという風習がな。その根底には、罪の意識が存在しているんだよ」

汗が、そばかすの浮いたフォーブズの頬を、伝って落ちた。

「とても、信じることができません」

「フォーブズ、わしはこれまで、きみにうそをついたことがあるかね？」

「いえ」

「だったら、わしのことばを信じたらいい。わしはそれを、真実だと断言しているんだ」

「信じるように——努力します、船長」

「では、きみの土地の風習の意味がわかったな。で、ブレイクといっしょに働く気持ちになったか？」

「さあ、できるでしょうか？」

「やってみる気はあるんだろうな」

フォーブズは唇をかんで、落ちつかぬようすで、からだをうごかしていたが、「船長、やってみましょう。自信はありませんが、努力だけはしてみるつもりです。ですが、それはあなたをはじめ、乗務員たちのためにやることで、いまのお話をきいたからではありません」

「やってみたまえ」とスヴェンはいった。「わしの頼みは、それで全部だ」

フォーブズは会釈をして、いそぎ足にそこを立ち去った。スヴェンはすぐに、管制塔へ信号を送って、発射準備の完了したことを告げた。

船内の乗務員室では、フォーブズが新人のブレイクに引き合わされていた。補充員は、背の高い、髪の黒い男で、明らかに落ちつかぬようすだった。

「やあ」と、ブレイクがいった。

「やあ」と、フォーブズも応じた。ふたりはそれぞれ、握手するかっこうをしたが、手をにぎりあわぬまえにやめてしまった。

「おれは、ポンペイの近くの出なんだ」と、フォーブズはいった。

「ぼくはアルミラです」

「じゃ、となりみたいなものだ」

フォーブズがくらい表情でいった。

「そういうわけですね」と、ブレイクはこたえた。

ふたりはそれぞれ、無言で相手の眼をみつめていた。しばらくして、フォーブズはうめくようにいった。

「だめだ、おれにはできない」

そしてかれは、立ち去ろうとした。が、急に立ちどまって、ふりかえると、さけぶようにいった。

「おまえ、百パーセント白人か？」

「あいにく、そういえないんです」とブレイクはこたえた。「おふくろのほうに、八分の一チェロキー・インディアンの血がまじっているんです」

「チェロキーの？」

「そうなんです」

「なんだ、そうか！　なぜそれを、はやくいわなかったんだ。おれ、アルタハッチーのチェロキーをひとり知っていたよ。小熊のトムというやつでね。おまえの親類じゃないのか？」

「そんなことはありませんよ」と、ブレイクはいった。「ぼく自身は、チェロキーにはひとりも知り合いがいないんです」

「どうでもいいことだがね。とにかく、ここの連中が、最初にそれを知らせてくれればよかったんだ。おまえがチェロキーだってことをな。さあ、いっしょにこいよ。おまえの寝床を教えてやるからよ」

　そのいきさつが、スヴェン船長の耳に届いたのは、発射後何時間かたってからだったが、スヴェンはすっかり考えこんでしまった。八分の一、その血がまじっていれば、チェロキーだということになるのか？　あとの八分の七の血のほうが、ずっと大事なことじゃないのか？

　けっきょくかれは、アメリカ南部の連中の気持ちは、とうてい理解できないものだと、結論を下した。

暁の侵略者

Dawn Invader

その宇宙系には十一の惑星があり、そのうち、外がわに位置をとるいくつかの星には、生物とみられる存在はどのようなものも棲んでいないと、ディロンは知っていた。太陽から数えて四番目に位置する惑星には、かつて生物がいた徴候があったし、三番目の惑星にはいつの日か生物が棲みはじめる徴候があった。だが、第二番目の、ひとつの月をともなった青ざめた惑星には、知性をもった生命が生きていた。ディロンはこの星へむけて宇宙艇をすすめた。

かれの艇はしのぶようにして近づいていった。暗黒に包まれた大気圏へすべりこみ、厚い雨雲を抜けて、下降した。そのときは、かれ自身が雲になったような気持ちになった。

着陸は、地球人にだけゆるされている無類の冷静さで行なわれた。

宇宙艇が完全に地上に落ちついたのは、夜明けまで、あと一時間という時刻だった。たとえこの惑星に、どんな生物が棲んでいようと、暁のこの時刻こそ、住人たちの注意をもっともひかずにすむ安全なときだった。少なくともディロンが、地球を出発するに当たって、父親から教えられたところではそうだった。暁の侵入という、かずかずの経験のすえに、人類が学びとったこの方法はほかの星の世界で生きぬこうとする地球人にとって、貴重な伝承のひとつになっていた。

「しかし」と、父はディロンに注意した。「こういった知識を、すべて不変の真理と考えるのは危険なことだ。というのは、もっとも予想しがたい存在、知性をそなえた相手と立ちむかうことになるからだ」

父はそういいながら、重々しくうなずいてみせて、

「いいかね」と、つづけた。「おまえにも、流星の進路を察したり、氷河時代の再来を予想したり、恒星爆発の時期を見きわめたりすることはできるだろう。しかし、正直なところ、たえず、予測もしない方向にうごいて、どうつかまえようもない存在、知性というやつをもった相手に対して、どれだけのことが推知できると思うかね？」

その点、自信をもてないことは、ディロンも認めていた。しかし、かれはみずからの若さと、あふれるばかりの熱情、そして、すぐれた智能の力にたのむところが強かった。とりわけ、地球人がかち得た未知界侵入についての、ユニークな技術に信頼をよせるところは大きかった。この特殊なテクニックをもってすれば、たとえ異星人がどのような種族であろうと、またどのような敵意を抱いていようと、地球人はその新環境のなかで、戦いぬくことができるにちがいなかったのだ。

ディロンは生れてきたその日から、生存は間断なき戦いの連続だと教えられてきた。銀河系宇宙が、はてしもなく巨大で拒否的な世界であること、その大部分が、白熱に燃えさかる太陽群と、虚無の空間とから成り立っていることなどを学びとった。しかし、そこにはまた、いくつかの惑星があり、それぞれの惑星には、形状と大きさを異にした種族が発生していて、そのさまざまな形態にかかわらず、どの種族も自分たちに似ていない種族に対しては、憎悪の念を抱いている点において一致していることを知った。これらの種族たちと友好関係を結ぶことは、ほとんど不可能といえるのだった。地球人がかれらのあいだで生き抜くためには、ひとかたならぬ修練と、精力と、狡智とを必要とした。またたとえ、そうした力をかねそなえていたとしても、地球人の仮借なき侵入戦法を用いることなくしては、その世界に生き残るということさえ考えられなかった。

優秀な学生であったディロンは、かれの未来の天地をすすんで銀河系にもとめた。徴用を待つことなく、対星移民の登録をすませた。そして、いよいよそのときがくると、かれに先立った数百万の若人たちとおなじに、自分の宇宙艇をあたえられ、ちっぽけな、人口の多すぎる地球を永遠にあとにし、広大な宇宙へと旅立った。燃料のゆるすかぎり飛びつづけて、いまや、その運命の世界が、目前に横たわっているのだった。

ディロンの宇宙艇が着陸した地点は、かやぶき屋根の家ばかりの村落に近いジャングルのなかだった。生い茂る雑林が、艇の姿をおおいかくしてくれた。かれは待った。はやる気持ちをおさえつけて、夜が明け、空がしらみそめ、太陽の明るい光の気配を見るまで、待ちかまえているのだった。近よってくる人影もなく、射撃をしかけてくるようすもなかった。見とがめられずに着陸できたらしい。

この惑星の地平線に、黄色い太陽がのぼったのを見て、ディロンは艇外へ出て、四囲の状況を調べてみた。空気を吸ってみたり、重力の程度をためしてみたり、太陽のスペクトルや熱力を測定してみたりしたのち、悲しげに頭をふった。この惑星も、銀河系宇宙の他の惑星とほとんどおなじに、地球人の生存には不適当と知ったからだ。侵略を完了するのに、一時間以上はかけるわけにいかない。

かれは計器盤のボタンをひとつ押して、いそいで立ち去った。その背後で、かれの宇宙艇はうす黒い灰に化していた。いまやディロンは飛び立つことができなくなったのだ。かれは見知らぬ種族が棲む村にむかって歩きだした。

近づくにつれて、この異星人たちの家が、木とかやと手斧で削った石とでつくられた粗末なものであることがわかった。ここの気候では、これでじゅうぶん、耐えられるものと見えた。道路らしいものは見受けられない——ただ一本、ジャングルへつづく小径があるだけで、動力設備とか機械による生産物など、そういったたぐいのものは、いっさい見あたらない。ここには、とディロンは結論を下した。初期の文明しか存在しないのだ。この程度のものを侵略するのは、なんの造作もないことであろう。

自信をもって歩きだすと、いきなり、異星人のひとりと出っくわした。

かれらはたがいに相手を見あった。異星人は二足の生物で、地球人にくらべると、いちじるしく背が高く、よいかっこうの頭をそなえていた。しまのはいった布を、腰のまわりに巻いているだけだ。皮膚は明るい茶色で、それを灰色の体毛がおおっていた。男は走りだす気配も見せずに、「イル・タイ！」と、いった。

ディロンは、それを驚きの表現と解釈した。かれはいそいであたりを見まわして、ほかの異星人が出てきていないのをたしかめると、すこし緊張しながら、前へ乗り出した。

「タタル・タイ・アーーー」

ディロンはバネがはじけるように飛びかかった。異星人は避けようとしたが、ディロンは猫のように、宙空でからだをひねって、どうにか、相手の手脚のひとつをつかむことができた。

これで、必要なことは終わった。相手のからだへの接触は完了したのだ。あとは簡単に片づくはずである。

数世紀にわたる爆発的な出生率の増大が、やむなく地球人に、他星界への移住を強いていた。そして、その数は、増加の一途をたどっていった。だが、万とある惑星のうち、ひとつとして、地球人の生存に適したものはなかった。そのため、地球では、他の惑星の環境を地球人に適合するように変革するか、あるいは、地球人種に生物学的な変化をあたえて、他の惑星に適応できるようにするか、その得失と可能性についての研究が行なわれていた。しかし、そのほかにも、最小の労力で最大の効果をおさめることのできる第三の方法があった。それは知性をそなえたあらゆる種族に共通して潜在する、心理相互投影の性向を、極度に発展させることだった。

地球は、この方法を育てあげ、濃縮し、錬成した。この能力を身につけることによって、地球人は相手の心のうちに侵入するだけで、どのような惑星の世界でも生存できるようになった。ひとたび、この侵入を成しとげれば、地球人は異星の環境にぴったり合うからだを獲得でき、その世界で必要とする、有効かつ重要なすべての知識を、自分のものにすることができたのだ。しかも地球人は、ひとたびそれを獲得するや、本来の競争愛好心から、自分が侵略したその新しい世界での支配権を掌握することになるのが必然だった。

だが、これにもひとつだけ、はげしい障害があった。異星人は通常、自分の心を侵略されることにはげしい憤りを感じ、ときには、なんらかのかたちで抵抗することがあったからだ。

侵入がはじまった一瞬、ディロンは、自分のそれまでの肉体が、相手のうちに解体し、溶解してゆくことに、哀惜の念をいだいた。それは瞬く間に溶けこみ、なんの形跡もとどめずに終わるはずだった。ディロンと、そのからだを借りた相手だけが、そこに行なわれた侵略の事実を知るにすぎない。

そしてこの事実も最終的には、ふたりのうちのひとりだけしか知らぬことになるのである。

いまや異星人の心のうちにあって、ディロンは全精神を集中して、侵入を完成することにつとめた。《我は我なり》の主体が存在する心の中心部へ突入するにつれて、障害物はひとつまたひとつと崩れ落ちた。最後の城砦(とりで)にはいりこみ、そこを占有していた自我(エゴ)を追い出すことに成功すれば、相手のからだのすべてがかれのものとなるはずだった。

ディロンの攻撃の前に、急遽かたちづくられた防戦力も、しだいに崩れ去っていった。一瞬、あと一押しの強引な突撃で、すべては完了するものと信じた。

突如、かれはすすむべき方向を失って、灰色の、茫漠とした無人の境にさまよい入ったことに気づいた。

異星人が、最初のショックから立ちなおったのだ。ディロンは身のまわりから、じりじりと押しせまってくるエネルギーを感じとった。

かれはいまや、戦闘の場にのぞむことになったのだ。異星人の心のなか、無人の戦野で、交渉が開始された。

「おまえは何者だ？」

「エドワード・ディロン。地球と呼ぶ惑星からやってきた。きみは？」

「アレクだ。おれたちはこの惑星を、ケグラと呼んでいる。で、ディロン、おまえは、ここへなにしにきたんだ？」

「棲むための場所をもとめてきた、アレクよ」とディロンは、白い歯をみせていった。「分けてくれるだろうな？」

「なに？　ふざけるんじゃない……おれの心から、さっさと出て行け！」

「それはできん」とディロンがこたえた。「ぼくはここ以外に、行くところがないんだ」

「なるほど」アレクは、ちょっと考えこんだ。「むずかしい問題だな。だが、おまえは招かれざる客だぜ。それに、おれのカンが教えるんだが、おまえの望んでるのは、棲み家どころじゃないらしい。なにもかも、手に入れてしまおうというんだろう、どうだ？」

「ぼくは支配権をにぎらなくてはならない」と、ディロンはうなずいて、「ほかにはどうしようもないんだ。しかし、きみが抵抗をやめれば、たぶんきみの場所だけは残しておけると思う。いちおう例外ではあるがね」

「例外だって？」

「もちろん、そうだ」とディロンはいった。「異種族同士が、一体で生存することはできない。それが自然の法則だ。強者は弱者を駆逐する。だが、ぼくはそれを、やってみようと思っているんだ」

「お情けはごめんだよ」

アレクはいい捨てるなり、接触を絶ってしまった。その灰色の無人境が、まったくの暗黒と変わった。その闇のなかで、つづいて起こるであろう戦闘を待ちかまえているうちに、ディロンははげしい疑惑にとらわれた。

アレクは原始人だ。心と心の戦闘に対する訓練を、少しでも受けたとは思えない。それでいてかれは、すぐに自分の立場を正確につかみとり、それに適応し、そしてその上に立って、対抗してこようとしているらしい。おそらくその試みは、強大なものではないであろう。しかし、それでもなお……

いったいこれは、どういう生きものなのか？

いつかディロンは、岩山の中腹に立っていた。周囲は荒々しく削り立つ断崖である。見上げると、はるかの上方に、もやにつつまれた青い嶺がそそり立っている。陽光が、かれの眼を打った。めくるめくばかりに暑い。すると、なにか黒い斑点のようなものがかれにむかって這い上ってきた。

ディロンは足もとの石を蹴とばしながら、その斑点が変形するのを待ちかまえた。これこそ、心と心の戦闘の定型だった。そこでは、思考が肉となり、理念が手に触れることのできるものとなるのだ。

斑点はたちまち、ケグラ族のひとりに変わった。そして、突然、ディロンの頭上に、巨大な姿を現わした。筋肉を陽光にかがやかして、長短ふた振りの刃（やいば）をふりかざしている。

ディロンは身を引いて、最初の一撃をやりすごした。闘争は、目に見え——手足であつかうことのできる形にすすんだ。異星人は通常、その種族の理想的なイメージに姿を変じてくる。現実の形を増幅し、誇張したものとなって現われるのだ。その姿はつねに凄まじく、超人的で、刃向かうことなど、とうてい不可能と思われる。しかし、それは同時に、微妙な弱点をもっているのがふつうだった。ディロンはここに姿を見せているものと争うことに、すべてを賭けようと決心した。

ケグラ人は真っ向からつきかかってきた。ディロンは、一度、地上にからだを伏せたが、瞬間的に、身をていして両脚を蹴った。ケグラ人は応戦しようとしたが、動作があまりにも緩慢だった。ディロンの長靴は、相手の胃のあたりに命中した。

しめた！　とディロンは、相手に飛びかかっていった。弱点はそこにあったのだ！

　相手の刃をかいくぐって、そこを目がけてつっこむとみせ、ケグラ人がその防御に気をとられた瞬間、手刀をふるって、ただのふた撃ちで、みごと、首の骨を叩き折った。

　ケグラ人は、地を揺るがせて倒れた。ディロンはその死にゆくさまを、同情の念で見守った。種族の理想的な姿で現われるこのイメイジは、現実の人間よりも巨大で勇敢、そしてしぶとかった。しかし、それはまた、いつもある種の鈍重さをもっていた。堂々たる威厳が見えた。幻の姿としては、りっぱなものであった。が、闘う機械としては、適当なものでない。死ぬことを示すにさえ、その反応はにぶすぎた。

　死に絶えたとたんに、巨人の姿はかき消えた。一瞬、ディロンは勝利を手に入れたと思った。同時に、背後のうなり声を耳にした。ふりむくと、そこには、身長が低く長細い、豹に似て真っ黒な野獣が、耳を低くして牙をむいていた。

　アレクには、攻撃の予備力があったのだ。だが、ディロンには、この種の戦闘に用いられる精力の限界がわかっていた。そのうちに異星人の予備力も、底をつくはずだった。そうなれば……

　ディロンは、巨人が残していった長剣をひろいあげて、あとずさりした。怪豹はせまってくる。かれは背後の楯にする巨岩をみつけて、そこまで後退した。腰の高さぐらいの岩がひとつ、かれのまえにあって、胸壁の役目を果たしてくれた。豹はおそってくるためには、それを跳び越えねばならぬ。太陽が真正面にあって、陽光が目を射すし、微風ではあったが、それが塵埃を吹きつけた。豹が跳びかかってきた瞬間、かれは長剣をふりまわした。

　そのあとにつづいた、ながいながい時間を、ディロンはケグラ族の変形であるありとあらゆる怪獣と出会い、それを打ち倒すことに費した。どの相手にも、地球上での同様な動物どもに立ち向かうように戦った。サイは――サイにまず、いちばん似ているけものだったが――ものすごい巨体とスピードをもっているくせにたわいなかった。断崖のはしまでおびきよせて、うっちゃりを喰わしてすっ飛ばした。コブラはより危険な相手だった。もうすこしで、毒牙で目をやられるところだったが、どうにかふたつに切断した。ゴリラは力づよく、おそろしいほどすばやかった。だが、ディロンが前後左右に飛びまわるので、その腕力を有効に用いることができず、けっきょく斬り捨てられることになった。恐竜は全身うろこでおおわれた頑強なやつだったので、かれの上に、雪崩のように殺到してきた。それからあと、どのくらいを相手にしたか、ディロンは憶えていない。だが、最後にかれは疲れはてて、刃こぼれのした剣を手につっ立っている自分を見出した。

「どうだ？　まいったか、ディロン？」

　アレクが声をかけた。

「いや、すこしも」渇ききって黒ずんだ唇をひらいて、ディロンは、いいかえした。「そちらも、これ以上つづかんだろう、アレク。きみの力にも、かぎりがあるからな」

「そうだろうか？」と、アレクが反問した。

「余力があるわけはないさ」ディロンは心のうちを見透かされまいと、断固とした口調でいった。「もっと、冷静に考えてみたらどう？　きみのために、場所を空けておいてやるんだぜ。うそじゃない。……それに、どうやらきみに、敬意をいだくようになった」

「そいつはどうも、ディロン」とアレクがいった。「その気持ちは、こっちも感じている。どうだい、ここらで降参しては――」

「いやだ」とディロンがいった。「それはこちらのいうこった」

「やるか」アレクが応じた。「望みとあればな！」

「かかってこい」ディロンはつぶやくようにいった。

　突然、岩山が姿を消した。

　かれは灰色の沼のなかに、ひざまで浸っていた。節くれだった巨木が、いっぱいに苔をつけて、ひたとも動かぬ緑いろの水面からつき出ていた。魚腹のようなにぶい白さの百合が、風もないのに揺れうごいている。死のような白いもやが、沼のおもを一面におおって、不気味な形の樹幹を這いあがってゆく。沼地一帯、物音ひとつせず静まりかえっていたが、ディロンはその周囲をぐるっと生きものに囲まれているのを感じた。

待ちかまえるかっこうで、ゆっくりあたりを見まわして、かすかに動きただよう腐敗した空気のにおいを嗅ぎながら、粘りつく泥のなかで足を運んだ。退廃的な百合の香りがしている。と、ふいに、思いついたことがあった。

この沼地に、ケグラが生ずるはずはないのだ！

かれはそれを知った。地球人が、他の惑星の世界を感じとるあの確実さで知ったのだ。重力がちがっている。そして、空気もちがっている。足にまつわりつく泥土もケグラの泥土ではないのだ。

つぎからつぎへと想念を生み、一時にそれが殺到して、どうにも収拾がつかなくなった。では、ケグラは宇宙旅行をしたことがあるというのか？　そんなことは不可能だ！　ではアレクのやつ、どうして自分の惑星外の世界を、このようによく知っているのか？　あいつはそれを、なにかの本で読んだのだろうか？　想像によって、描き出したのであるか、それとも――

なにか硬いものが、かれの肩をつよく打った。もの思いにとらわれて、油断していたところを、不意にディロンはおそわれたのだ。

身を動かそうとしたが、泥土が足の自由を奪った。頭上の巨木から、大枝が折れて落下してきた。見ると、樹はどの樹も、音をたてて揺れていた。枝がしなって、音とともに折れると、雨となって降り落ちてくる。それでいて、風はそよとも吹いていない。

なかば呆然としながら、ディロンは夢中で、沼のなかから、どこか堅い大地を踏もう、樹木のない空地へ出ようとあせった。だが、到るところ、巨幹が行く手に横たわり、沼地一帯、堅い地面は見つからない。雨のように落下する枝は、ますますその数を増してくる。

ディロンは闘う相手をもとめて、前後につきすすんだが、沼地はただ、沈黙を守っているだけだ。

「さあ、出てきて闘え！」

ディロンは叫んだ。ひざをぶつけて倒れ、立ち上がってはまた倒れた。なかば意識を失いかけたとき、ふと、避難できる場所をみつけた。

かれは必死で、その巨樹へたどりつき、根もとにしがみついた。大枝がつぎつぎと落ちかかり、小枝は断りつけるように、ひゅうひゅうとかれをかすめたが、どれもかれのからだに触れることはできなかった。助かったのだ！

しかし、すぐにかれは、恐怖の眼をみはった。根もとに生えている無数の百合が、その長い茎をよじって、足首に巻きついてくるのだった。蹴散らしてみても、青ざめた蛇のような鎌首をもたげては、ますますつよくからまってくる。かれはそれを斬り払って、樹の避難所から逃れ出た。

「闘え！」

降りかかる枝の雨のなかで、ディロンはさけびつづけた。だが、返事はない。百合は執拗にのた打ちまわりながら、あくまでも追ってくる。頭上では、荒々しい翼が鳴る。沼地の怪鳥が、群がり集まっているのだ。死肉をむさぼり食う、真っ黒な大がらすが、かれの倒れるのを待ちかまえているのだ。ディロンは足をとられてよろめいた。するとなにか無気味になまあたたかいものが、足首に触れた。

とっさに、どうすべきかを悟った。

一瞬のうちに、勇気をふるい起こして、頭から、汚ない緑いろの水に飛びこんだ。

潜ると同時に、沼地が沈黙した。巨木は、石板色の空に枝を伸ばして、凍りついた。百合は狂乱をおさめ、茎の上に、首を垂れた。白いもやは樹々の荒肌にからみついたまま、動きをとめ、肉食鳥の群れは音もなく、大空に輪を描きはじめた。

しばらくは、水面が泡立っていたが、それも見えなくなった。

ディロンは水面に浮かんで、息をついた。首と背中に切り傷を受けていたが、両手にはしっかり、形もさだかでない透明の生きもの、沼の主をつかんでいた。

水を渡って、一本の樹にたどりつくと、そのぐにゃぐにゃの生きものを、力いっぱい、幹に叩きつけて、それから、腰を落とした。

これほどの疲労は、経験したこともなかった。そしてまた、これほど、すべてのものの虚しさを感じたこともなかった。

なんのために、こうまで闘って生きねばならぬのか？　宇宙の動きのうちで、生命の価値が、こうまで微小で、とるに足らぬものであるのに。惑星の運行、悠然と燃えつづける恒星の姿にくらべて、瞬時を占めるに過ぎぬかれの生命のごときに、なんの意味があるというのか？　そして、ディロンは、生きんがために這いまわっているおのれのいやらしさに、むしろおどろきを感じるのだった。

あたたかい水が、胸のあたりを洗っていた。生命なんて、とディロンは、眠気に誘われるままにつぶやいた。無生物の皮膚の上にできたできものにひとしい。寄生物とでもいおうか。量は相当だが、とかれは、水が首のあたりをたたきはじめるのを感じながら、つぶやいた。無生物界の広大無辺さにくらべたら、なんという微小な存在であろう？　もし無生物が自然のものであれば、生命は病的現象に過ぎない。そう考えたとき、水はすでに、頰のあたりに触れていた。生あるものの唯一の健康な考え方は、死を望むことだけなのだ。

水が、かれの唇を愛撫しはじめた瞬間、死ぬことだけが、楽しいことと思われた。

もはや、休息も癒やしえぬ疲労、いかんともなしがたい苦しみしか残されていないのだ。いまはただ、なるがままにまかせ、すべてを棄て、身を捨てるのが、なによりのことであろう。

「なるほどな」ディロンはつぶやくようにいうと、足を踏んばって立ちなおった。「よくやったよ、アレク。

だが、きみも疲れただろう？　きみにもおそらく、ちょっとした感情以外、なにも残っていないのじゃないか？」

　あたりが暗くなった。その闇のなかから、ディロンの耳にささやきかけるものがあった。

　かれをそっくりそのまま、豆のように小さくしたものが、妙になまあたたかく、肩のあたりにまつわりついて、こんなことをささやいた。

「だけど、死よりももっとわるいものがあるんだ。無生物では、知ることもできぬものだ。魂の奥底にひそむ、罪の意識さ。いまわしく、いやらしいが、否定し去ることのできぬ意識なんだ。ディロン。これにくらべれば、死のほうがまだましだぜ。死は貴いものとなり、限りなく価値あるものとなる。それは祈りもとめられ、それを手に入れるために、ありとあらゆる狡猾な計画さえ企てられるようになるんだ——もしきみが、自分の心の底に横たわっているものを、直視しなければならなくなればね」

　ディロンはおのれの姿に似たもののささやく声に、できるだけ耳を貸さぬように努めた。だが、その小さなものは、肩からはなれようともせず、指さしてみせるのだった。すると、暗闇のなかに、なにか物のかたちが浮かび、やがてそれが、はっきりした姿をとるのが見えた。

「それじゃないよ、ディロン」第二のかれは、訴えるようにいった。「ねえ、それじゃないんだったら！　勇気を出すんだ、ディロン！　おまえの死のほうをえらぶんだ！　雄々しく勇をふるって！　正しい死に時が大事だと悟るんだよ！」

　近づいてくるものの姿を見たディロンは、予想もしなかったほど強烈な恐怖におそわれた。

　それは、かれの魂の底にある罪の意識だった。かれ自身と、かれが味方と信じていたすべてのものの心にひそむ悪なのだ！

「いそぐんだ、ディロン！」第二のかれが叫んだ。

「つよく、男らしく、真実をみつめるんだ！　自分を見失わぬうちに、死ぬことだ！」

ディロンは死にたかった。救われたように深いため息をつくと、しがみついていた手をゆるめて、かれのからだを水の流れにまかせた……

だが、それも不可能だった。

「手を貸してくれ！」

かれはさけんだ。

「だめだ！」第二のかれはさけびかえした。「自分自身の手でやるんだ！」

ディロンはふたたび試みていた。近づいてくる罪の意識を、ぐっとにらみつけながら、死をもとめ、死をねがった。が、どうしても、死ぬことはできなかった。こうなっては、やれることは、ひとつしか残っていない。最後の力をふりしぼり、目の前に踊っているものをめがけ、必死にぶつかっていった。

それは消えた。

その瞬間、すべての脅威が去ったのを、ディロンは知った。

かれは、征服した土地に、ひとりで立っていた。いろいろなことが起こったが、ついに勝ったのだ！　いま、かれの前には、人けもない城砦が待っていた。敗れ去ったアレクへの敬愛の念が、胸に感じられた。アレクは健気な闘士であり、相手とするにふさわしい敵手だった。もしアレクが、これ以上の抵抗を試みなければ、生きる場所を少し、あたえてやってもよいのであるが――

「ご親切なことだね、ディロン」

そういう声がひびきわたった。

ディロンには、これに応答するだけの心がまえができていなかった。あまりにも強大な力にとらえられたので、どう反応してよいかわからなかったのだ。ただそこに、ケグラ人の精神の、真の強さを思い知ることができた。

「よくやったよ、ディロン」アレクの声がいった。「きみはその闘いぶりを恥じることはないのだ」

「しかし、ぼくには勝機がつかめなかった」と、ディロンはこたえた。

「それはそうだ」アレクはしずかにいった。「きみは地球人の侵略プランを、類のない強力なものと思いこんでいた。若い世紀の種族たちは、みんなそう思いこむものだ。しかし、ディロン、ケグラは古い種族なのだ。これまでにも、心身両面に侵略をこうむったことは、いくどとなくあるのだよ。だから、地球人のテクニックなど、われわれにとっては、目新しいことでもなんでもないんだ」

「じゃ、ぼくをからかっただけか！」と、ディロンはさけんだ。

「おれはただ、おまえを知ろうとしただけだ」

「うぬぼれのつよいやつだと思ったろうな！　このゲームは、きみの勝ちだ。よかろう、片をつけてもらう。さっさとケリをつけてくれ！」

「どうケリをつけろというんだ？」

「ぼくを殺すんだ！」

「なぜおまえを殺さなけりゃならん？」と、アレクがきいた。

「なぜって——ほかにきみのやることはないじゃないか？　ぼくだけが、前例となった連中と別個のあつかいを受ける理由はないからな」

「しかし、ディロン、おまえはそういったほかの連中と会っているんだよ。さっきおまえが闘った相手はエータンだ。かれらは宇宙旅行へ出るまで、自分の惑星の沼地に住んでいた。それから、その耳もとで、うまい文句をささやいた第二のおまえは、ウーラーミックだ。あれはここへ来て、まだいくらもたっていない。おまえ同様、理屈の多い熱情家でね」

「しかし——」

「われわれはあの連中を受け入れることにした。棲む場所をあたえ、かれらの資質を利用して、われわれに足らぬところを補ってもらうことにしている。別々に暮らすより、いっしょのほうが便利だからな」

「いっしょに棲んでる？」ディロンはつぶやくように

いった。「きみの、そのからだのなかでか？」

「もちろんさ。この銀河系宇宙には、よいからだというものは少ないので、生物の棲む場所はあまりないのだ。ディロン、おれの仲間を引き合わせよう」

そしてディロンは、一定の姿をもたぬ沼地族や、全身うろこにおおわれたウーラーミック族、そのほか、数えきれぬほどさまざまな種族に引き合わされた。

「しかし、考えられぬことだ！」ディロンはさけんだ。「異星人同士が共存できるはずがない！　生は闘いと死だ！　それが自然の基本的法則なんだ」

「初期の法則だね」アレクはいった。「われわれはずっとむかしに、共存こそ、すべての種族が幸福に生きてゆける原理と知ったのだ。おまえもやがては、それに馴れるだろうよ。さあ、共同生活にはいるがいい。歓迎するよ、ディロン！」

ディロンはなお、呆然としていたが、城砦（とりで）のなかへはいった。そして、銀河系宇宙の数々の種族たちのあいだに、仲間としての席を占めた。

愛の語学

The Language of Love

ジェファースン・トムスは、ある日の午後、放課後に自動喫茶（オート・カフェ）へはいった。コーヒーをのむためと、勉強するためだった。腰をおろして、哲学の参考書をかたわらに積みかさねると、やおら眼をやって、ロボット給仕たちをあやつっている娘をながめた。その娘の眼はけむったような灰色で、その髪はロケットの排気ガスの色をしていた。からだつきはほっそりして、やわらかな曲線をえがいている。それをみつめているうちに、トムスは、息苦しくなってくるのを感じて、なんということもなく、秋、夕暮れどき、雨、そして、ろうそくの光を思い浮かべた。

ジェファースン・トムスは、このようにして恋を知ったのだ。ふだんはとても内気な青年だったのに、ロボットの客あしらいに文句をつけた。それも、その娘と知り合いになりたかったためだった。それでいて、いざ彼女と口をきくだんになると、押しよせてくる感情の波に圧倒されて、ろくすっぽ、ものもいえなくなっていた。とはいうものの、かれはどうにか、その娘にデートを申しこむことに成功した。

　ドリスという名のその娘は、ずんぐりしたからだつきの、黒い髪をしたこの若い学生に、どういうわけか、うごかされるところがあったようで、すぐにその申し込みを受諾した。そして、それと同時に、わがジェファースン・トムス君の悩みがはじまったのだ。

　まずかれは、恋こそこのうえもなく楽しいものであることを発見した、しかし、その一方、哲学におけるなみなみならぬ研鑽にもかかわらず、それが心の平安をかきみだすこと、非常なものがあるのを知った。トムスの時代——定期宇宙船が星々のあいだを行き交い、病害は絶滅し、戦争などは想像もつかぬものと化し、多少とも重要性のあるものは、なんであれ、模範的な状態のもとに解決されているそのような時代でさえも、恋愛はいまだに、人びとの心を惑乱させるものだったのである。

おなじみの地球は、かつてなかったほどに良好な状態におかれていた。その都市は、プラスチックとステンレス鋼で光りかがやいていた。のこされた森は、周到に手入れをされて、そこだけがわずかに緑樹の園となり、まったく安全に、ピクニックができるのだった。なぜならば、あらゆる野獣や昆虫は、かれらの生活環境をそのままに、感嘆すべき巧妙さをもって再現している、衛生的な動物園へと移されているからだった。

地球の気象状態までが人類によって支配されていた。農民たちは、それぞれの降雨の割り当てを、毎朝、三時から三時半のあいだに受けとっていた。人びとは、日没の演ずるスペクタクル番組を見ようと、スタジアムにあつまり、台風もなくなったわけではないが、それはわずか年に一回、《世界平和記念日》の祝賀行事の一環として、特設舞台で現出させられるだけだった。

だが、恋愛だけはいぜんとして、人心を惑乱させるものであり、トムスもそれが、おそるべき苦悩をあたえるものであることを、いまはじめて気づいたのである。

かれには、自分の感情をことばにあらわすことが、なんとしてもできなかった。《愛している》とか、《心からあなたを礼讃している》とか、あるいはまた、《ぼくはきみに夢中だ》とかいう表現は、あまりにも使い古され、陳腐でしかも不十分だった。それらは、かれの感情の若さと熱烈さを、いささかも伝達してくれなかった。実際、このような表現を用いれば、それだけ自分を安っぽくみせるだけだった。あらゆるステレオ、あらゆる低級な演劇が、それとおなじことばで満ちみちていたからである。人びとはそれを、日常の会話に使用し、いかにかれらがポーク・チョップを愛しているか、いかに日没を礼讃しているか、いかにテニスに夢中であるか、などと語るのだった。

トムスの脳細胞は、これらの用語に反発を感じた。どんなことがあろうと、ポーク・チョップに用いられる表現をつかって、ぼくの愛を語ることはしないぞ！かれは心にかたく、誓った。だが、がっかりさせられたことには、それ以上すぐれた表現は、どこをさがしてみてもみつからなかったのだ。かれはやがて、それを痛感しなければならぬ羽目となって、問題を哲学の教授のもとへもちこんだ。

「トムス君」とその教授は、うんざりしたように、眼鏡をふりまわしながらいった。「ええと——その、一般的呼称を用いると《恋愛》であるが、それは、目下のところ、われわれの研究範囲にはいっていないのだ。その分野では、なんらみるべき研究がおこなわれておらん。ティアナ民族のあいだにおける、いわゆる《愛の言語》というやつをべつにすればだね」

これでは、なんの助けにもならなかった。トムスは、やはり、愛についての瞑想にふけり、ドリスのことを、くよくよと考えつづける以外に、方法とても知らなかった。ドリスの家のポーチでの、忘れられぬ思い出の夜々——格子垣にからんだぶどうの蔓が、彼女の顔に影を落とし、その顔を浮きあがらせたり、すぐにまた、かくしたりしているのをながめながら、トムスは心のうちを、彼女に告げようと努力したものだ。そのときもかれは、退屈な紋切り型の愛のことばを、いまさらことあらためて口にするほど、自分をおとしめることに堪えられなかった。そこでかれは、わざととっぴないいまわしで、おのがおもいを表現しようとした。

「ぼくはきみのことを」とかれはいったものだ。「恒星が、そのひきつれている惑星のことを考えるように、考えているんだ」

「なんという広大なたとえでしょう！」

なんであれ、それほどまでに広大なものにくらべられて、気をよくした彼女はいった。

「いや、ぼくのいうのは、広大といったようなことじゃない」トムスはいいなおした。「ぼくが表現しようとしている感じは、もっと——そうだな。たとえばだよ、きみが歩く姿を見ていると、ぼくは思い出すんだ、あの——」

「あの、なにを？」

「林間の小径を行く牝鹿をさ」トムスは眉をひそめながらいう。

「まあ、なんてチャーミングなんでしょう！」

「チャーミングなんてことを意味してるんじゃない。ぼくが表現しようとしていたのは、青春につきものの、おずおずしたぎこちなさ、そして、一方——」

「でも、ねえ」と彼女はいった。「わたしはおずおずしてなどいなくってよ。ダンスの先生がおっしゃったけど——」

「ぼくがおずおずしてるといったのは、そういう意味とはちがうんだ。ぎこちなさの真髄は——真髄は——」

「わかったわ」と彼女はいった。

しかし、彼女にはなにもわかっていないことを、トムスは知っているのだった。

こうしたわけで、とっぴもないいいまわしを用いるのも、あきらめないわけにいかなかった。やがてかれは、すこしでも重要性のあることは、ドリスの前では口にすることができなくなっているのを発見した。どんなことばをつかっても、それはかれのいいたいものを表わさないばかりか、それらしい意味さえ伝えていないのを知ったからだ。

そのうちに娘は、ふたりのあいだにかもし出される、ながい不機嫌な沈黙を、気にするようになってきた。

「ジェフ」彼女はうながすのだった。「なにかいってよ。いえるはずだわ！」

トムスは肩をすくめてみせるだけだ。

「あなたのおっしゃろうとしていることと、ぜんぜんかけちがったことだっていいじゃないの」

トムスはため息をつくだけである。

「ねえ、おねがいよ」と彼女はさけぶ。「なんでもいいから、なにかおっしゃって！　こんなこと、もうがまんできないわ！」

「おお、ちくしょう」

「え？」

彼女はそっと、声を洩らしたが、その顔色は変わっていた。

「いや、いまのは、ぼくのいおうとしたことじゃない」トムスはいって、ふたたび、ふきげんな沈黙におちいった。

それでも、かれはけっきょく、彼女に結婚を申しこんだ。かれはもちろん、彼女を〝愛して〟いることは明らかにしたが、それ以上にその気持ちを詳細に話すことはしなかった。その点をかれは、つぎのように説明した。結婚というものは、真実のうえに築かれねばならないものだ。さもなければ、第一歩から失敗するにきまっている。もしかれが、そもそもの出発点で、自分の感情をおとしめ、正しくないことばで表現するならば、どうしてそれを、未来にまで保ちつづけることができようか？

ドリスはかれの意見を、もっともだとは思ったが、かれと結婚する気になれなかった。

「あなたは女の子に、愛している、といわなくてはいけないわ」彼女は、はっきり、いいきった。「それを、日に百ぺんも二百ぺんも、くりかえしていう必要があるのよ、ジェファースン。そして、それでもまだ不足なんだわ」

「でも、ぼくはきみを愛しているんだよ！」トムスは抗弁した。「ぼくはこういおうとしているんだ。ぼくにはある感情があって、それは――」

「もうよしてよ！」

この苦境に陥って、トムスはあらためて、《愛の言語》のことを思いだした。それについての質問をするために、主任教授の研究室まで出かけていった。

「きくところによると」と教授は教えてくれた。「ティアナ第二星の土着民族のあいだには、恋愛感情を表現するための特殊な表現があったそうだ。独自のことばがあったというんだな。《愛している》などということは、ティアナ人にとっては、考えられもしないことだった。かれらは、その特定の瞬間に感じている愛情を正確にいいあらわすため、その種類と等級に応じた語句を用いて、その語はけっして、ほかの目的のためには使用しなかったそうだよ」

　トムスがうなずくのを見て、教授はことばをつづけた。

「もちろん、このことばによって啓発せられたところのものは、必然的に、その完璧さにおいて、信じがたいほどのものをもつ。それこそ、真実の意味で、口説（くぜつ）のテクニックだった。きくところによると、その表現のおかげで、あらゆる平凡なテクニックは、なんともぶざまなものにみられることになったという。さよう。いかにもぶざまな、まるで、さかりのついた褐色熊のようなものにね」

　そして教授は、照れくさそうに咳ばらいをした。

「それです。そのことばこそ、ぼくの必要としているものです！」

　トムスはさけんだ。

「ばかばかしい」と、教授はいった。「テクニックとしてはおもしろいかもしれんが、しかし、きみ自身がすでに身につけているものだって、この目的には、じゅうぶん役立つはずだよ。言語というものは、その性質からして、ただひとりその当事者だけに用いられるものだ。それをあらためて習得するなどというのは、エネルギーの浪費としか思えんね」

「愛の苦役こそ」とトムスはいった。「この世でもっとも価値のある仕事なんです、なぜならば、それだけが、感覚の豊かなみのりを約束してくれるからです」

「やあ、トムス君。わたしはきみから、恋愛についてのへたな警句をきかされたいとは思わんよ。愛だかなんだか知らんが、いったいこのさわぎは、どういうわけなんだね？」

「それこそこの世で、唯一の完全なものだからです」とトムスは熱烈な口調でいった。「それの価値を高めるために、もし特別なことばを習得する必要があるのなら、それをやる以外にはないでしょう。教えてください。ティアナ第二星までは、遠いのでしょうか？」

「かなりの距離だな」うすら笑いを浮かべながら、教授はいった。「しかも、それは報われない旅になるにきまっている。というのは、その民族は、すでに死に絶えておるからだ」

「死に絶えた！　でも、どうしてです？　突然の疫病の発生ですか？　それとも、侵略にあったのですか？」

「それがいまだに、銀河系宇宙の謎になっておるんだよ」

教授は陰うつな口ぶりでいった。

「では、そのことばも、失われてしまったんですね！」

「というわけでもない。二十年ほどまえ、ジョージ・ヴァリスという地球の男が、ティアナへ行ってきた。そして、その民族の最後の生き残りから、《愛の言語》を習ってきたんだ」

教授はひょいと肩をすくめて、つけくわえた。

「しかし、いまさらヴァリスの報告書を読む必要があるとは、いままでわたしも、考えてみたことがなかった」

トムスは『宇宙空間探検者名鑑』のヴァリスの項を調べて、かれがティアナの発見によって学位をあたえられていること、一時、辺境の惑星間を飛行してまわっていたが、最後にまた、廃墟と化したティアナにもどり、その文明のあらゆる側面を精査する仕事に、その余生をささげることになったのを知った。

それらの事実を明らかにしたのち、トムスはながいあいだ、熱心に考えこんだ。ティアナへの旅行は、長い時間を要し、しかも費用のかかる困難なものだった。ヴァリスはかれの行きつく以前に死亡しているかもしれない。生存していたところで、その言語を教えたがらないかもしれない。いちかばちか、やってみるだけの価値があるだろうか？

「愛ははたして、それだけの努力に値するものだろうか？」

トムスは声に出して、自分自身に問いかけてみた。

そして、その答えを了解した。

そこでかれは、かれのウルトラ＝ファイ、記憶レコーダー、哲学の参考書、それに、祖父が遺してくれたいくらかの株券などを売りはらい、定期宇宙便のあるところのうちでは、ティアナにもっとも近いクランシス第四星までの渡航契約をむすんだ。そして、すべての準備がととのうと、ドリスのところへ出かけていった。

「もどってくるときには」とかれはいった。「ぼくは正確に、きみが希望することばを語ることができているだろう、いかにぼくが――ぼくのいう意味は、その特別な質と等級、その――いや、ぼくのいおうとしているのは、ドリス、ぼくが《ティアナのテクニック》をマスターしたあかつきには、きみは、かつてどのような女性も愛されたことがないようなやりかたで、愛されるだろうということなのさ！」

「本気であなた、そうおっしゃってるの？」

彼女の眼は、きらきらとかがやいていた。

「そうだな」トムスはいった。「《愛される》という表現は、あまり正確なものとはいえないな。でもぼくは、なにかそれに似たものを意味しようとしているのだ」

「お帰りを待っていますわ、ジェフ」と彼女はいった。「でも――あんまりながくならないでね」

ジェファースン・トムスはうなずいた。そして、あわててまばたきをして、出かかった涙をかくし、ものもいわずに、ドリスを抱きしめた。そのあとかれは、宇宙空港へいそぐのだった。

一時間もしないうちに、かれは壮途についていた。

四カ月ののち、トムスはかなりの困難をへたのち、ティアナの首都の郊外の土を踏んだ。幅のひろい、人けの絶えた道路を歩いて行くと、両がわには、壮麗な建造物が、眼もくらむほどの高さにそびえ立っていた。

そのひとつをのぞいてみると、複雑な機械類や、ぴかぴか光った配電盤などが眼に触れた。たずさえてきたポケット版ティアナ語＝英語辞典の助けをかりて、ひとつの建物の上に書いてある銘文を翻訳してみた。

――第四段階愛情問題相談所。

ほかの建物も似たりよったりで、計算機、配電盤、受信用テープ、その他そういったたぐいのものでいっぱいだった。『愛情遅滞問題調査研究協会』のまえを通りすぎ、二百階建ての『情緒発達障害児童ホーム』を見上げ、そのほかのいくつかの施設に、ざっと眼をとおした。やがて、畏怖の念を起こさせるような、眼もくらむばかりの真実が、徐々にではあるが、明らかになってきた。

ここに、ひとつの都市がある。全体が愛情の研究と促進のためにささげられた都市が。

かれには、それ以上思索にふけっているひまはなかった。眼の前に、巨大な『綜合愛情問題事業局ビル』がそそりたっているからだった。そして、その建造物の大理石造りの玄関から、ひとりの老人が歩み出てきたのである。

「きみはだれかね？」

老人が問いかけてきた。

「ぼくはジェファースン・トムスといって、地球の人間です。ここまで、《愛の言語》を習いにきたのです、ヴァリス先生」

ヴァリスは、もじゃもじゃした白い眉をあげた。小柄で、しわだらけの老人で、背は曲がり、ひざはがくがくふるえていた。だが、その眼だけは、するどく冷たい疑惑にみちていた。

「どうやらきみは、その言語によって、もっと女にもてるようになりたいと思っているらしいが」とヴァリスはいった。「そのようなことは、考えないほうがよいぞ。知識はそれ自身、有利な点をもっておる。これはいうまでもないことだが、それと同時に、欠陥ももっておるのだ、ティアナ人たちがそれを発見したようにな」

「どんな欠陥です？」と、トムスはたずねた。

ヴァリスは、たった一本のこった黄色い歯をむき出して、にやり笑った。

「きみにはおそらくわからんだろう。いまだにわかっておらんのならな。知識の限界を理解するには、それ相応の知識が必要なんだ」

「それでも、やはり」とトムスはいった。「ぼくはそのことばを習いたいのです」

ヴァリスはじっと、かれをみつめていたが、「しかし、それはけっして、簡単なことではないぞ、トムス。《愛の言語》、その結果として生じる技術は、あらゆる点で、脳の手術のように、あるいはまた、会社法の手続きのように、複雑きわまるものなのだ。それには、努力につぐ努力が必要だ。才能が必要なのと同様にね」

「ぼくはかならず、努力してみせます。そして、ぼくには、その才能があると確信しているのです」

「大部分の人間が、そのように確信し」とヴァリスはいった。「そして、かれらの大部分が、おなじあやまりをおかしておるのだ。しかし、気にすることはない。気にしなさるな。わしには、ひとりの仲間もいなくなってから、ずいぶんながい年月がたっておる。では、きみがどの程度にやってのけられるか、とにかく、試してみるとしようか、トムス」

ふたりはいっしょに、ヴァリスが家と呼んでいる綜合事業局ビルのなかへはいっていった。中央機械操縦室へはいってみると、老人はそこに、寝袋と野営用のストーブをおいていた。そこ、巨大な計算機のかげで、トムスの課業が開始された。

ヴァリスは徹底的な教師だった。まず最初に、将来愛するようになる人物が現われたときに、当然、微妙な不安が感じられるが、それをほかの感情と切りはなして考えてみること。つぎに、愛の可能性がちかづいてくると、かすかな緊張感が表われることになるが、これを逃さず探知すること。それらのことを、ヴァリスは携帯用《語義微分器》の助けを借りて、トムスに教えこんだ。

恋愛感情は、あからさまに口にしてはならぬことを、トムスは教わった。なぜならば、率直は愛をおどろかすだけだからだ。それはかならず、直喩、隠喩、誇張法などによって、なかば虚飾をまじえ、罪のないうそといっしょに語られねばならない。それによって、雰囲気がつくり出され、愛を確立するための基礎が敷設されるのだ。そして、それによって、すでにそれ自身の感情にうごかされている心は、押しよせる波、猛り狂う海、ものさびしくも黒々とした岩山、みどりに映えるとうもろこし畑などを、ありありと思い浮かべることになるのである。

「じつにすてきなイメージですね」

トムスは感嘆していった。

「これはほんの一例だ」とヴァリスはいった。「きみはこういったものを、のこらず憶えこまなくてはならんのさ」

そこでトムスは、自然の驚異をずらりと書きならべた、非常にながい一覧表を記憶し、それらがどのような感情に比較されるか、愛を予感できるどのような段階で、それらが表われるか、そういったことを憶えこむ勉強にとりかかった。その言語は、この点において完璧だった。愛を予感して照応するあらゆる自然の状態や事物が、分類され、格づけされ、そして、それに似つかわしい修飾形容詞とともに、リストに示されているのである。

かれがそのリストを暗記してしまうと、ヴァリスはつぎに、愛の識別を教えこんだ。愛の状態を構成する、一見、ささいなうちにも微妙なところのある事象を、トムスは学んだ。そのなかのいくつかは、あまりにもこっけいに思われたので、つい、吹き出さずにはいられなかった。

老人はそれを見て、きびしい表情でいましめた。

「愛はまじめな仕事なのだ、トムス。きみはどうやら、愛情が、しばしば、風の速力や方向によって素因をあたえられるという事実に、諧謔味（ユーモア）を感じておるようだが——」

「ばかばかしいように思えますがね」と、トムスは、すなおにうなずいていった。

「まだまだ、おかしく感じられることが、この感情にはたくさんあるのだ」

ヴァリスはそういって、ほかの要因について説明をくわえた。

トムスは身ぶるいして、「そんなこと、信じられません。不合理きわまる話です。だれだって知っていますよ、その——」

「愛というものが、どのように作用するものか、それをだれもが知っているのなら、どうしてそれを、公式にしないのだろうか？　これは暗黒の思考だよ、トムス。暗黒の思考こそ、その答えなのだ、それに、冷酷な現実を受け入れたくないという気持ちがある。もしきみが、それらに直面することができなければ——」

「いえ、ぼくはなんにだって、直面してみせますよ」とトムスはいった、「その必要がありますればね。さあ、先生。さきをつづけていただきましょう」

数週間が過ぎるうちに、トムスは、関心の最初の胎動を表現することばを習った。微妙な陰影をともなって、そこから愛慕の気持ちが湧出してくるまでの感情を表現する言語を学んだ。いまやかれは、その愛慕の情の実態がなんであるかを知り、それをいいあらわす三つの語を習得した。これによってかれは、そこでは肉体が最高の存在となる、豪華けんらんな官能世界へみちびかれた。

ここでは言語が暗示的であるかわりに、直截にある種のことばが——そしてまた、それ以上に、ある種の肉体的な動作が——つくり出す官能のよろこびを教えるのだった。

おどろくべきことに、黒い小型の機械が、手と手が触れあうことによって、三十八種の異なった感覚が引き起こされ、そしてそれが、それぞれ別個の味わいをもっていることを教えた。かれはまた、右の肩甲骨の真下に、十セント銀貨大の敏感な部分があり、それをみつけだす方法も学んだ。

さらにはまた、まったく新しい愛撫の方式も、学課のひとつだった。それは愛撫を受けるものの神経系統に、外破衝動から内破衝動まで引き起こして、その眼前に、色彩はなやかな火花を散らせる刺激さえあたえることができるのだ。

そのあとにはあべこべに、外的刺激に対しての感性を減殺(げんさい)することによる社会的な利点を教えられることもあった。

このようにしてかれは、それまではかすかながら、疑念さえ感じていた肉体的な愛情について、数多くの知識を学びとり、それにくわえて、だれもが当然と信じて怪しまぬ多くの秘事を教えこまれた。

それはおそるべき知識だった。それまでトムスは、こと恋愛に関するかぎり、自分は少なくとも、ひとかどの巧者であると考えていた。ところがいま、かれは自分が、なにひとつ知ってはいないことに気がつき、自分の最善の努力さえ、雌をもとめる河馬(かば)のたわむれに比すべき程度のものであることを知ったのだ。

「しかし、それ以外のなにが期待できるかね？」ヴァリスはきいた。「たくみに恋をしかけることは、後天的に習得できるどの技術よりも、もっと多くの研究、もっと純粋な、徹底的努力を要求するものなのだ。それでもきみは、習いたいと思うのかね？」

「もちろんですとも！」トムスはいった。「ああ、求愛の大家になったら、ぼくは――ぼくは――」

「そんなことは、わしにはなんの関係もない」と老教師がいった。「さあ、われわれの課業にもどろう」

つぎにトムスは、《愛の周波》について学んだ。愛は、かれの新しく知ったところによれば、動的なものである。絶えまなく増進し、そしてまた減退し、しかも、一定のパターンのもとに、その運動を行なっているのだった。主要なパターンが五十二、小さなパターンが三百六、一般的な例外が四つと、九つの特殊な例外があった。

トムスはそれらを、かれ自身の名前以上に憶えこんだ。

そして、つぎには、《第三期接触》の使用法を習得した。そのさい、胸というものが、現実においてはなにに似ているかを教えられたのだが、おそらくその日のことは、終生、忘れようとしても忘れることのできぬ思い出となってのこるにちがいない。

トムスはおどろいて反発した。

「しかし、ぼくにはそんなことといえませんよ！」

「だが、それが真実なのだ、そうではないかね？」とヴァリスはいいはった。

「ちがいます！　ぼくは――ぜったいにちがうと思います。それではあまりにも、人間感情を無視しています！」

「一見、そうみえるかもしれんが、試してみるがよい、トムス。それがほんとうに感情を無視した表現であるかどうかを？」

トムスはそれを、なんども口にして吟味してみた。そして、その侮辱的な言辞の下に、賞賛の意が秘められているのを知った。このようにかれは、《愛の言語》のもつべつの側面を学びとったのである。

まもなくかれは、《見せかけの否定》について習うところまできた。あらゆる愛の段階に応じて、それに相当する憎悪の段階が、それ自身愛の変形である憎悪の段階が存在することを知った。憎しみがいかに貴重であるか、それがいかにして、愛に実質的内容と具体性をあたえるか、そして、無関心さや嫌悪感すら、愛の本性のうちに重要な位置を占めているところまで理解するにいたった。

ヴァリスはかれに、十時間の筆記試験を課して、トムスはそれに、最高点の成績で及第した。かれはそのままつづけて学課を終了してしまいたがったが、ヴァリスはそのとき、教え子の左眼のふちに、かすかな痙攣があらわれたことと、手にふるえる傾向がみえだしたことに気づいた。そして、老教師はいった。

「きみには休暇が必要だ」

トムス自身も、それを考えていたところだった。

「おっしゃるとおりだと思います」かれは思わず、熱心な口調になるのを、かろうじて隠しながらいった。「何週間か、サイセラ第五星へ行ってみようかと思っていたところですが」

サイセラの評判を知っているヴァリスは、皮肉っぽい微笑を浮かべて、「新しく習得した知識を、ためしてみたいというわけか？」

「まあ、そんな気持ちもありますが、よくないことでしょうか？　知識は用いられるためにあると思うのです」

「といっても、完全にマスターされてのちにいえることだぞ」

「しかし、ぼくはもう、マスターしているのです！　実地研究と呼ぶわけにいかないのですか？　それとも、卒業論文を書かぬうちは――」

「卒業論文の必要はないさ」と、ヴァリスはいった。

「だったら、いいじゃないですか」トムスはさけんだ。「ぼくには実地研究が必要なんです！　いままで習ったことが、どのように役に立つか、自分の力で知りたいのです。とくに、《接近法三十三のCV》については、実験してみる必要があると思います。理論的には、申し分のないもののようですが、いざ実地にのぞんで、どのような効果をあらわすか、ぼくは以前から疑問に思っていました。直接の経験にまさるものはありません。先生、知識を強化するために――」

「ではきくが、きみは衆にすぐれた女たらしになろうとして、はるばるこの星まで旅行してきたのかね？」

あきれたやつだといわんばかりに、露骨にいやな顔をみせて、ヴァリスはいった。

「もちろん、そんなことはありません」トムスはこたえた。「しかし、ちょっとした実験を試みたところで、なにも――」

「官能上の技術については、おそらくきみの習得した知識も、不毛に終わるにちがいない。きみが愛の本質を理解しないかぎりはね。しかも、きみはすでに、たんなるスリルを感じることで満足するには、あまりにも専門的な知識を身につけてしまったのだ」

自分自身の心をさぐってみて、トムスは教師のことばが真実であることを認めた。しかし、かれは強情にも、ぐいとあごをつき出して、「ぼくはやはり、それも自分で発見してみたいと思います」

「では、行くがいい」とヴァリスはいった。「だが、二度ともどってくるなよ。わしとしては、精神的に無感覚な、科学一点ばりの女たらしを、銀河系宇宙に放してやったという非難を受けたくないんだ」

「お気持ちはわかりました。では、そんなことは忘れるとします。勉強にもどりましょうか」

「いや、いかん。きみ自身をみたまえ！　これ以上、そのはげしい勉強をつづけたとすると、どうなると思う？　恋をする能力さえ失ってしまうぞ。そんなことになったら、これ以上、悲しむべき事態はないじゃないか」

たしかに、悲しむべき事態にちがいないと、トムスはみとめた。

「わしはきみに、最適の場所を教えよう」とヴァリスはいった。「愛の研究から解放されて、骨休みするためのな」

ふたりは老人所有の宇宙船に乗りこんで、五日間の旅をかさねたのち、とある名もない小惑星に到着した。着陸すると、老人はすぐに、トムスを流れの速い河の土手へつれていった。そこでは、火のように赤い水が、緑色ダイアモンドに似た泡をきらめかせながらながれていた。堤に生えている木は、ねじれいじけた異様な形で、しかも、あざやかな朱色をみせていた。草までが、どぎついまでのオレンジや青の色彩で、草のようにも思えなかった。

「なんという異国的な風景だろう！」

息を呑んで、トムスはいった。

「ここは銀河系宇宙の単調な一角では、もっとも人間ばなれのした星なのだ」と、ヴァリスは説明した。

「そして、わしはここで、おもしろい発見をしておるのだが、それもまもなく、きみにわかるはずだよ」

この老人は、頭がおかしくなったのではあるまいか。トムスは怪しみながらも、かれをみつめた。だが、まもなくかれは、ヴァリスのいったことばの意味を理解することができた。

何カ月ものあいだ、心の反応や人間感情の研究に熱中してきたのだ。そして、それらすべてをとりかこんでいるものは、人間のもつやわらかな肉の、息づまるばかりの感触だった。自分自身を人間性のなかに没頭させ、それを研究し、そのなかで湯浴みし、それを食べ、飲み、そして、夢みてきた。だから、水は赤く流れ、木々は奇妙にねじれゆがみ、朱色に茂り、草はオレンジと青に萌えているこの土地にいることは、そのことだけで、心のなぐさめになるのだった。

トムスとヴァリスは別れ別れになった。おたがい同士の人間性さえ、いまはわずらわしくなったからである。トムスはひとり、近づくと悲しげなうめき声をたてる花々に、驚異の瞳（ひとみ）をそそぎながら、河のふちを歩いて時を過ごした。夜になると、三個の、しわのよった月が、夜空で鬼ごっこを演じ、朝になって昇る太陽は、地球で見る黄色の太陽とは、似ても似つかぬものに見えた。

一週間が過ぎて、気分も新たに、生きかえったようになったトムスとヴァリスは、愛の研究にささげられたティアナの首都グセルへと帰っていった。

トムスは、最初に起こる愛情のかすかなめばえから、最後に見られる究極的な感動にいたるまで、五百六段階にもおよぶ恋愛プロパーの姿について教えられた。その最終段階の究極的な感動にいたっては、あまりにも強烈すぎて、これまで、わずか五人の男とひとりの女が経験しただけにすぎなかった。そして、このように強烈な感動をもつ愛情は、一時間と持続することがなくて終わるのだった。

それからかれは、それぞれ相関関係をもつ何個かの小型計算機の指導のもとに、愛情の強化法を研究した。そのために、人間の肉体に感じることのできる、一千にもおよぶ多種多様の官能をあますところなく学び、いかにして、それらを増大するか、いかにして堪えられる極限まで強化するか、そしてさらに、堪えられぬものを堪えられるようにし、究極的には、有機体が死からあまりかけはなれた存在でなくなるところの一点において、それを最大に心地よいものにするにはいかにすべきか、それらの方法を学んだ。

さらにまたそのあとで、いくつかの事実――それはいままで、一度もことばによって表現されたことがなかったものだし、そして、幸運なことには、こんごもまた、口にいいあらわされることはないであろうものを教えられた。

ヴァリスは、ある日、いった。

「教えることは全部終わった」

「全部ですって？」

「そうだ、トムス。心はいまや、なんの隠しだても、きみにはしないだろう。霊魂も精神も、そして心臓も、きみに対してはなにひとつ秘密をもつことはないのだ。きみは《愛の言語》を習得し終わった。さあ、きみの大事なご婦人のところへお帰り」

「ええ！」とトムスはさけんだ。「これで彼女も、ぼくの心がわかってくれるでしょう！」

ヴァリスはいった。

「わしには葉書でも出してくれよ。きみがどんなふうにやっているかを知りたいのだ」

「はい。そのようにします」

トムスは、約束して、熱烈に恩師の手をにぎりしめると、地球へむかって出発した。

ながい旅路ののち、ジェファースン・トムスは、ドリスの家へといそいでいた。汗がひたいに、ビーズ玉のように噴き出し、手はぶるぶるとふるえていた。その感覚は、ほどよい自己被虐的な意味合いをともなった《第二段階予備振顫(しんせん)》であると、格づけすることができた。だが、そんなことをしたところで、なんの助けにもならなかった――なぜならば、これは最初の実地試験であり、かれは神経質になっていたからである。おれははたして、すべてをマスターできたのであろうか？　かれはベルを鳴らした。

　彼女がドアをあけた。そしてかれは、彼女がかれの記憶にあるものより、はるかに美しい女性であるのを知った。その眼はけむったような灰色で、いまはそれも、涙にくもっている。髪はロケットの排気ガスの色、からだつきはほっそりとして、やわらかな曲線を描いている。ふたたびかれは、胸がいっぱいになるのを感じ、なんとはなしに、秋、夕暮れどき、雨、そして、ろうそくの光を思い出した。

「帰ってきたよ」

　かれはしゃがれ声でいった。

「まあ、ジェフ」彼女は、そっと、ささやくようにいった。「ジェフなのね」

　トムスはものもいえずに、ただ、彼女をみつめるだけだった。

「ながかったわ、ジェフ。わたし、ずっと考えつづけていたのよ。こんなに待っているだけの価値があるのかしらって。でも、いまは、待っていてよかったことがわかったわ」

「きみは——わかったって？」

「ええ、そうよ。わたしの大事なひと！　わたし、待っていたわ！　百年だって、千年だって、いつまでも待ちつづけていたわ！　愛しているんですもの、ジェフ！」

　彼女はかれの腕のなかにいたのだ。

「さあ、きかせてちょうだい、ジェフ」と、彼女はいった、「きかせてちょうだい、あなたのことばを！」

　そこでトムスは、彼女をながめ、感じ、知覚し、分類し、修飾語をえらび、照合し、そして、念のために、もう一度、記憶にあたってみた。多くの探索を行ない、慎重に選択し、絶対の確信を得、さらに現在の心の状態を斟酌（しんしゃく）し、気象条件、月の相、風の速力と方向、太陽の黒点その他の、愛にしかるべき影響をおよぼすあらゆる事象を考慮に入れた結果、かれはいった——

なんだ」

「ねえ、きみ、ぼくはどっちかというと、きみが好き
「ジェフ！　そんなことしかいえないの。あの《愛の言語》というのは――」

「その《言語》は、おそろしく正確なものなんだ」トムスはみじめにいった。「ごめんよ。でも、《ぼくはどっちかというと、きみが好きなんだ》という言いまわしが、ぼくの感じているものにぴったりなので」

「まあ、ジェフったら！」

「そうなんだよ」

かれは、つぶやくようにいった。

「いや！　あなたなんか、死んでしまえばいいわ！」

そこでもちろん、悲しい一幕が演じられ、悲しい別れとはあいなった。トムスはすぐに、旅行に出た。

かれはその後、あちこちで、さまざまな職についた。『土星ロッキード社』では、リベット工として働き、ヘルグ＝ヴィノース間の宇宙貿易船へ乗りこんだときは機械類の注油係だった。そしてまた、イスラエル第四星の共同農場（キブツ）では、開拓農民として働いた。その後数年のあいだは、《内ダルミア系宇宙》のあたりを、主として施しものにたよる生活をしながら、放浪してまわった。やがて、ノヴィロッシルで、茶色の髪をした快活な娘に出会い、彼女に求婚し、相応の交際期間をへたのち、結婚して家庭をもった。

友人たちから、いちおう幸福な夫婦とみとめられてはいたが、トムス夫妻の家は、大部分の友人たちに、居心地わるい思いを味わわせた。家そのものは、じゅうぶんに気持ちのよいものであったが、そばにある流れの速い赤い河が、見るものにいらいらした感じをあたえるのだった。そして、朱色の木、オレンジとブルーの草、近づくとうめき声をあげる花、異国風の夜空に、鬼ごっこを演じている、しわのよった三個の月――それらのものに慣れることが、はたしてだれに可能であろうか？

だが、トムスはそこが気に入っていた。そして、トムス夫人はといえば、たとえほかに、なんのとりえも

ないにせよ、若いに似あわず、従順な女性であることに疑いなかった。

トムスは地球にいる哲学教授に手紙を出して、ティアナ民族滅亡の謎を、少なくとも自分自身の満足のいく程度には、解きえたように思うと書き送った。かれはその手紙に書いていた。あまりにも学問的な研究の欠点は、行動面におよぼす抑制的な効果にあるのです。ティアナ人たちは、愛の科学に心を奪われすぎた結果、やがてはそれを行為に移すことが不可能になってしまったにちがいないというのだった。

そして最後に、ジョージ・ヴァリスに、みじかい文面の葉書を出した。簡単に結婚したことを知らせ、《かなり実質的内容のある好意》を感じることのできる娘を発見するのに成功したとだけ書いてやった。

「運のいいやつだ」葉書を読み終わったヴァリスは、うなるような声を出した。「《漠然としたよろこびを感じている》というのが、これまでにわしの知ることのできた最高のものだったのにな」

キョトンとさせられる快感

作家
清水義範

高校二年の時に級友に《SFマガジン》を借りて、SFというものを知った。もちろん、もっと幼い時に空想科学小説は何作か読んでいたが、SFという言葉に初めて出会ったのだ。そして、なんだかこれは私に合う、という直感を抱いたのだ。それから私は、SFを意識している人間になった。

SFがいよいよ本格的に紹介されだした頃でもあった。創元推理文庫にSFマークのものができて、フレドリック・ブラウンの『未来世界から来た男』なんかが刊行された。私はそれを読んで大喜びし、あの時日本中に同じことをした人間が数多くいるだろうと思うのだが、ブラウン風のショートショートを書きまくった。自分も真似して書いてみたくなる作風なのである。下らないことを思いついては、一日に一作ぐらいの割で、原稿用紙にすれば三枚くらいのオチのある話を書いていたものだ。

つまり、高校生の私に、仲間とサークルを作って実作に及ばせたのが、SFであり、主にフレドリック・ブラウンだったのだ。その仲間たちとガリ版刷りの同人雑誌を出す、というところまでいった。

そしてその年の秋のこと、私は同じ高校で同じクラスだったいとこと二人で、学校を抜け出した。授業をボイコットしたのではない。その二、三日、学園祭が迫っていて、午後はその準備をさせられていたのだ。で、学園祭のノリにシラけて、ニヒルを気取った私たちは学校を出て、その近所をぶらぶらと散歩した。そして、その時初めて見つけた小さな古本屋に入ったのだ。その古本屋にはその後、二度と行ったことがないのだが。どのあたりにあったのかも覚えていない。

とにかくそこで、ロバート・シェクリイの『人間の手がまだ触れない』を買ったのだ。背表紙に、こんな奇妙な話はない、というような文句があったのにひかれたのだろう。その頃には、自分はSFを愛好しているんだという、少し誇らしいような気分も持っていたし。

《ハヤカワ・SF・シリーズ》の3038番だった。昭和37年9月刊行の初版本で、私がそれを買ったのは刊行の約二年後だ。定価は二四〇円だが、本の最終ページに鉛筆で一六〇とある。古本ではあるがほとんど傷んでいなくて、私はそれを一六〇円で買ったのだ。

なぜそこまでわかるかというと、私はその本を今もちゃんと持っているからである。

そのようにして私はシェクリイと出会い、読んでしばらく呆然としてしまった。その本に納められた短篇小説が、どれもこれもあまりにヘンなので、キョトンとしたのだ。

こんなに奇妙なことを考える人がいるのか、とショックを受けたが、そのショックはある種の快感でもあった。

たとえばある短篇には、食べ物かもしれない赤いゴムのようなものを指でつつくと、そいつがくすくす笑うと書いてある。そんなこと、どうすれば考えつくのだろう。

別の作品では、地球らしき星にきた異星人らしき宇宙船乗組員についての、次のような描写がさりげなく出てくる。

「彼の身体の表面が、不注意に、とろとろとながれだした」

よくもまあそこまでヘンなことを思いつくものだ。

「あっ、しまった忘れていた。今日は妻を殺す日だった」

そういうセリフを読むことには、異世界をのぞくヒヤリとした快感がある。私はシェクリイから、とんでもない発想をする、という作話術を教わり、かなり影響を受けた。同人雑誌仲間に、清水は作風がシェクリイ的だな、と言われて嬉しがったこともあった。

そんなわけで、私は主にシェクリイとフレドリック・ブラウンによって、ものごとをひっくり返して見る、という視点を教えてもらったのだ。その見方が私の発想の原点になっていると思う。

ブラウンとシェクリイの違いを説明するのはむずかしいことではない。ブラウンは、思いっきりバカバカしいことを考えるのだ。筆力でもってそのバカバカしい話を成立させてしまい、笑ってしまうしかないオチにたどり着く。

それに対してシェクリイは、ヘンなことを考える。あんまりヘンな話なので、読み終えてキョトンとして、なんだか愉快になる。文句のつけようがなく異色作家である。

〈異色作家短篇集〉の中のシェクリイの『無限がいっぱい』を、学生の頃の私は読んでいない。ちょっと高い本だしな、と買いしぶっているうちに、タイミングを失したのだ。あれは読んでおくべきだったかなあと、長らく気にかかっていた。

ところが、この解説を書く役がまわってきて、おかげでもう一冊のシェクリイを読むことができたのだ。そういうふうに、ちゃんと縁があったんだなあ、という気がする。

期待を裏切らないヘンな小説がここには並んでいる。読後感は、やっぱり奇妙だ。「ひる」「給餌の時間」「パラダイス第2」「乗船拒否」など、これこそがシュクリイだよなあと思いつつ、大いに楽しんだ。

そして、感心したのは「風起こる」だ。とんでもない話を、迫力満点に描ききっているではないか。こんなことも書けるのかと見直した。そして、オチには笑った。

しかし、おかしいという意味では「愛の語学」がピカ一であろう。大真面目な顔つきで語りきったアホなジョークであって、ニヤニヤ笑うしかない。

〈異色作家短篇集〉が再刊されたことはまったく喜ばしいことだ。そのおかげで私も、四十年も前の高校生の時に知りあった、ヘンなことばっかり口走ってる面白い友人に、再会できたような気持になれたのだ。いやあ、なつかしいじゃないか！

二〇〇六年四月

本書は、一九六三年二月に〈異色作家短篇集〉として、
一九七六年六月に同・改訂新版として刊行された。

無限（むげん）がいっぱい
異色作家短篇集 9

2006年5月20日　初版印刷
2006年5月31日　初版発行

著　者　ロバート・シェクリイ
訳　者　宇野利泰（うのとしやす）
発行者　早川　浩

発行所　株式会社　早川書房
東京都千代田区神田多町2－2
電話　03-3252-3111（大代表）
振替　00160-3-47799
http://www.hayakawa-online.co.jp

印刷所　株式会社亨有堂印刷所
製本所　大口製本印刷株式会社

定価はカバーに表示してあります
ISBN 4-15-208726-9 C0097
Printed and bound in Japan
乱丁・落丁本は小社制作部宛お送り下さい。
送料小社負担にてお取りかえいたします。